Friedrich Schiller, geboren am 10. 11. 1759 in Marbach, ist am 9. 5. 1805 in Weimar gestorben.

»Alle Erzählungen Schillers fallen in die Zeit vor der großen Zäsur, die durch die Erkrankung im Jahre 1791 und das Studium der Kantischen Philosophie bestimmt ist [...] Seine Tage waren gezählt. Er lehnte es ab, sich darüber zu täuschen, und glaubte, seine ganze Kraft den größten Gegenständen und allgemeinsten Fragen widmen zu müssen. Außerdem war er nun aber auch nicht mehr auf die Novelle angewiesen, die Gattung, die von Hause aus, seit der Antike, dazu berufen scheint, die sonderbaren Experimente aufzuzeichnen, die das Leben gelegentlich anstellt, um uns einen neuen, unerwarteten Einblick in die Werkstatt des Geschicks und die Labyrinthe der Seele zu gönnen.«
Emil Staiger

Die Nachwelt hat Schillers Erzählungen leicht unterschätzt, ging doch das ganze 19. Jahrhundert von einem Klassikbegriff aus, in den sich die Schillerschen Erzählungen nicht so recht einordnen ließen. Dabei vermögen sie sehr wohl wegen ihrer Kürze und Prägnanz, ihrer zupackenden Sprache den ganzen Schiller zu zeigen. Ja mehr noch, ohne diese Erzählungen würde dem Werk Friedrich Schillers ein wesentlicher Aspekt fehlen.

insel taschenbuch 212

Schiller

Der Geisterseher

Schiller
Der Geisterseher

UND ANDERE ERZÄHLUNGEN

MIT EINER EINLEITUNG VON

EMIL STAIGER

UND ERLÄUTERUNGEN VON

MANFRED HOPPE

MIT ZEITGENÖSSISCHEN

ILLUSTRATIONEN

INSEL VERLAG

insel taschenbuch 212
Erste Auflage 1976
Insel Verlag Frankfurt am Main 1976

Vertrieb durch den Suhrkamp Taschenbuch Verlag
Umschlag nach Entwürfen von Willy Fleckhaus
Satz: Fotosatz Otto Gutfreund, Darmstadt
Druck: Nomos Verlagsgesellschaft, Baden-Baden
Printed in Germany

5 6 7 8 9 10 – 97 96 95 94 93 92

INHALT

Emil Staiger: Schillers Erzählungen
9
Eine großmütige Handlung, aus der neuesten Geschichte
25
Der Verbrecher aus verlorener Ehre
29
Herzog von Alba bei einem Frühstück auf dem Schlosse zu Rudolstadt. Im Jahre 1547
57
Spiel des Schicksals
61
Der Geisterseher
77
Das philosophische Gespräch aus dem Geisterseher
207
Erläuterungen
237

Aus der englischen Ausgabe ›The Ghost-Seer!‹ von 1831

EMIL STAIGER

SCHILLERS ERZÄHLUNGEN

Alle Erzählungen Schillers fallen in die Zeit vor der großen Zäsur, die durch die Erkrankung im Jahre 1791 und das Studium der Kantischen Philosophie bestimmt ist. Es wäre denn auch kaum vorstellbar, daß sich der Schöpfer des ›Wallenstein‹, der Gedichte ›Das Ideal und das Leben‹, ›Der Tanz‹, ›Der Spaziergang‹ und der ästhetischen und kulturphilosophischen Schriften mit solchen Curiosa aus der Geschichte des Menschenwesens beschäftigt hätte. Seine Tage waren gezählt. Er lehnte es ab, sich darüber zu täuschen, und glaubte, seine ganze Kraft den größten Gegenständen und allgemeinsten Fragen widmen zu müssen. Außerdem war er nun aber auch nicht mehr auf die Novelle angewiesen, die Gattung, die von Hause aus, seit der Antike, dazu berufen scheint, die sonderbaren Experimente aufzuzeichnen, die das Leben gelegentlich anstellt, um uns einen neuen, unerwarteten Einblick in die Werkstatt des Geschicks und die Labyrinthe der Seele zu gönnen. Er hatte sich der fundamentalen Gesetze des menschlichen Daseins versichert und zog von nun an den verblüffenden Fabeln und zufällig-unwiederholbaren Helden die gültigen vor. Und schließlich fiel die Sorge um das tägliche Brot dahin, die ihn während der Flucht- und Wanderjahre geängstigt und oft genug bewogen hatte, die Spalten einer Zeitschrift mit einem rasch bewältigten Werk zu füllen.

Solche Überlegungen sind es, die das Urteil der Nachwelt über Schillers erzählende Schriften begründen. Wer seinen Geist in dem Gefüge und klaren Pathos des klassischen Dramas am meisten bewundert, glaubt, sie als Parerga beiseite schieben zu dürfen. Wer umgekehrt dem klassischen Programm gegenüber skeptisch ist, wird in den Novellen eine noch nicht auf Normen ausgerichtete Meisterschaft und den vorurteilsfreien Blick für

seltene Charaktere und die Bedingungen ihres Wachstums schätzen. Doch sollte es nicht möglich sein, einen höheren Standpunkt zu erreichen und hier wie dort den einen, einzigartigen Genius zu erkennen, dem es, mit Goethe zu reden, nichts verschlägt, ob er Töpfe macht oder Schüsseln?
Am wenigsten dürfte uns dabei die Not der Broterwerbs beirren. Auch wenn er sich mit der Feder nicht von Tag zu Tag durchkämpfen muß, neigt Schiller dazu, ein neues dichterisches Unternehmen mit einer Beurteilung der Lage – der Öffentlichkeit und seiner eigenen – zu beginnen und sich zu fragen: Was ist an der Zeit? Wie setze ich mich am sichersten durch? So prüft er etwa den Zustand der Mannheimer Bühne und faßt den Entschluß, mit ›Kabale und Liebe‹ Lessings ›Emilia Galotti‹ und die beliebten, von Iffland gepflegten Sittengemälde zu überbieten. So fügt er sich mit einer Bereitwilligkeit, die, nach den üblichen Maßen gemessen, faßt an Selbstverrat grenzt, den Wünschen mächtiger Intendanten, und noch im letzten Lebensjahr, wie er, nach der Vollendung des ›Wilhelm Tell‹, unschlüssig ist, ob das nächste Thema Demetrius oder Warbeck sein soll, zieht er unter anderem auch die Vermählung des Weimarer Erbprinzen mit Maria Pawlowna in Betracht und entscheidet sich für den russischen Stoff. Man würde sich wenig auf die Eigentümlichkeit seiner Kunst verstehen, wenn man ihm dies verübeln wollte. Schillers Werke ruhen nicht in ihrem eigenen Schwergewicht. Bewußter und unmittelbarer als in dem gesamten zeitgenössischen Schrifttum und erst recht als in der Literatur des letzten und unsres Jahrhunderts ist es auf das Ereignis in den Gemütern der Leser oder der Zuhörerschaft im Schauspielhaus abgesehen. Der Wille zu wirken triumphiert über alle Erwägungen anderer Art. Und nur die Frage, welche Wirkung erstrebt sei und wie sie hervorgebracht werde, entscheidet über den Rang des Gebildes. In dieser Hinsicht unterscheiden sich die erzählenden Schriften von den großen Dramen also nur dadurch, daß sie, mit ihren bescheideneren Mitteln, auf kürzere

Frist berechnet sind. Der Effekt ist zweifellos minder gewaltig, die aufgewandte Mühe jedoch und zugleich das Risiko viel geringer. Ein höchst realistischer Voranschlag! Von solchen Voranschlägen wimmeln aber die Briefe, zumal die frühen. Wir dürfen sie nicht, dem Schiller-Bild des letzten Jahrhunderts zuliebe, übersehen und werden der Sache am besten gerecht, wenn wir zugeben, daß die augenblickliche Drangsal das Schaffen nicht stört, sondern im Gegenteil sich mit dieser stets nach außen zielenden, immer herrscherlichen Begabung verbündet. Was so zustande kommt, kann geschickte Unterhaltungsliteratur, doch ebenso höchsten Ranges sein. Wir müssen von Fall zu Fall entscheiden.

Die fünf Seiten mit dem anspruchsvollen Titel ›*Eine großmütige Handlung, aus der neusten Geschichte*‹ stammen noch aus den Stuttgarter Jahren. Schiller berichtet, was ihm offenbar seine Freundin und Gönnerin Henriette von Wolzogen mitgeteilt hat, ein fast unglaubliches, aber, so scheint es, unbezweifelbares Ereignis, bei dem noch der seltsame Zufall mitspielt, daß es die Brüder der dem Dichter damals völlig unbekannten Frau von Lengefeld, also seiner späteren Schwiegermutter, betrifft. Der heutige Leser ist kaum imstande, sich in den exaltierten Gefühlen einigermaßen zurechtzufinden. Man könnte sogar geneigt sein, das Ganze als Parodie eines übertriebenen Kults der Tugend aufzufassen. Die Delikatesse der umworbenen Dame, die ein so großes Unheil auf dem Gewissen hat, weil sie sich scheut zu gestehen, wem ihre Liebe gehört, die Kraft der Entsagung, die buchstäblich nach Meilensteinen berechnet wird, das letzte Wort der Sterbenden, das alle sittlichen Anstrengungen eines vernünftigen Sinns beraubt – das heißt sogar dem historischen Verständnis allzu viel zugemutet. Doch Schiller erzählt in guten Treuen. Er hat die ›Wahrheit‹ auf seiner Seite und kennt die Welt noch zu wenig, um einzusehen, daß auch das Wahre unwahrscheinlich und unbrauchbar sein kann. Nur darin ist er schon ganz er selbst, der Dichter der ›Räuber‹ und des ›Fiesco‹, daß ihm das Überbieten eine unbeschreibliche Wonne bereitet. So wie das Fräulein die Brüder, der eine Bruder den anderen überbietet, hofft er mit seiner Skizze alles, was sich daneben behaupten möchte, aus dem Feld zu schlagen, die Romane Richardsons eingeschlossen, und ist naiv genug, sich offen zu diesem vermessenen Plan zu bekennen. Er zwingt uns sogar den Maßstab auf, nach dem er beurteilt werden möchte, indem er eingangs eine neue Theorie der Erzählung entwickelt und sich anheischig macht zu leisten, was bisher immer versäumt worden sei: die Kluft zu schließen, die zwischen der idealischen Kunst und dem Leben bestehe. Wie wenn die Wirklichkeit, die er schildert, nicht viel idealischer wäre als die kühnsten Träume empfindsamer Herzen. Als eine frühe, ungeschickte Probe jener Plädoyers, mit denen er auch noch später seine Werke zu verteidigen liebte, lassen wir uns dies gern gefallen, so wie die Novelle selbst ein schätzenswertes Zeugnis der Frühzeit bleibt, obwohl wir andrerseits wieder verstehen, daß der Dichter sie nicht in die Sammlung seiner ›Prosaischen Schriften‹ aufnahm.

Auch die Erzählung ›*Herzog von Alba bei einem Frühstück auf dem Schlosse zu Rudolstadt*‹ wurde ausgeschlossen. Schiller hatte die Anekdote in einer lokalen Chronik entdeckt, stutzte sie auf und ließ sie, nachdem er noch rasch der Küche der Rudolstädter Damen, seiner künftigen Gattin, der Schwägerin und der Schwiegermutter, gehuldigt hatte, in der Pointe »Fürstenblut für Ochsenblut!« gipfeln. So fiel denn freilich ein grelles Licht auf die beherzte Tat der um die Ihren besorgten Landesmutter. Der Anteil des Dichters ist aber doch zu gering, als daß wir Anlaß hätten, ihn genauer ins Auge zu fassen.

Etwas freier verfährt der Erzähler und weiter holt er aus in dem wie der ›Herzog von Alba‹ für Wielands ›Teutschen Merkur‹ bestimmten ›*Spiel des Schicksals*‹. Den Helden dieser Geschichte kannte er noch persönlich und außerdem aus mündlicher Überlieferung. Er hieß Philipp Friedrich Rieger und war am Ende seines Lebens Kommandant der Festung Hohenasperg, Wächter des Dichters Schubart also, des berühmten Opfers der Despotie des Herzogs Karl Eugen. Was Schiller zu erzählen weiß, beruht im großen und ganzen auf Wahrheit. Es wäre aber ein grober Irrtum, wenn man annehmen wollte, er habe den Stoff gewählt, um revolutionäre Gesinnungen an den Tag zu legen. Dergleichen hätte sich in der Zeitschrift Wielands seltsam ausgenommen. Und davon abgesehen, auch Schiller selbst war damals, 1789, weit davon entfernt, sich eine illoyale Haltung gegen ›seinen‹ Fürsten, wie er ihn mit Vorliebe nannte, den Herzog Karl August, zuschulden kommen zu lassen. Wir müssen sogar daran erinnern, daß der von dem Nationalkonvent zum ›citoyen français‹ ernannte Dichter schon 1782 auf ebendiesen Philipp Friedrich Rieger – eine nach zeitgenössischem Urteil aus Erhabenem und Gemeinem, aus »Güte und Zerstörungsgrimm« seltsam gemischte Persönlichkeit – ein Leichencarmen abgefaßt hat, das sich in Worten unbedingter Huldigung nicht genug tun kann. Auf eine Huldigung kommt es nun in der Novelle freilich nicht an, doch ebensowenig auf eine Verurteilung. Der Charakter des Günstlings bleibt in der Schwebe. Es liegt nicht in der Absicht des Erzählers, ein moralisches Urteil über seine Taten zu fällen. Ebensowenig hat er im Sinn, den Fürsten vor sein Gericht zu ziehen. Wozu dann aber der ganze Aufwand? Etwa um dem Leser ein tragisches Verhängnis vor Augen zu führen? Auch dazu eignet die Fabel sich schlecht, selbst wenn man noch nicht im idealistischen Sinn das Widerspiel und die verborgene Einheit von Freiheit und Schicksal, sondern nur eine weise dosierte Folge von Furcht und Mitleid meint. Wir wüßten nämlich nicht, an wen wir unsere Gefühle verschwenden sollten. Die letzten Worte scheuchen sogar geflissentlich jede Sympathie mit dem schwergeprüften Mann, die vielleicht noch aufkommen könnte, zurück. Doch damit öffnet sich erst die Aussicht auf das, was uns eingeprägt werden soll: nicht ein Charakter und nicht ein Gesetz, nach dem die Dinge sich fügen, sondern das, was der Titel verheißt, das unzuverlässige Spiel des Schicksals an sich, die »Fremde des Lebens«, wie dies Schiller später, im ›Wallenstein‹ nennen wird. Der jähe schwindelerregende Aufstieg, die von dem Erzähler nicht minder als von dem Intriganten raffiniert in Szene gesetzte Peripetie auf der Wachtparade, der Stätte des Glanzes, der Modergeruch des Kerkers, der zweite Aufstieg, das mildere Klima des Alters, das dennoch keine Reife zeitigt und nicht zu einer Erlösung aus der Gefangenschaft im Irdischen führt: dies alles gehört dem Dichter an, der seit dem ›Don Carlos‹ den Glauben an den Sinn der Geschichte verloren, sich aber des Heils in der Burg der Autonomie, des freien, weltentrückten Geistes, noch nicht vollkommen versichert hat.

Die Lust an Überraschungsmomenten und an Kontrasten, die der Erzähler so fühlbar empfindet, dämpft indes den Schauer, der uns überwältigen müßte. So haben wir auch bei dieser Novelle noch einige Mühe, Schiller in seiner ganzen Größe zu erkennen.

Anders ist es dagegen mit den beiden umfangreichsten Geschichten, dem ›Geisterseher‹ und dem ›Verbrecher aus verlorener Ehre‹ bestellt. Der ›*Verbrecher aus verlorener Ehre*‹ gilt mit Recht als erste große Novelle des neueren deutschen Schrifttums. Sie ist zu einer Art Modell geworden. Wir könnten ihre Nachwirkungen bis auf unsere Tage verfolgen, ziehen es aber vor, auch hier die Frage nach ihrer Bedeutung im Gesamtwerk Schillers aufzuwerfen. Die Nähe der ›Räuber‹ ist unverkennbar. Christian Wolf, der Sonnenwirt, ähnelt physiognomisch Franz, sein Schicksal aber erinnert an Karl Moor. Die Antagonisten des Erstlings werden zusammengefaßt und sozial auf eine tiefere Stufe versetzt. So war es vorgezeichnet in der Geschichte, die Professor Abel in der Stuttgarter Akademie vermutlich seinen Schülern erzählt und später seiner ›Sammlung und Erklärung merkwürdiger Erscheinungen aus dem menschlichen Leben‹ einverleibt hat. Was konnte Schiller aber bewegen, dasselbe Thema, leicht variiert, ein zweites Mal zu behandeln und gar den Lasterhaften und den verirrten Edlen in *eine* Gestalt zu verschmelzen?

So seltsam es klingt: der Edelmütige und der Verbrecher waren von Anfang an nicht weit voneinander entfernt. Die Vorreden und Avertissements, mit denen der Dichter seine frühen Dramen dem Publikum mundgerecht macht und jedem Ärgernis vorzubeugen versucht, erwecken zwar den Eindruck, es sei auf eine Verherrlichung der Tugend, auf eine Bestrafung des Bösewichts und das Wohl der Gesellschaft abgesehen. Das sind aber wieder nur Plädoyers, bei denen es weniger auf die Sache als auf den erhofften Effekt ankommt. Nicht um die Tugend geht es dem jungen Schiller, auch nicht um das Wohl der Gesellschaft. Sondern was ihn allein begeistert und seiner Sprache den ungeheuren Schwung gibt, ist die Idee der Größe, die ebenso faszinierende wie schwer faßbare Qualität, von der noch Tolstoj gesagt hat, er möchte gern wissen, was sie denn eigentlich sei und warum sie Verehrung beanspruchen dürfe.

Schon bei dem ersten Versuch, sie zu bestimmen, betreten wir schwankenden Boden. Die Größe, wie Schiller sie meint, ist keine durch Taten erwiesene Autorität und nicht erkennbar an dem Glanz, der einen Würdenträger umstrahlt. Äußere Zeichen des Rangs zu bewundern, überläßt sie getrost dem Pöbel. Ihr ist es genug zu wissen, daß sie zu allem Gewaltigen fähig wäre. Rauschhaftes Bewußtsein der Möglichkeit, dies zeichnet sie aus und weiter nichts, ein Schwelgen im Künftigen als dem Bereich der noch durch kein Vergangenes, Unwiderrufliches eingeschränkten Freiheit. Doch wenn sie es auch verschmäht, von anderen anerkannt zu werden, wenn Mißachtung ihr Hochgefühl nur vermehrt, so mag sie doch nicht darauf verzichten, sich selber ihre Macht zu beweisen. Und da nun fürchtet sie nichts so sehr, wie einer Täuschung zu unterliegen. Sie kann sich täuschen, wenn sie der allgemeinen Ordnung zu dienen bereit ist; es wäre möglich, daß sie sich an die Ehre, den Beifall der

Menge verriete. Sogar die Tugend wir ihr verdächtig. Denn Tugend ist konform, und was konform ist, scheint ihr nicht angemessen. Damit gewinnt das Verbrechertum eine eigenartige Anziehungskraft. Der junge Schiller vermag das fiebrige Interesse nur schwer zu verbergen, mit dem er den großen Verbrecher umkreist, nicht weil er, grausam, am Grausamen und Zerstörerischen Gefallen fände, sondern weil ihm nur hier der Mut, aus eigener Kraft zu bestehen, verbürgt und jedem erdenklichen Zweifel entrückt scheint. Die Tugendhafte müßte schon über alle Begriffe tugendhaft sein, wenn seine Größe an Eindrücklichkeit mit der des Bösen wetteifern wollte.

Zugleich ist der Verbrecher aber der Ausgestoßene, der Verbannte, der nirgends mehr eine Heimat besitzt. Auch dafür hat Schiller ein tiefes, wenngleich zunächst nicht explizites Verständnis. Die Szene an der Donau, in der Karl Moor sich in den Mutterleib zurücksehnt und aus banger Brust nach seiner verlorenen Heimat schreit, hat man mit Recht von je als höchsten Gipfel der zerklüfteten, an Gipfeln so reichen Tragödie bewundert. Ihre Voraussetzungen in der Fabel sind uns hier gleichgültig. Wir hören den entwurzelten, dem Elternhaus, der Gnade der Kindheit früh entrissenen Dichter sprechen, der sein Geschick erst dunkel ahnt, dasselbe Geschick, das seine Krankheit später wieder bestätigen und das er schließlich als Los des sentimentalischen Geistes im Gegensatz zu dem des naiven, mit der Natur noch wohl vertrauten, begreifen wird. Gründe genug, mit einer Gestalt wie Christian Wolf zu sympathisieren!

Sie soll nun aber nicht, wie die feindlichen Brüder, an die Rampe gestellt und theatralisch hochgeschraubt werden. Das wäre weder dem niederen Stand des Sonnenwirts noch den Stilgesetzen einer Erzählung in Prosa gemäß. Den Fehler, an dem die ›Großmütige Handlung, aus der neusten Geschichte‹ krankt, will Schiller ein zweites Mal nicht begehen. Er hat zwar noch immer die Absicht, die Kluft, die zwischen der Literatur und dem Leben der Öffentlichkeit bestehe, zu schließen, glaubt dieses Ziel nun aber mit neuartigen Mitteln erreichen zu müssen. Wir lesen in der Präambel zu dem ›Verbrecher aus verlorener Ehre‹:

»Entweder der Leser muß warm werden wie der Held, oder der Held wie der Leser erkalten.

Ich weiß, daß von den besten Geschichtschreibern neuerer Zeit und des Altertums manche sich an die erste Methode gehalten und das Herz ihres Lesers durch hinreißenden Vortrag bestochen haben. Aber diese Manier ist eine Usurpation des Schriftstellers und beleidigt die republikanische Freiheit des lesenden Publikums, dem es zukömmt, selbst zu Gericht zu sitzen; sie ist zugleich eine Verletzung der Grenzengerechtigkeit, denn diese Methode gehört ausschließend und eigentümlich dem Redner und Dichter. Dem Geschichtschreiber bleibt nur die letztere übrig.«

Erstaunliche Sätze! Sie räumen dem Dichter das Recht ein, die republikanische Freiheit des lesenden oder des im Theater versammelten Publikums zu verletzen, und streiten es dem Historiker ab. Wir fragen uns unwillkürlich, ob Schiller hier auch an die ›Räuber‹, an den ›Fiesco‹ und an ›Kabale und Liebe‹ dachte und allgemein für den Poeten ein Privileg in Anspruch zu nehmen gewillt war, das er als Bürger, vom sittlichen Standpunkt aus, so unzweideutig verwarf. Das heißt die Dinge aber wieder in einer Weise zusammenhalten, die seiner Geistesart nicht entspricht. Er tritt hier als Geschichtschreiber auf, nimmt sich als solchen, solang er mit der Novelle beschäftigt ist, absolut und räumt energisch jede erdenkliche Konkurrenz, sogar sich selber als Tragödiendichter, beiseite. Daß aber der Held wie der Leser erkalte, hofft er mit einer genetischen Darstellung seines Wandels, mit einer psychologischen Analyse zu leisten. Ein in den achtziger Jahren freilich nicht ganz ungewöhnlicher Vorsatz! Ringsum schoß in dem deutschen Schrifttum damals die Psychologie ins Kraut. Mit Moses Mendelssohn und Karl Philipp Moritz, der eben damals den ›Anton Reiser‹ niederzuschreiben

begann, sind zwei bedeutende Namen genannt. Doch Schiller spekulierte nicht nur auf eine Mode. Wenn er schon spekulierte, so tat er es jedenfalls mit ganz besonderer Kompetenz. Er spricht von dem »geheimen Spiel der Begehrungskraft«, von der »Mechanik« des Willens und fordert einen neuen Linné, der, ähnlich wie der erste die Pflanzen, nun das Menschengeschlecht nach Trieben und Neigungen klassifizieren würde. Das heißt, er verlangt eine Psychologie, die den Menschen berechnet und, indem sie ihn berechnet, verfügbar macht. Auf Herrschaft über die Gemüter läuft es denn also wieder hinaus. Vor allem stellen wir aber fest: Auf eine solche Wissenschaft ist der Ausgeschlossene angewiesen. Goethe bedurfte ihrer nicht. Er fühlte sich ohne den Beistand des reflektierenden Geistes, unmittelbar, intim, mit seinen Gestalten verständigt und war imstande, Menschen zu schaffen, ohne sie selber zergliedern zu müssen und ohne auf die Zergliederung durch den Leser angewiesen zu sein. Schiller, obwohl er sich in der Seele eines Christian Wolf aus eigener ungeklärter Erfahrung auskennt, tritt doch, sobald er ihn darzustellen versucht, von außen an ihn heran, löst seinen Charakter in Eigenschaften auf und setzt ihn wieder zusammen. Immer wenn er darauf verzichtet, die Größe pathetisch zu proklamieren, bleibt ihm der Umweg über den diskursiven Scharfsinn nicht erspart.
Doch allzu lange hält er es bei dieser kühlen Methode nicht aus. Wir spüren, wie mühsam er seine Erregung bemeistert, wie ungeduldig der Bühnendichter, den er so schroff verabschiedet hat, doch wieder zu reden begehrt. Der Ton verändert sich schon, sowie dem Verbrecher selber das Wort erteilt wird. Christian Wolf erzählt nicht so, wie er nach unsern realistischen Wahrheitsbegriffen erzählen müßte. Man wende nicht ein, die deutsche Sprache sei dafür in jenem Jahrhundert noch nicht vorbereitet gewesen. Der Musikus Miller in ›Kabale und Liebe‹ beweist das Gegenteil. Nein, Schiller will rühren, setzt sich über den vorgezeichneten Stil hinweg und gönnt seinem Hel-

den Anstand und Adel. Im Zug der Katastrophe sodann ist ohnehin kein Halten mehr. Mit einer Kunst, die sich um keine Wissenschaft von der Seele – es sei denn die des Lesers – kümmert, die rücksichtslose Regie der Affekte Mitleid, Hoffnung, Furcht, Erbarmen ist, werden wir dem Ende entgegengeführt, dem letzten, erschütternden, Stille gebietenden Satz: »Ich bin der Sonnenwirt.«

Ein uneinheitliches Werk also! Doch Schillers Überredungsgabe läßt uns alle Mängel – wenn dergleichen schon Mängel sein sollen – vergessen. Wir beugen uns gerne einer Gewalt, die alle Voraussetzungen zugunsten eines solchen Finales preisgibt.

Den größten Erfolg hat Schiller seinerzeit mit dem *›Geisterseher‹* erzielt. Er wußte genau, was er tat, als er dieses Thema aufgriff, um sich einigermaßen über Wasser zu halten. So aufgeklärt war das Jahrhundert nachgerade geworden, daß die Lust am Geheimnis nicht länger unterdrückt werden konnte. Die Taten Cagliostros, des »Seelen fordernden« Philadelphia, Gassners, Schrepfers, Saint-Germains, und wie die Geisterseher alle hießen, machten zumal den gebildeten Kreisen einen ungeheuren Eindruck. Nichts ist bezeichnender für den seltsamen Zustand auf der Schwelle der Zeiten, als daß der Nachfolger Friedrichs des Großen, Friedrich Wilhelm der Zweite, sich von seinem Minister Bischoffwerder in Pavillons mit doppelten Wänden Stimmen Verstorbener oder andrer unirdischer Wesen vorgaukeln ließ und tief erschüttert die der Schulweisheit entrückten Dinge zwischen Himmel und Erde zu fassen versuchte. Im ›Geisterseher‹ hoffte er, Aufschluß über die schwierigsten Fragen zu finden, und konnte es dem Dichter nie verzeihen, daß auf den verheißungsvollen Anfang nichts dergleichen erfolgte. Schiller selber war der Sache allerdings müde geworden und erklärte wiederholt in Briefen an Körner, den vertrauenswürdigen Freund, sie interessiere ihn nicht, er denke sich nur den Geschmack des Publikums zunutze zu machen und so viel Geld als möglich davon zu ziehen. Wir lassen uns aber wieder nicht täuschen. Auffallender noch als in dem ›Verbrecher aus verlorener Ehre‹ kommt der Zeitgeist nämlich einer abgründigen Neigung des Erzählers entgegen. Es ist die Gestalt des Armeniers, die vor allem ins Auge gefaßt werden muß, ein Betrüger, der an dämonischer Größe alles übertrifft, was aus der zeitgenössischen Literatur Vergleichbares angeführt werden könnte. Er fügt sich in Schillers Schaffen einer langen, düsteren Reihe ein. Franz Moor, der noch ziemlich plump operiert, Fiesco, der als Virtuose der Täuschung über die Bühne schreitet, Marquis Posa, der seinen König, aus edelster Absicht zwar, hintergeht, Octavio Piccolomini, Mortimer, in den Entwürfen zu unausgeführten Dramen der Mörder und Biedermann Narbonne, Warbeck, der falsche York, und Demetrius, den das Verhängnis zu einem Betrug von welthistorischem Ausmaß zwingt: es gibt zu denken, daß Schiller immer wieder auf solche Figuren zurückkommt, einen Typus, den Goethe zeitlebens nie glaubhaft zu gestalten vermochte, auch dort nicht, wo es, wie in der ›Natürlichen Tochter‹, nötig gewesen wäre. So wenig wie bei dem Verbrecher ist es aber das Böse an sich, was die Einbildungskraft des Dichters so mächtig aufregt, sondern, wie dort die Freiheit dessen, der nur auf die eigene Größe baut, so hier der ununterbrochene Zwang, sich selbst vollkommen zu beherrschen. In jedem Wort und in jeder Gebärde, noch in dem leisesten Mienenspiel bleibt der Betrüger sich seiner bewußt. Er ist verloren, sobald er seine Existenz nicht willentlich führt. Und eben dies, was uns bei seinen verwerflichen Zwecken aufs tiefste empört und mit unsäglichem Grauen erfüllt, schien Schiller jenseits von Gut und Böse allein der Würde des Menschen gemäß.

»Suchst du das Höchste, das Größte? Die Pflanze kann es dich lehren.
Was sie willenlos ist, sei du es wollend – das ist's!«

Das klassische Distichon nimmt sich im Hinblick auf den Armenier seltsam aus. Wir müssen uns dennoch darauf besinnen, wenn uns die Einheit von Schillers Geist trotz allen Widersprüchen zwischen seiner gefährlichen Phantasie und dem, wozu er sich bekannte, gegenwärtig bleiben soll. »Gewollte Natur« – so wird er dasselbe in einem anderen Zusammenhang nennen, mit schwer verhehltem Stolz, daß das, wofür die anderen danken müssen, seine eigene Schöpfung sei. Der Protest gegen die katholische Kirche, den Tadel an den allzu beweglichen, jedem Schmeichler erliegenden Fürsten, sogar die aufklärerische Tendenz ist nebensächlich, verglichen mit der gewaltigen Faszination, die von dem weise in den Hintergrund gerückten, nur selten heller beleuchteten Intriganten ausgeht, dem einzigen, der sich selber meistert und deshalb imstande ist, auch die Klügsten seinem Willen zu unterwerfen. Nur etwas gehört noch wesentlich zu ihm wie zu dem Mimen die Szene: die Stadt, in der er seine unerhörten Künste entfaltet, Venedig, dessen Paläste, Kanäle und Gassen denn auch mit wenigen Pinselstrichen so unvergeßlich hervorgezaubert werden wie seinerzeit Genua, der Schauplatz des Betrügers Fiesco.

Daß Schiller es dennoch nicht allzu lange in dieser Atmosphäre gefiel, so wenig, wie in der Luft des ›Narbonne‹ oder der ›Polizei‹-Fragmente, erklärt sich daraus, daß ihm der Stoff auch nicht den geringsten Aufschwung erlaubte, daß seine bei allem Willen zur Macht doch immer nach Rührung, Erschütterung, Begeisterung dürstende Seele darbte.

Wir werden damit wieder auf den eigentümlichen Zwiespalt aufmerksam, der schon den ›Verbrecher aus verlorener Ehre‹ charakterisiert. Auf Herrschaft über die Gemüter scheint es abgesehen zu sein, im Pathos, in den Volkstribunengebärden sowohl wie in der berechnenden, klassifizierenden Psychologie. Dawider streitet der Enthusiasmus, der etwa in dem Lied ›An die Freude‹, in einem Vers wie »Seid umschlungen, Millionen!« die Fahne hochzieht. Man könnte freilich versucht sein, auch dies eine Art von Machtgebärde zu nennen. Der Enthusiast aber möchte Glück und Liebe über die Welt ausschütten, während der Herrscher in einem undurchdringlichen Eigensinn verharrt. Jener ist Gott und Menschen wohlgefällig; dieser trägt kein Bedenken, sich mit Luzifer zu verbünden. Inwiefern sich der junge Schiller dieser fragwürdigen Ambivalenz der ›Größe‹ bewußt war, ist schwer zu sagen. In den Briefen legt er sich nur selten sittliche Rechenschaft ab. Ein Tagebuch mit Betrachtungen ad se ipsum hat er nie geführt. Er schrieb nur nieder, was er für allgemein gültig und bedeutsam hielt, und wußte die Bildung seiner Person den Blicken der Öffentlichkeit zu entziehen. Indes, in einem Brief an Frau von Wolzogen stoßen wir auf den Satz:

»Fühlen Sie ihn ganz, den Gedanken, denjenigen zu einem guten Menschen gebildet zu haben, und noch zu bilden, der, wenn er schlecht wäre, Gelegenheit hätte, tausend zu verderben –«

Die Frage, vor die sich Schillers Gewissen gestellt sah, ist damit angedeutet. Wir können sie klarer so formulieren: Wie überwindet die absolute Freiheit die sittliche Indifferenz? Wie läßt sich Größe mit Tugend, Moral mit unverminderter Kraft vereinen? Gerade von diesem Thema ist aber nun auch die Rede in dem Gespräch, das Schiller später, weil es zu lang war und nicht ganz zur Sache gehörte, aus dem ›Geisterseher‹ ausschloß. Wir müssen zwar Vorsicht walten lassen. Die Philosophie, die der Prinz entwickelt, bildet ein Kapitel in der Geschichte seiner Korruption und darf darum nicht unmittelbar als Bekenntnis des Dichters aufgefaßt werden. Dieser selbst erklärt ausdrücklich:

»Gott bewahre mich, daß ich *ganz* so denken sollte wie der Prinz.«

Die Einschränkung bezieht sich auf die ›Freigeisterei‹, die Zweifel an der Unsterblichkeit, auf jene Stelle also z. B., wo der unendliche Drang des Menschen mit der jäh aufschießenden Säule einer Fontäne verglichen und behauptet wird, eine solche Kraft sei nötig, um nur den irdischen Zwecken zu genügen; ein Jenseits beweise sie keineswegs. Dazwischen räsoniert der Erzähler aber doch auch im eigenen Namen, wie aus einem Brief an Körner hervorgeht, in dem langen »Beweis, daß Moralität bloß in dem Mehr oder Weniger der Tätigkeit liege«, genauer, daß ein Mehr an Wirkung ein Mehr an Moralität bedeute. Wie zäh, wie unablässig redet sich Schiller ein, daß dem so sei! Wie klammert er sich an den Gedanken, daß die Größe nicht Schaden leide, sondern im Gegenteil auch die letzte, gefährlichste Versuchung besiege und sogar an Macht gewinne, wenn sie sich mit der Tugend versöhne! Daß es dabei nicht ohne die kühnste Sophistik abgeht, versteht sich von selbst. Und Schiller, immer bereit, Errungenschaften zu opfern, immer, wie Goethe ihm einmal nachgerühmt hat, in einem »furchtbaren Fortschreiten« begriffen, kommt denn auch nie wieder auf dieses trügerische Experiment zurück. Er wird, nach wenigen Jahren schon, den Frieden zwischen Größe und Moralität auf höherer Ebene schließen, auf einer Stufe, wo ihm sogar, in souveränster Innerlichkeit, die faktische Wirkung belanglos scheint und der Einsatz des guten Willens ohne Rücksicht auf den Erfolg genügt.

Das philosophische Gespräch im ›Geisterseher‹ bezeichnet demnach eine Phase des Übergangs, so wie, im großen und ganzen, die erzählenden Schriften überhaupt. Zwischen dem kraftgenialischen Anfang und der Klärung der neunziger Jahre erscheinen sie uns in schillerndem Licht. Gerade damit bleiben sie aber verschont von jener Endgültigkeit der Form und jener bis auf den Grund der Dinge reichenden Durchsichtigkeit, die Schillers klassischen Werken eignet und die sich unser modernes, mit dem Schwebend-Ungewissen befreundetes Denken nicht gern gefallen läßt.

Eine großmütige Handlung, aus der neuesten Geschichte

Schauspiele und Romanen eröffnen uns die glänzendsten Züge des menschlichen Herzens; unsre Phantasie wird entzündet; unser Herz bleibt kalt; wenigstens ist die Glut, worein es auf diese Weise versetzt wird, nur augenblicklich und erfriert fürs praktische Leben. In dem nämlichen Augenblick, da uns die schmucklose Gutherzigkeit des ehrlichen Puffs bis beinahe zu Tränen rührt, zanken wir vielleicht einen anklopfenden Bettler mit Ungestüm ab. Wer weiß, ob nicht eben diese gekünstelte Existenz in einer idealischen Welt unsre Existenz in der wirklichen untergräbt? Wir schweben hier gleichsam um die zwei äußersten Enden der Moralität, Engel und Teufel, und die Mitte – den Menschen – lassen wir liegen.
Gegenwärtige Anekdote von zween Teutschen – mit stolzer Freude schreib ich das nieder – hat ein unabstreitbares Verdienst – sie ist *wahr*. Ich hoffe, daß sie meine Leser wärmer zurücklassen werde als alle Bände des ›Grandison‹ und der ›Pamela‹.
Zwei Brüder, Baronen von Wrmb., hatten sich beide in ein junges vortreffliches Fräulein von Wrthr. verliebt, ohne daß der eine um des andern Leidenschaft wußte. Beider Liebe war zärtlich und stark, weil sie die erste war. Das Fräulein war schön und zur Empfindung geschaffen. Beide ließen ihre Neigung zur ganzen Leidenschaft aufwachsen, weil keiner die Gefahr kannte, die für sein Herz die schröcklichste war – seinen Bruder zum

Nebenbuhler zu haben. Beide verschonten das Mädchen mit einem frühen Geständnis, und so hintergingen sich beide, bis ein unerwartetes Begegnis ihrer Empfindungen das ganze Geheimnis entdeckte.

Schon war die Liebe eines jeden bis auf den höchsten Grad gestiegen; der unglückseligste Affekt, der im Geschlechte der Menschen beinah so grausame Verwüstungen angerichtet hat als sein abscheuliches Gegenteil, hatte schon die ganze Fläche ihres Herzens eingenommen, daß wohl von keiner Seite eine Aufopferung möglich war. Das Fräulein, voll Gefühl für die traurige Lage dieser beiden Unglücklichen, wagte es nicht, ausschließend für einen zu entscheiden, und unterwarf ihre Neigungen dem Urteil der brüderlichen Liebe.

Sieger in diesem zweifelhaften Kampf der Pflicht und Empfindung, den unsre Philosophen so allzeit fertig entscheiden und der praktische Mensch so langsam unternimmt, sagte der ältere Bruder zum jüngern: »Ich weiß, daß du mein Mädchen liebst, feurig wie ich. Ich will nicht fragen, für wen ein älteres Recht entscheidet. – Bleibe du hier, ich suche die weite Welt, ich will streben, daß ich sie vergesse. Kann ich das – Bruder! dann ist sie dein, und der Himmel segne deine Liebe! – Kann ich es nicht – nun dann, so geh auch du hin – und tu ein gleiches.«

Er verließ gählings Teutschland und eilte nach Holland – aber das Bild seines Mädchens eilte ihm nach. Fern von dem Himmelstrich seiner Liebe, aus einer Gegend verbannt, die seines Herzens ganze Seligkeit einschloß, in der er allein zu leben vermochte, erkrankte der Unglückliche, wie die Pflanze dahinschwindet, die der gewalttätige Europäer aus dem mütterlichen Asien entführt und fern von der milderen Sonne in rauhere Beete zwingt. Er erreichte verzweifelnd Amsterdam, dort warf ihn ein hitziges Fieber auf ein gefährliches Lager. Das Bild seiner Einzigen herrschte in seinen wahnsinnigen Träumen, seine Genesung hing an ihrem Besitze. Die Ärzte zweifelten für sein

Leben, nur die Versicherung, ihn seiner Geliebten wieder zu geben, riß ihn mühsam aus den Armen des Todes. Halbverwest, ein wandelndes Gerippe, das erschröcklichste Bild des zehrenden Kummers, kam er in seiner Vaterstadt an – schwindelte er über die Treppe seiner Geliebten, seines Bruders. »Bruder, hier bin ich wieder. Was ich meinem Herzen zumutete, weiß *Der* im Himmel. – Mehr kann ich nicht.« Ohnmächtig sank er in die Arme des Fräuleins.

Der jüngere Bruder war nicht minder entschlossen. In wenigen Wochen stand er reisefertig da: »Bruder, du trugst deinen Schmerz bis nach Holland. – Ich will versuchen, ihn weiter zu tragen. Führe sie nicht zum Altar, bis ich dir weiter schreibe. *Nur diese* Bedingung erlaubt sich die brüderliche Liebe. Bin ich glücklicher als du – in Gottes Namen, so sei sie dein, und der Himmel segne eure Liebe. Bin ich es nicht – nun dann, so möge der Himmel weiter über uns richten! Lebe wohl. Behalte dieses versiegelte Päckchen, erbrich es nicht, bis ich von hinnen bin. – Ich geh nach Batavia.« – Hier sprang er in den Wagen.

Halb entseelt starrten ihm die Hinterbleibenden nach. Er hatte den Bruder an Edelmut übertroffen. Am Herzen dieses zerrten beide, Liebe und Verlust des edelsten Manns. Das Geräusch des fliehenden Wagens durchdonnerte sein Herz. Man besorgte für sein Leben. Das Fräulein – doch nein! Davon wird das Ende reden.

Man erbrach das Paket. Es war eine vollgültige Verschreibung aller seiner teutschen Besitzungen, die der Bruder erheben sollte, wenn es dem Fliehenden in Batavia glückte.

Der Überwinder seiner selbst ging mit holländischen Kauffahrern unter Segel und kam glücklich in Batavia an. Wenige Wochen, so übersandte er dem Bruder folgende Zeilen: »Hier, wo ich Gott dem Allmächtigen danke, hier auf der neuen Erde denk ich *deiner* und unsrer Lieben mit aller Wonne eines Märtyrers. Die neue Szenen und Schicksale haben meine Seele erweitert, Gott hat mir Kraft geschenkt, der Freundschaft das höchste Opfer zu bringen: *Dein* ist – Gott! hier fiel eine Träne – die letzte – Ich hab überwunden – *Dein ist das Fräulein*. Bruder, ich habe sie nicht besitzen sollen, das heißt, sie wäre mit mir nicht glücklich gewesen. Wenn ihr je der Gedanke käme – sie wäre es mit mir gewesen – Bruder! Bruder! schwer wälze ich sie auf deine Seele. Vergiß nicht, wie schwer sie dir erworben werden mußte. – Behandle den Engel immer, wie es itzt deine junge Liebe dich lehrt. – Behandle sie als ein teures Vermächtnis eines Bruders, den deine Arme nimmer umstricken werden. Lebe wohl. Schreibe mir nicht, wenn du deine Brautnacht feierst. Meine Wunde blutet noch immer. Schreibe mir, wie glücklich du bist. – Meine Tat ist mir Bürge, daß auch mich Gott in der fremden Welt nicht verlassen wird.«

Die Vermählung wurde vollzogen. *Ein Jahr* dauerte die seligste der Ehen. – Dann starb die Frau. Sterbend erst bekannte sie ihrer Vertrautesten das unglückseligste Geheimnis ihres Busens: sie hatte den Entflohenen stärker geliebt.

Beide Brüder leben noch wirklich. Der ältere auf seinen Gütern in Teutschland, aufs neue vermählt. Der jüngere blieb in Batavia und gediehe zum glücklichen, glänzenden Mann. Er tat ein Gelübde, niemals zu heiraten, und hat es gehalten.

Der Verbrecher aus verlorener Ehre

EINE WAHRE GESCHICHTE

In der ganzen Geschichte des Menschen ist kein Kapitel unterrichtender für Herz und Geist als die Annalen seiner Verirrungen. Bei jedem großen Verbrechen war eine verhältnismäßig große Kraft in Bewegung. Wenn sich das geheime Spiel der Begehrungskraft bei dem matteren Licht gewöhnlicher Affekte versteckt, so wird es im Zustand gewaltsamer Leidenschaft desto hervorspringender, kolossalischer, lauter; der feinere Menschenforscher, welcher weiß, wie viel man auf die Mechanik der gewöhnlichen Willensfreiheit eigentlich rechnen darf und wie weit es erlaubt ist, analogisch zu schließen, wird manche Erfahrung aus diesem Gebiete in seine Seelenlehre herübertragen und für das sittliche Leben verarbeiten.
Es ist etwas so Einförmiges und doch wieder so Zusammengesetztes, das menschliche Herz. Ein und eben dieselbe Fertigkeit oder Begierde kann in tausenderlei Formen und Richtungen spielen, kann tausend widersprechende Phänomene bewirken, kann in tausend Charakteren anders gemischt erscheinen, und tausend ungleiche Charaktere und Handlungen können wieder aus einerlei Neigungen gesponnen sein, wenn auch der Mensch, von welchem die Rede ist, nichts weniger denn eine solche Verwandtschaft ahndet. Stünde einmal, wie für die übrigen Reiche der Natur, auch für das Menschengeschlecht ein Linnäus auf, welcher nach Trieben und Neigungen klassifizierte, wie sehr würde man erstaunen, wenn man so manchen, des-

sen Laster in einer engen bürgerlichen Sphäre und in der schmalen Umzäunung der Gesetze jetzt ersticken muß, mit dem Ungeheuer Borgia in *einer* Ordnung beisammen fände.
Von dieser Seite betrachtet, läßt sich manches gegen die gewöhnliche Behandlung der Geschichte einwenden, und hier, vermute ich, liegt auch die Schwierigkeit, warum das Studium derselben für das bürgerliche Leben noch immer so fruchtlos geblieben. Zwischen der heftigen Gemütsbewegung des handelnden Menschen und der ruhigen Stimmung des Lesers, welchem diese Handlung vorgelegt wird, herrscht ein so widriger Kontrast, liegt ein so breiter Zwischenraum, daß es dem letztern schwer, ja unmöglich wird, einen Zusammenhang nur zu ahnden. Es bleibt eine Lücke zwischen dem historischen Subjekt und dem Leser, die alle Möglichkeit einer Vergleichung oder Anwendung abschneidet und statt jenes heilsamen Schreckens, der die stolze Gesundheit warnet, ein Kopfschütteln der Befremdung erweckt. Wir sehen den Unglücklichen, der doch in eben der Stunde, wo er die Tat beging, so wie in der, wo er dafür büßet, Mensch war wie wir, für ein Geschöpf fremder Gattung an, dessen Blut anders umläuft als das unsrige, dessen Wille andern Regeln gehorcht als der unsrige; seine Schicksale rühren uns wenig, denn Rührung gründet sich ja nur auf ein dunkles Bewußtsein ähnlicher Gefahr, und wir sind weit entfernt, eine solche Ähnlichkeit auch nur zu träumen. Die Belehrung geht mit der Beziehung verloren, und die Geschichte, anstatt eine Schule der Bildung zu sein, muß sich mit einem armseligen Verdienste um unsre Neugier begnügen. Soll sie uns mehr sein und ihren großen Endzweck erreichen, so muß sie notwendig unter diesen beiden Methoden wählen – Entweder der Leser muß warm werden wie der Held, oder der Held wie der Leser erkalten.
Ich weiß, daß von den besten Geschichtschreibern neuerer Zeit und des Altertums manche sich an die erste Methode gehalten und das Herz ihres Lesers durch hinreißenden Vortrag besto-

chen haben. Aber diese Manier ist eine Usurpation des Schriftstellers und beleidigt die republikanische Freiheit des lesenden Publikums, dem es zukömmt, selbst zu Gericht zu sitzen; sie ist zugleich eine Verletzung der Grenzengerechtigkeit, denn diese Methode gehört ausschließend und eigentümlich dem Redner und Dichter. Dem Geschichtschreiber bleibt nur die letztere übrig.

Der Held muß kalt werden wie der Leser, oder, was hier ebensoviel sagt, wir müssen mit ihm bekannt werden, eh er handelt; wir müssen ihn seine Handlung nicht bloß *vollbringen*, sondern auch *wollen* sehen. An seinen Gedanken liegt uns unendlich mehr als an seinen Taten, und noch weit mehr an den Quellen seiner Gedanken als an den Folgen jener Taten. Man hat das Erdreich des Vesuvs untersucht, sich die Enstehung seines Brandes zu erklären; warum schenkt man einer moralischen Erscheinung weniger Aufmerksamkeit als einer physischen? Warum achtet man nicht in eben dem Grade auf die Beschaffenheit und Stellung der Dinge, welche einen solchen Menschen umgaben, bis der gesammelte Zunder in seinem Inwendigen Feuer fing? Den Träumer, der das Wunderbare liebt, reizt eben das Seltsame und Abenteuerliche einer solchen Erscheinung; der Freund der Wahrheit sucht eine Mutter zu diesen verlorenen Kindern. Er sucht sie in der *unveränderlichen* Struktur der menschlichen Seele und in den *veränderlichen* Bedingungen, welche sie von außen bestimmten, und in diesen beiden findet er sie gewiß. Ihn überrascht es nun nicht mehr, in dem nämlichen Beete, wo sonst überall heilsame Kräuter blühen, auch den giftigen Schierling gedeihen zu sehen, Weisheit und Torheit, Laster und Tugend in *einer* Wiege beisammen zu finden.

Wenn ich auch keinen der Vorteile hier in Anschlag bringe, welche die Seelenkunde aus einer solchen Behandlungsart der Geschichte zieht, so behält sie schon allein darum den Vorzug, weil sie den grausamen Hohn und die stolze Sicherheit ausrottet, womit gemeiniglich die ungeprüfte aufrechtstehende Tugend auf die gefallne herunterblickt; weil sie den sanften Geist der Duldung verbreitet, ohne welchen kein Flüchtling zurückkehrt, keine Aussöhnung des Gesetzes mit seinem Beleidiger stattfindet, kein angestecktes Glied der Gesellschaft von dem gänzlichen Brande gerettet wird.

Ob der Verbrecher, von dem ich jetzt sprechen werde, auch noch ein Recht gehabt hätte, an jenen Geist der Duldung zu appellieren? ob er wirklich ohne Rettung für den Körper des Staats verloren war? – Ich will dem Ausspruch des Lesers nicht vorgreifen. Unsre Gelindigkeit fruchtet ihm nichts mehr, denn er starb durch des Henkers Hand – aber die Leichenöffnung seines Lasters unterrichtet vielleicht die Menschheit und – es ist möglich, auch die Gerechtigkeit.

Christian Wolf war der Sohn eines Gastwirts in einer... schen Landstadt (deren Namen man aus Gründen, die sich in der Folge aufklären, verschweigen muß) und half seiner Mutter, denn der Vater war tot, bis in sein zwanzigstes Jahr die Wirtschaft besorgen. Die Wirtschaft war schlecht, und Wolf hatte müßige Stunden. Schon von der Schule her war er für einen losen Buben bekannt. Erwachsene Mädchen führten Klagen über seine Frechheit, und die Jungen des Städtchens huldigten seinem erfinderischen Kopfe. Die Natur hatte seinen Körper verabsäumt. Eine kleine unscheinbare Figur, krauses Haar von einer unangenehmen Schwärze, eine plattgedrückte Nase und eine geschwollene Oberlippe, welche noch überdies durch den Schlag eines Pferdes aus ihrer Richtung gewichen war, gab seinem Anblick eine Widrigkeit, welche alle Weiber von ihm zurückscheuchte und dem Witz seiner Kameraden eine reichliche Nahrung darbot.

Er wollte ertrotzen, was ihm verweigert war; weil er mißfiel, setzte er sich vor, zu gefallen. Er war sinnlich und beredete sich, daß er liebe. Das Mädchen, das er wählte, mißhandelte ihn; er hatte Ursache, zu fürchten, das seine Nebenbuhler glücklicher

wären; doch das Mädchen war arm. Ein Herz, das seinen Beteuerungen verschlossen blieb, öffnete sich vielleicht seinen Geschenken, aber ihn selbst drückte Mangel, und der eitle Versuch, seine Außenseite geltend zu machen, verschlang noch das Wenige, was er durch eine schlechte Wirtschaft erwarb. Zu bequem und zu unwissend, seinem zerrütteten Hauswesen durch Spekulation aufzuhelfen, zu stolz, auch zu weichlich, den Herrn, der er bisher gewesen war, mit dem Bauer zu vertauschen und seiner angebeteten Freiheit zu entsagen, sah er nur einen Ausweg vor sich – den Tausende vor ihm und nach ihm mit besserem Glücke ergriffen haben – den Ausweg, *honett zu stehlen*. Seine Vaterstadt grenzte an eine landesherrliche Waldung, er wurde Wilddieb, und der Ertrag seines Raubes wanderte treulich in die Hände seiner Geliebten.
Unter den Liebhabern Hannchens war Robert, ein Jägerpursche des Försters. Frühzeitig merkte dieser den Vorteil, den die Freigebigkeit seines Nebenbuhlers über ihn gewonnen hatte, und mit Scheelsucht forschte er nach den Quellen dieser Veränderung. Er zeigte sich fleißiger in der ›Sonne‹ – dies war das Schild zu dem Wirtshaus – sein laurendes Auge, von Eifersucht und Neide geschärft, entdeckte ihm bald, woher dieses Geld floß. Nicht lange vorher war ein strenges Edikt gegen die Wildschützen erneuert worden, welches den Übertreter zum Zuchthaus verdammte. Robert war unermüdet, die geheimen Gänge seines Feindes zu beschleichen; endlich gelang es ihm auch, den Unbesonnenen über der Tat zu ergreifen. Wolf wurde eingezogen, und nur mit Aufopferung seines ganzen kleinen Vermögens brachte er es mühsam dahin, die zuerkannte Strafe durch eine Geldbuße abzuwenden.
Robert triumphierte. Sein Nebenbuhler war aus dem Felde geschlagen und Hannchens Gunst für den Bettler verloren. Wolf kannte seinen Feind, und dieser Feind war der glückliche Besitzer seiner Johanne. Drückendes Gefühl des Mangels gesellte sich zu beleidigtem Stolz, Not und Eifersucht stürmen vereinigt

auf seine Empfindlichkeit ein, der Hunger treibt ihn hinaus in die weite Welt, Rache und Leidenschaft halten ihn fest. Er wird zum zweitenmal Wilddieb; aber Roberts verdoppelte Wachsamkeit überlistet ihn zum zweitenmal wieder. Jetzt erfährt er die ganze Schärfe des Gesetzes: denn er hat nichts mehr zu geben, und in wenigen Wochen wird er in das Zuchthaus der Residenz abgeliefert.

Das Strafjahr ist überstanden, seine Leidenschaft durch die Entfernung gewachsen und sein Trotz unter dem Gewicht des Unglücks gestiegen. Kaum erlangt er die Freiheit, so eilt er nach seinem Geburtsort, sich seiner Johanne zu zeigen. Er erscheint: man flieht ihn. Die dringende Not hat endlich seinen Hochmut gebeugt und seine Weichlichkeit überwunden – er bietet sich den Reichen des Orts an und will für den Taglohn dienen. Der Bauer zuckt über den schwachen Zärtling die Achseln; der derbe Knochenbau seines handfesten Mitbewerbers sticht ihn bei diesem fühllosen Gönner aus. Er wagt einen letzten Versuch. *Ein* Amt ist noch ledig, der äußerste verlorne Posten des ehrlichen Namens – er meldet sich zum Hirten des Städtchens, aber der Bauer will seine Schweine keinem Taugenichts anvertrauen. In allen Entwürfen getäuscht, an allen Orten zurückgewiesen, wird er zum drittenmal Wilddieb, und zum drittenmal trifft ihn das Unglück, seinem wachsamen Feind in die Hände zu fallen.

Der doppelte Rückfall hatte seine Verschuldung erschwert. Die Richter sahen in das Buch des Gesetze, aber nicht *einer* in die Gemütsverfassung des Beklagten. Das Mandat gegen die Wilddiebe bedurfte einer solennen und exemplarischen Genugtuung, und Wolf ward verurteilt, das Zeichen des Galgens auf den Rücken gebrannt, drei Jahre auf der Festung zu arbeiten.

Auch diese Periode verlief, und er ging von der Festung – aber ganz anders, als er dahin gekommen war. Hier fängt eine neue Epoche in seinem Leben an; man höre ihn selbst, wie er nachher gegen seinen geistlichen Beistand und vor Gerichte bekannt hat.

»Ich betrat die Festung«, sagte er, »als ein Verirrter und verließ sie als ein Lotterbube. Ich hatte noch etwas in der Welt gehabt, das mir teuer war, und mein Stolz krümmte sich unter der Schande. Wie ich auf die Festung gebracht war, sperrte man mich zu dreiundzwanzig Gefangenen ein, unter denen zwei Mörder und die übrigen alle berüchtigte Diebe und Vagabunden waren. Man verhöhnte mich, wenn ich von Gott sprach, und setzte mir zu, schändliche Lästerungen gegen den Erlöser zu sagen. Man sang mir Hurenlieder vor, die ich, ein lüderlicher Bube, nicht ohne Ekel und Entsetzen hörte; aber was ich ausüben sah, empörte meine Schamhaftigkeit noch mehr. Kein Tag verging, wo nicht irgend ein schändlicher Lebenslauf wiederholt, irgend ein schlimmer Anschlag geschmiedet ward. Anfangs floh ich dieses Volk und verkroch mich vor ihren Gesprächen, so gut mir's möglich war; aber ich brauchte ein Geschöpf, und die Barbarei meiner Wächter hatte mir auch meinen Hund abgeschlagen. Die Arbeit war hart und tyrannisch, mein Körper kränklich; ich brauchte Beistand, und wenn ich's aufrichtig sagen soll, ich brauchte Bedaurung, und diese mußte ich mit dem letzten Überrest meines Gewissens erkaufen. So gewöhnte ich mich endlich an das Abscheulichste, und im letzten Vierteljahr hatte ich meine Lehrmeister übertroffen.
Von jetzt an lechzte ich nach dem Tag meiner Freiheit, wie ich nach Rache lechzte. Alle Menschen hatten mich beleidigt, denn alle waren besser und glücklicher als ich. Ich betrachtete mich als den Märtyrer des natürlichen Rechts und als ein Schlachtopfer der Gesetze. Zähneknirschend rieb ich meine Ketten, wenn die Sonne hinter meinem Festungsberg heraufkam; eine weite Aussicht ist zwiefache Hölle für einen Gefangenen. Der freie Zugwind, der durch die Luftlöcher meines Turmes pfeifte, und die Schwalbe, die sich auf dem eisernen Stab meines Gitters niederließ, schienen mich mit ihrer Freiheit zu necken und machten mir meine Gefangenschaft desto gräßlicher. Damals gelobte ich unversöhnlichen, glühenden Haß allem, was dem

Menschen gleicht, und was ich gelobte, hab ich redlich gehalten.
Mein erster Gedanke, sobald ich mich frei sah, war meine Vaterstadt. So wenig auch für meinen künftigen Unterhalt da zu hoffen war, so viel versprach sich mein Hunger nach Rache. Mein Herz klopfte wilder, als der Kirchturm von weitem aus dem Gehölze stieg. Es war nicht mehr das herzliche Wohlbehagen, wie ich's bei meiner ersten Wallfahrt empfunden hatte. – Das Andenken alles Ungemachs, aller Verfolgungen, die ich dort einst erlitten hatte, erwachte mit einemmal aus einem schrecklichen Todesschlaf, alle Wunden bluteten wieder, alle Narben gingen auf. Ich verdoppelte meine Schritte, denn es erquickte mich im voraus, meine Feinde durch meinen plötzlichen Anblick in Schrecken zu setzen, und ich dürstete jetzt ebenso sehr nach neuer Erniedrigung, als ich ehemals davor gezittert hatte.
Die Glocken läuteten zur Vesper, als ich mitten auf dem Markte stand. Die Gemeine wimmelte zur Kirche. Man erkannte mich schnell, jedermann, der mir aufstieß, trat scheu zurück. Ich hatte von jeher die kleinen Kinder sehr lieb gehabt, und auch jetzt übermannte mich's unwillkürlich, daß ich einem Knaben, der neben mir vorbeihüpfte, einen Groschen bot. Der Knabe sah mich einen Augenblick starr an und warf mir den Groschen ins Gesicht. Wäre mein Blut nur etwas ruhiger gewesen, so hätte ich mich erinnert, daß der Bart, den ich noch von der Festung mitbrachte, meine Gesichtszüge bis zum Gräßlichen entstellte – aber mein böses Herz hatte meine Vernunft angesteckt. Tränen, wie ich sie nie geweint hatte, liefen über meine Backen.
›Der Knabe weiß nicht, wer ich bin, noch woher ich komme‹, sagte ich halblaut zu mir selbst, ›und doch meidet er mich wie ein schändliches Tier. Bin ich denn irgendwo auf der Stirne gezeichnet, oder habe ich aufgehört, einem Menschen ähnlich zu sehen, weil ich fühle, daß ich keinen mehr lieben kann?‹ –

Die Verachtung des Knaben schmerzte mich bitterer als dreijähriger Galliotendienst, denn ich hatte ihm Gutes getan und konnte *ihn* keines persönlichen Hasses beschuldigen.
Ich setzte mich auf einen Zimmerplatz, der Kirche gegenüber; was ich eigentlich wollte, weiß ich nicht; doch ich weiß noch, daß ich mit Erbitterung aufstand, als von allen meinen vorübergehenden Bekannten keiner mich nur eines Grußes gewürdigt hatte, auch nicht einer. Unwillig verließ ich meinen Standort, eine Herberge aufzusuchen, als ich an der Ecke einer Gasse umlenkte, rannte ich gegen meine Johanne. ›Sonnenwirt!‹ schrie sie laut auf und machte eine Bewegung, mich zu umarmen. ›Du wieder da, lieber Sonnenwirt! Gott sei Dank, daß du wiederkömmst!‹ Hunger und Elend sprach aus ihrer Bedeckung, eine schändliche Krankheit aus ihrem Gesichte; ihr Anblick verkündigte die verworfenste Kreatur, zu der sie erniedrigt war. Ich ahndete schnell, was hier geschehen sein möchte; einige fürstliche Dragoner, die mir eben begegnet waren, ließen mich erraten, daß Garnison in dem Städtchen lag. ›Soldatendirne!‹ rief ich und drehte ihr lachend den Rücken zu. Es tat mir wohl, daß noch ein Geschöpf *unter* mir war im Rang der Lebendigen. Ich hatte sie niemals geliebt.
Meine Mutter war tot. Mit meinem kleinen Hause hatten sich meine Kreditoren bezahlt gemacht. Ich hatte niemand und nichts mehr. Alle Welt floh mich wie einen Giftigen, aber ich hatte endlich verlernt, mich zu schämen. Vorher hatte ich mich dem Anblick der Menschen entzogen, weil Verachtung mir unerträglich war. Jetzt drang ich mich auf und ergötzte mich, sie zu verscheuchen. Es war mir wohl, weil ich nichts mehr zu verlieren und nichts mehr zu hüten hatte. Ich brauchte keine gute Eigenschaft mehr, weil man keine mehr bei mir vermutete.
Die ganze Welt stand mir offen, ich hätte vielleicht in einer fremden Provinz für einen ehrlichen Mann gegolten, aber ich hatte den Mut verloren, es auch nur zu scheinen. Verzweiflung und Schande hatten mir endlich diese Sinnesart aufgezwungen.

Es war die letzte Ausflucht, die mir übrig war, die *Ehre* entbehren zu lernen, weil ich an keine mehr Anspruch machen durfte. Hätten meine Eitelkeit und mein Stolz meine Erniedrigung erlebt, so hätte ich mich selber entleiben müssen.
Was ich nunmehr eigentlich beschlossen hatte, war mir selber noch unbekannt. Ich wollte Böses tun, soviel erinnere ich mich noch dunkel. Ich wollte mein Schicksal verdienen. Die Gesetze, meinte ich, wären Wohltaten für die Welt, also faßte ich den Vorsatz, sie zu verletzen; ehemals hatte ich aus *Notwendigkeit* und *Leichtsinn* gesündigt, jetzt tat ich's aus freier Wahl zu meinem Vergnügen.
Mein Erstes war, daß ich mein Wildschießen fortsetzte. Die Jagd überhaupt war mir nach und nach zur Leidenschaft geworden, und außerdem mußte ich ja leben. Aber dies war es nicht allein; es kitzelte mich, das fürstliche Edikt zu verhöhnen und meinem Landesherrn nach allen Kräften zu schaden. Ergriffen zu werden, besorgte ich nicht mehr, denn jetzt hatte ich eine Kugel für meinen Entdecker bereit, und das wußte ich, daß mein Schuß seinen Mann nicht fehlte. Ich erlegte alles Wild, das mir aufstieß, nur weniges machte ich auf der Grenze zu Gelde, das meiste ließ ich verwesen. Ich lebte kümmerlich, um nur den Aufwand an Blei und Pulver zu bestreiten. Meine Verheerungen in der großen Jagd wurden ruchbar, aber mich drückte kein Verdacht mehr. Mein Anblick löschte ihn aus. Mein Name war vergessen.
Diese Lebensart trieb ich mehrere Monate. Eines Morgens hatte ich nach meiner Gewohnheit das Holz druchstrichen, die Fährte eines Hirsches zu verfolgen. Zwei Stunden hatte ich mich vergeblich ermüdet, und schon fing ich an, meine Beute verloren zu geben, als ich sie auf einmal in schußgerechter Entfernung entdecke. Ich will anschlagen und abdrücken – aber plötzlich erschreckt mich der Anblick eines Hutes, der wenige Schritte vor mir auf der Erde liegt. Ich forsche genauer und erkenne den Jäger Robert, der hinter dem dicken Stamm einer

Eiche auf eben das Wild anschlägt, dem ich den Schuß bestimmt hatte. Eine tödliche Kälte fährt bei diesem Anblick durch meine Gebeine. Just das war der Mensch, den ich unter allen lebendigen Dingen am gräßlichsten haßte, und dieser Mensch war in die Gewalt meiner Kugel gegeben. In diesem Augenblick dünkte mich's, als ob die ganze Welt in meinem Flintenschuß läge und der Haß meines ganzen Lebens in die einzige Fingerspitze sich zusammendrängte, womit ich den mördrischen Druck tun sollte. Eine unsichtbare fürchterliche Hand schwebte über mir, der Stundenweiser meines Schicksals zeigte unwiderruflich auf diese schwarze Minute. Der Arm zitterte mir, da ich meiner Flinte die schreckliche Wahl erlaubte – meine Zähne schlugen zusammen wie im Fieberfrost, und der Odem sperrte sich erstickend in meiner Lunge. Eine Minute lang blieb der Lauf meiner Flinte ungewiß zwischen dem Menschen und dem Hirsch mitten inne schwanken – eine Minute – und noch eine – und wieder eine. Rache und Gewissen rangen hartnäckig und zweifelhaft, aber die Rache gewann's, und der Jäger lag tot am Boden.
Mein Gewehr fiel mit dem Schusse . . . . ›Mörder‹ . . . stammelte ich langsam – der Wald war still wie ein Kirchhof – ich hörte deutlich, daß ich ›Mörder‹ sagte. Als ich näher schlich, starb der Mann. Lange stand ich sprachlos vor dem Toten, ein helles Gelächter endlich machte mir Luft. ›Wirst du jetzt reinen Mund halten, guter Freund!‹ sagte ich und trat keck hin, indem ich zugleich das Gesicht des Ermordeten auswärts kehrte. Die Augen standen ihm weit auf. Ich wurde ernsthaft und schwieg plötzlich wieder stille. Es fing mir an, seltsam zu werden.
Bis hieher hatte ich auf Rechnung meiner Schande gefrevelt; jetzt war etwas geschehen, wofür ich noch nicht gebüßt hatte. Eine Stunde vorher, glaube ich, hätte mich kein Mensch überredet, daß es noch etwas Schlechteres als mich unter dem Himmel gebe; jetzt fing ich an zu mutmaßen, daß ich vor einer Stunde wohl gar zu beneiden war.

Gottes Gerichte fielen mir nicht ein – wohl aber eine, ich weiß nicht welche? verwirrte Erinnerung an Strang und Schwert und die Exekution einer Kindermörderin, die ich als Schuljunge mitangesehen hatte. Etwas ganz besonders Schreckbares lag für mich in dem Gedanken, daß von jetzt an mein Leben verwirkt sei. Auf mehreres besinne ich mich nicht mehr. Ich wünschte gleich darauf, daß er noch lebte. Ich tat mir Gewalt an, mich lebhaft an alles Böse zu erinnern, das mir der Tote im Leben zugefügt hatte, aber sonderbar! mein Gedächtnis war wie ausgestorben. Ich konnte nichts mehr von alledem hervorrufen, was mich vor einer Viertelstunde zum Rasen gebracht hatte. Ich begriff gar nicht, wie ich zu dieser Mordtat gekommen war.
Noch stand ich vor der Leiche, noch immer. Das Knallen einiger Peitschen und das Geknarre von Frachtwagen, die durchs Holz fuhren, brachte mich zu mir selbst. Es war kaum eine Viertelmeile abseits der Heerstraße, wo die Tat geschehen war. Ich mußte auf meine Sicherheit denken.
Unwillkürlich verlor ich mich tiefer in den Wald. Auf dem Wege fiel mir ein, daß der Entleibte sonst eine Taschenuhr besessen hätte. Ich brauchte Geld, um die Grenze zu erreichen – und doch fehlte mir der Mut, nach dem Platz umzuwenden, wo der Tote lag. Hier erschreckte mich ein Gedanke an den Teufel und eine Allgegenwart Gottes. Ich raffte meine ganze Kühnheit zusammen; entschlossen, es mit der ganzen Hölle aufzunehmen, ging ich nach der Stelle zurück. Ich fand, was ich erwartet hatte, und in einer grünen Börse noch etwas weniges über einen Taler an Gelde. Eben da ich beides zu mir stecken wollte, hielt ich plötzlich ein und überlegte. Es war keine Anwandlung von Scham, auch nicht Furcht, mein Verbrechen durch Plünderung zu vergrößern – Trotz, glaube ich, war es, daß ich die Uhr wieder von mir warf und von dem Gelde nur die Hälfte behielt. Ich wollte für einen persönlichen Feind des Erschossenen, aber nicht für seinen Räuber gehalten sein.
Jetzt floh ich waldeinwärts. Ich wußte, daß das Holz sich vier

Zeichnung von J. v. Sundahl um 1838

deutsche Meilen nordwärts erstreckte und dort an die Grenzen des Landes stieß. Bis zum hohen Mittag lief ich atemlos. Die Eilfertigkeit meiner Flucht hatte meine Gewissensangst zerstreut, aber sie kam schrecklicher zurück, wie meine Kräfte mehr und mehr ermatteten. Tausend gräßliche Gestalten gingen an mir vorüber und schlugen wie schneidende Messer in meine Brust. Zwischen einem Leben voll rastloser Todesfurcht und einer gewaltsamen Entleibung war mir jetzt eine schreckliche Wahl gelassen, und ich *mußte* wählen. Ich hatte das Herz nicht, durch Selbstmord aus der Welt zu gehen, und entsetzte mich vor der Aussicht, darin zu bleiben. Geklemmt zwischen die gewissen Qualen des Lebens und die ungewissen Schrecken der Ewigkeit, gleich unfähig zu leben und zu sterben, brachte ich die sechste Stunde meiner Flucht dahin, eine Stunde, vollgepreßt von Qualen, wovon noch kein lebendiger Mensch zu erzählen weiß.

In mich gekehrt und langsam, ohne mein Wissen den Hut tief ins Gesicht gedrückt, als ob mich dies vor dem Auge der leblosen Natur hätte unkenntlich machen können, hatte ich unvermerkt einen schmalen Fußsteig verfolgt, der mich durch das dunkelste Dickicht führte – als plötzlich eine rauhe befehlende Stimme von mir her: ›Halt! rufte. Die Stimme war ganz nahe, meine Zerstreuung und der heruntergedrückte Hut hatten mich verhindert, um mich herum zu schauen. Ich schlug die Augen auf und sah einen wilden Mann auf mich zukommen, der eine große knotige Keule trug. Seine Figur ging ins Riesenmäßige – meine erste Bestürzung wenigstens hatte mich dies glauben gemacht – und die Farbe seiner Haut war von einer gelben Mulattenschwärze, woraus das Weiße eines schielenden Auges bis zum Grassen hervortrat. Er hatte statt eines Gurts ein dickes Seil zwiefach um einen grünen wollenen Rock geschlagen, worin ein breites Schlachtmesser bei einer Pistole stak. Der Ruf wurde wiederholt, und ein kräftiger Arm hielt mich fest. Der Laut eines Menschen hatte mich in Schrecken gejagt, aber der

Anblick eines Bösewichts gab mir Herz. In der Lage, worin ich jetzt war, hatte ich Ursache, vor jedem redlichen Mann, aber keine mehr, vor einem Räuber zu zittern.
›Wer da?‹ sagte diese Erscheinung.
›Deinesgleichen‹, war meine Antwort, ›wenn du der wirklich bist, dem du gleichsiehst!‹
›Dahinaus geht der Weg nicht. Was hast du hier zu suchen?‹
›Was hast du hier zu fragen?‹ versetzte ich trotzig.
Der Mann betrachtete mich zweimal vom Fuß bis zum Wirbel. Es schien, als ob er meine Figur gegen die seinige und meine Antwort gegen meine Figur halten wollte – ›Du sprichst brutal wie ein Bettler‹, sagte er endlich.
›Das mag sein. Ich bin's noch gestern gewesen.‹
Der Mann lachte. ›Man sollte darauf schwören‹, rief er, ›du wolltest auch noch jetzt für nichts Bessers gelten.‹
›Für etwas Schlechteres also‹ – Ich wollte weiter.
›Sachte, Freund! Was jagt dich denn so? Was hast du für Zeit zu verlieren?‹
Ich besann mich einen Augenblick. Ich weiß nicht, wie mir das Wort auf die Zunge kam: ›Das Leben ist kurz‹, sagte ich langsam, ›und die Hölle währt ewig.‹
Er sah mich stier an. ›Ich will verdammt sein‹, sagte er endlich, ›oder du bist irgend an einem Galgen hart vorbeigestreift.‹
›Das mag wohl noch kommen. Also auf *Wiedersehen*, Kamerad!‹
›Topp, *Kamerade*!‹ – schrie er, indem er eine zinnerne Flasche aus seiner Jagdtasche hervorlangte, einen kräftigen Schluck daraus tat und mir sie reichte. Flucht und Beängstigung hatten meine Kräfte aufgezehrt, und diesen ganzen entsetzlichen Tag war noch nichts über meine Lippen gekommen. Schon fürchtete ich, in dieser Waldgegend zu verschmachten, wo auf drei Meilen in der Runde kein Labsal für mich zu hoffen war. Man urteile, wie froh ich auf diese angebotne Gesundheit Bescheid tat. Neue Kraft floß mit diesem Erquicktrunk in meine Gebeine

und frischer Mut in mein Herz, und Hoffnung und Liebe zum Leben. Ich fing an, zu glauben, daß ich doch wohl nicht ganz elend wäre; so viel konnte dieser willkommene Trank. Ja, ich bekenne es, mein Zustand grenzte wieder an einen glücklichen, denn endlich, nach tausend fehlgeschlagenen Hoffnungen, hatte ich eine Kreatur gefunden, die mir ähnlich schien. In dem Zustande, worein ich versunken war, hätte ich mit dem höllischen Geiste Kameradschaft getrunken, um einen Vertrauten zu haben.

Der Mann hatte sich aufs Gras hingestreckt, ich tat ein gleiches.

›Dein Trunk hat mir wohlgetan!‹ sagte ich. ›Wir müssen bekannter werden.‹

Er schlug Feuer, seine Pfeife zu zünden.

›Treibst du das Handwerk schon lange?‹

Er sah mich fest an. ›Was willst du damit sagen?‹

›War *das* schon oft blutig?‹ Ich zog das Messer aus seinem Gürtel.

›Wer bist du?‹ sagte er schrecklich und legte die Pfeife von sich.

›Ein Mörder wie du – aber nur erst ein Anfänger.‹

Der Mensch sah mich steif an und nahm seine Pfeife wieder.

›Du bist nicht hier zu Hause?‹ sagte er endlich.

›Drei Meilen von hier. Der Sonnenwirt in L..., wenn du von mir gehöret hast.‹

Der Mann sprang auf wie ein Beseßner. ›Der Wildschütze Wolf?‹ schrie er hastig.

›Der nämliche.‹

›Willkommen, Kamerad! Willkommen!‹ rief er und schüttelte mir kräftig die Hände. ›Das ist brav, daß ich dich endlich habe, Sonnenwirt. Jahr und Tag schon sinn ich darauf, dich zu kriegen. Ich kenne dich recht gut. Ich weiß um alles. Ich habe lange auf dich gerechnet.‹

›Auf mich gerechnet? Wozu denn?‹

›Die ganze Gegend ist voll von dir. Du hast Feinde, ein Amtmann hat dich gedrückt, Wolf. Man hat dich zu Grunde gerichtet, himmelschreiend ist man mit dir umgegangen.‹

Der Mann wurde hitzig – ›Weil du ein paar Schweine geschossen hast, die der Fürst auf unsern Äckern und Feldern füttert, haben sie dich jahrelang im Zuchthaus und auf der Festung herumgezogen, haben sie dich um Haus und Wirtschaft bestohlen, haben sie dich zum Bettler gemacht. Ist es dahin gekommen, Bruder, daß der Mensch nicht mehr gelten soll als ein Hase? Sind wir nicht besser als das Vieh auf dem Felde? – Und ein Kerl wie du konnte das dulden?‹

›Konnt ich's ändern?‹

›Das werden wir ja wohl sehen. Aber sage mir doch, woher kömmst du denn jetzt, und was führst du im Schilde?‹

Ich erzählte ihm meine ganze Geschichte. Der Mann, ohne abzuwarten, bis ich zu Ende war, sprang mit froher Ungeduld auf, und mich zog er nach. ›Komm, Bruder Sonnenwirt‹, sagte er, ›jetzt bist du reif, jetzt hab ich dich, wo ich dich brauchte. Ich werde Ehre mit dir einlegen. Folge mir.‹

›Wo willst du mich hinführen?‹

›Frage nicht lange. Folge!‹ – Er schleppte mich mit Gewalt fort.

Wir waren eine kleine Viertelmeile gegangen. Der Wald wurde immer abschüssiger, unwegsamer und wilder, keiner von uns sprach ein Wort, bis mich endlich die Pfeife meines Führers aus meinen Betrachtungen aufschreckte. Ich schlug die Augen auf, wir standen am schroffen Absturz eines Felsen, der sich in eine tiefe Kluft hinunterbückte. Eine zwote Pfeife antwortete aus dem innersten Bauche des Felsen, und eine Leiter kam, wie von sich selbst, langsam aus der Tiefe gestiegen. Mein Führer kletterte zuerst hinunter, mich hieß er warten, bis er wiederkäme. ›Erst muß ich den Hund an Ketten legen lassen‹, setzte er hinzu, ›du bist hier fremd, die Bestie würde dich zerreißen.‹ Damit ging er.

Jetzt stand ich allein vor dem Abgrund, und ich wußte recht gut, daß ich allein war. Die Unvorsichtigkeit meines Führers entging meiner Aufmerksamkeit nicht. Es hätte mich nur einen beherzten Entschluß gekostet, die Leiter heraufzuziehen, so war ich frei, und meine Flucht war gesichert. Ich gestehe, daß ich das einsah. Ich sah in den Schlund hinab, der mich jetzt aufnehmen sollte; es erinnerte mich dunkel an den Abgrund der Hölle, woraus keine Erlösung mehr ist. Mir fing an, vor der Laufbahn zu schaudern, die ich nunmehr betreten wollte; nur eine schnelle Flucht konnte mich retten. Ich beschließe diese Flucht – schon strecke ich den Arm nach der Leiter aus – aber auf einmal donnert's in meinen Ohren, es umhallt mich wie Hohngelächter der Hölle: ›*Was hat ein Mörder zu wagen?*‹ – und mein Arm fällt gelähmt zurück. Meine Rechnung war völlig, die Zeit der Reue war dahin, mein begangener Mord lag hinter mir aufgetürmt wie ein Fels und sperrte meine Rückkehr auf ewig. Zugleich erschien auch mein Führer wieder und kündigte mir an, daß ich kommen solle. Jetzt war ohnehin keine Wahl mehr. Ich kletterte hinunter.

Wir waren wenige Schritte unter der Felsmauer weggegangen, so erweiterte sich der Grund, und einige Hütten wurden sichtbar. Mitten zwischen diesen öffnete sich ein runder Rasenplatz, auf welchem sich eine Anzahl von achtzehn bis zwanzig Menschen um ein Kohlfeuer gelagert hatte. ›Hier, Kameraden‹, sagte mein Führer und stellte mich mitten in den Kreis; ›unser Sonnenwirt! heißt ihn willkommen!‹

›Sonnenwirt!‹ schrie alles zugleich, und alles fuhr auf und drängte sich um mich her, Männer und Weiber. Soll ich's gestehn? Die Freude war ungeheuchelt und herzlich, Vertrauen, Achtung sogar erschien auf jedem Gesichte, dieser drückte mir die Hand, jener schüttelte mich vertraulich am Kleide, der ganze Auftritt war wie das Wiedersehen eines alten Bekannten, der einem wert ist. Meine Ankunft hatte den Schmaus unterbrochen, der eben anfangen sollte. Man setzte ihn sogleich fort

und nötigte mich, den Willkomm zu trinken. Wildpret aller Art war die Mahlzeit, und die Weinflasche wanderte unermüdet von Nachbar zu Nachbar. Wohlleben und Einigkeit schien die ganze Bande zu beseelen, und alles wetteiferte, seine Freude über mich zügelloser an den Tag zu legen.
Man hatte mich zwischen zwo Weibspersonen sitzen lassen, welches der Ehrenplatz an der Tafel war. Ich erwartete den Auswurf ihres Geschlechts, aber wie groß war meine Verwunderung, als ich unter dieser schändlichen Rotte die schönsten weiblichen Gestalten entdeckte, die mir jemals vor Augen gekommen. Margarete, die älteste und schönste von beiden, ließ sich Jungfer nennen und konnte kaum fünfundzwanzig sein. Sie sprach sehr frech, und ihre Gebärden sagten noch mehr. Marie, die jüngere, war verheuratet, aber einem Manne entlaufen, der sie mißhandelt hatte. Sie war feiner gebildet, sah aber blaß aus und schmächtig und fiel weniger ins Auge als ihre feurige Nachbarin. Beide Weiber eiferten aufeinander, meine Begierden zu entzünden; die schöne Margarete kam meiner Blödigkeit durch freche Scherze zuvor, aber das ganze Weib war mir zuwider, und mein Herz hatte die schüchternde Marie auf immer gefangen.
›Du siehst, Bruder Sonnenwirt‹, fing der Mann jetzt an, der mich hergebracht hatte, ›du siehst, wie wir untereinander leben, und jeder Tag ist dem heutigen gleich. Nicht wahr, Kameraden?‹
›Jeder Tag wie der heutige!‹ wiederholte die ganze Bande.
›Kannst du dich also entschließen, an unserer Lebensart Gefallen zu finden, so schlag ein und sei unser Anführer. Bis jetzt bin *ich* es gewesen, aber *dir* will ich weichen. Seid ihr's zufrieden, Kameraden?‹
Ein fröhliches ›Ja!‹ antwortete aus allen Kehlen.
Mein Kopf glühte, mein Gehirne war betäubt, von Wein und Begierden siedete mein Blut. Die Welt hatte mich ausgeworfen wie einen Verpesteten – hier fand ich brüderliche Aufnahme,

Wohlleben und Ehre. Welche Wahl ich auch treffen wollte, so erwartete mich Tod; hier aber konnte ich wenigstens mein Leben für einen höheren Preis verkaufen. Wollust war meine wütendste Neigung; das andere Geschlecht hatte mir bis jetzt nur Verachtung bewiesen, hier erwarteten mich Gunst und zügellose Vergnügungen. Mein Entschluß kostete mich wenig. ›Ich bleibe bei euch, Kameraden‹, rief ich laut mit Entschlossenheit und trat mitten unter die Bande; ›ich bleibe bei euch‹, rief ich nochmals, ›wenn ihr mir meine schöne Nachbarin abtretet!‹ – Alle kamen überein, mein Verlangen zu bewilligen, ich war erklärter Eigentümer einer H*** und das Haupt einer Diebesbande.«

Den folgenden Teil der Geschichte übergehe ich ganz; das bloß Abscheuliche hat nichts Unterrichtendes für den Leser. Ein Unglücklicher, der bis zu dieser Tiefe heruntersank, mußte sich endlich alles erlauben, was die Menschheit empört – aber einen zweiten Mord beging er nicht mehr, wie er selbst auf der Folter bezeugte.

Der Ruf dieses Menschen verbreitete sich in kurzem durch die ganze Provinz. Die Landstraßen wurden unsicher, nächtliche Einbrüche beunruhigten den Bürger, der Name des Sonnenwirts wurde der Schrecken des Landvolks, die Gerechtigkeit suchte ihn auf, und eine Prämie wurde auf seinen Kopf gesetzt. Er war so glücklich, jeden Anschlag auf seine Freiheit zu vereiteln, und verschlagen genug, den Aberglauben des wundersüchtigen Bauern zu seiner Sicherheit zu benutzen. Seine Gehülfen mußten aussprengen, er habe einen Bund mit dem Teufel gemacht und könne hexen. Der Distrikt, auf welchem er seine Rolle spielte, gehörte damals noch weniger als jetzt zu den aufgeklärten Deutschlands; man glaubte diesem Gerüchte, und seine Person war gesichert. Niemand zeigte Lust, mit dem gefährlichen Kerl anzubinden, dem der Teufel zu Diensten stünde.

Ein Jahr schon hatte er das traurige Handwerk getrieben, als es anfinge, ihm unerträglich zu werden. Die Rotte, an deren Spitze er sich gestellt hatte, erfüllte seine glänzenden Erwartungen nicht. Eine verführerische Außenseite hatte ihn damals im Taumel des Weines geblendet; jetzt wurde er mit Schrecken gewahr, wie abscheulich er hintergangen worden. Hunger und Mangel traten an die Stelle des Überflusses, womit man ihn eingewiegt hatte; sehr oft mußte er sein Leben an eine Mahlzeit wagen, die kaum hinreichte, ihn vor dem Verhungern zu schützen. Das Schattenbild jener *brüderlichen* Eintracht verschwand; Neid, Argwohn und Eifersucht wüteten im Innern dieser verworfenen Bande. Die Gerechtigkeit hatte demjenigen, der ihn lebendig ausliefern würde, Belohnung und, wenn es ein Mitschuldiger wäre, noch eine feierliche Begnadigung zugesagt – eine mächtige Versuchung für den Auswurf der Erde! Der Unglückliche kannte seine Gefahr. Die Redlichkeit derjenigen, die Menschen und Gott verrieten, war ein schlechtes Unterpfand seines Lebens. Sein Schlaf war von jetzt an dahin, ewige Todesangst zerfraß seine Ruhe, das gräßliche Gespenst des Argwohns rasselte hinter ihm, wo er hinfloh, peinigte ihn, wenn er wachte, bettete sich neben ihm, wenn er schlafen ging, und schreckte ihn in entsetzlichen Träumen. Das verstummte Gewissen gewann zugleich seine Sprache wieder, und die schlafende Natter der Reue wachte bei diesem allgemeinen Sturm seines Busens auf. Sein ganzer Haß wandte sich jetzt von der Menschheit und kehrte seine schreckliche Schneide gegen ihn selber. Er vergab jetzt der ganzen Natur und fand niemand, als sich allein zu verfluchen.

Das Laster hatte seinen Unterricht an dem Unglücklichen vollendet, sein natürlich guter Verstand siegte endlich über die traurige Täuschung. Jetzt fühlte er, wie tief er gefallen war, ruhigere Schwermut trat an die Stelle knirschender Verzweiflung. Er wünschte mit Tränen die Vergangenheit zurück; jetzt wußte er gewiß, daß er sie ganz anders wiederholen würde. Er fing an, zu hoffen, daß er noch rechtschaffen werden dürfe, weil er bei sich empfand, daß er es könne. Auf dem höchsten Gipfel seiner Verschlimmerung war er dem Guten näher, als er vielleicht vor seinem ersten Fehltritt gewesen war.

Um eben diese Zeit war der Siebenjährige Krieg ausgebrochen, und die Werbungen gingen stark. Der Unglückliche schöpfte Hoffnung von diesem Umstand und schrieb einen Brief an seinen Landesherrn, den ich auszugsweise hier einrücke:

›Wenn Ihre fürstliche Huld sich nicht ekelt, bis zu *mir* herunterzusteigen, wenn Verbrecher *meiner* Art nicht außerhalb Ihrer Erbarmung liegen, so gönnen *Sie* mir Gehör, durchlauchtigster Oberherr. Ich bin Mörder und Dieb, das Gesetz verdammt mich zum Tode, die Gerichte suchen mich auf – und ich biete mich an, mich freiwillig zu stellen. Aber ich bringe zugleich eine seltsame Bitte vor Ihren Thron. Ich verabscheue mein Leben und fürchte den Tod nicht, aber schrecklich ist mir's zu sterben, ohne gelebt zu haben. Ich möchte leben, um einen Teil des Vergangenen gutzumachen; ich möchte leben, um den Staat zu versöhnen, den ich beleidigt habe. Meine Hinrichtung wird ein Beispiel sein für die Welt, aber kein Ersatz meiner Taten. Ich hasse das Laster und sehne mich feurig nach Rechtschaffenheit und Tugend. Ich habe Fähigkeiten gezeigt, meinem Vaterland furchtbar zu werden; ich hoffe, daß mir noch einige übriggeblieben sind, ihm zu nützen.

Ich weiß, daß ich etwas Unerhörtes begehre. Mein Leben ist verwirkt, mir steht es nicht an, mit der Gerechtigkeit Unterhandlung zu pflegen. Aber ich erscheine nicht in Ketten und Banden vor Ihnen – noch bin ich frei – und meine Furcht hat den kleinsten Anteil an meiner Bitte.

Es ist Gnade, um was ich flehe. Einen Anspruch auf Gerechtigkeit, wenn ich auch einen hätte, wage ich nicht mehr geltend zu machen. – Doch an etwas darf ich meinen Richter erinnern. Die Zeitrechnung meiner Verbrechen fängt mit dem Urteilsspruch an, der mich auf immer um meine Ehre brachte. Wäre mir damals die Billigkeit minder versagt worden, so würde ich jetzt vielleicht keiner Gnade bedürfen.

Lassen Sie Gnade für Recht ergehen, mein Fürst! Wenn es in Ihrer fürstlichen Macht steht, das Gesetz für mich zu erbitten, so schenken Sie mir das Leben. Es soll Ihrem Dienste von nun an gewidmet sein. Wenn Sie es können, so lassen Sie mich Ihren gnädigsten Willen aus öffentlichen Blättern vernehmen, und ich werde mich auf Ihr fürstliches Wort in der Hauptstadt stellen. Haben Sie es anders mit mir beschlossen, so tue die Gerechtigkeit denn das Ihrige, ich muß das Meinige tun.‹

Diese Bittschrift blieb ohne Antwort, wie auch eine zwote und dritte, worin der Supplikant um eine Reuterstelle im Dienste des Fürsten bat. Seine Hoffnung zu einem Pardon erlosch gänzlich, er faßte also den Entschluß, aus dem Land zu fliehen und im Dienste des Königs von Preußen als ein braver Soldat zu sterben.

Er entwischte glücklich seiner Bande und trat diese Reise an. Der Weg führte ihn durch eine kleine Landstadt, wo er übernachten wollte. Kurze Zeit vorher waren durch das ganze Land geschärftere Mandate zu strenger Untersuchung der Reisenden ergangen, weil der Landesherr, ein Reichsfürst, im Kriege Partei genommen hatte. Einen solchen Befehl hatte auch der Torschreiber dieses Städtchens, der auf einer Bank vor dem Schlage saß, als der Sonnenwirt geritten kam. Der Aufzug dieses Mannes hatte etwas Possierliches und zugleich etwas Schreckliches und Wildes. Der hagre Klepper, den er ritt, und die burleske Wahl seiner Kleidungsstücke, wobei wahrscheinlich weniger sein Geschmack als die Chronologie seiner Entwendungen zu Rat gezogen war, kontrastierte seltsam genug mit einem Gesicht, worauf so viele wütende Affekte, gleich den verstümmelten Leichen auf einem Walplatz, verbreitet lagen. Der Torschreiber stutzte beim Anblick dieses seltsamen Wanderers. Er war am Schlagbaum grau geworden, und eine vierzigjährige Amtsführung hatte in ihm einen unfehlbaren Physiognomen aller

Landstreicher erzogen. Der Falkenblick dieses Spürers verfehlte auch hier seinen Mann nicht. Er sperrte sogleich das Stadttor und forderte dem Reuter den Paß ab, indem er sich seines Zügels versicherte. Wolf war auf Fälle dieser Art vorbereitet und führte auch wirklich einen Paß bei sich, den er ohnlängst von einem geplünderten Kaufmann erbeutet hatte. Aber dieses einzelne Zeugnis war nicht genug, eine vierzigjährige Observanz umzustoßen und das Orakel am Schlagbaum zu einem Widerruf zu bewegen. Der Torschreiber glaubte seinen Augen mehr als diesem Papiere, und Wolf war genötigt, ihm nach dem Amtshaus zu folgen.

Der Oberamtmann des Orts untersuchte den Paß und erklärte ihn für richtig. Er war ein starker Anbeter der Neuigkeit und liebte besonders, bei seiner Bouteille über die Zeitung zu plaudern. Der Paß sagte ihm, daß der Besitzer geradeswegs aus den feindlichen Ländern käme, wo der Schauplatz des Krieges war. Er hoffte, Privatnachrichten aus dem Fremden herauszulocken, und schickte einen Sekretär mit dem Paß zurück, ihn auf eine Flasche Wein einzuladen.

Unterdessen hält der Sonnenwirt vor dem Amtshaus; das lächerliche Schauspiel hat den Janhagel des Städtchens scharenweise um ihn her versammelt. Man murmelt sich in die Ohren, deutet wechselweise auf das Roß und den Reuter; der Mutwille des Pöbels steigt endlich bis zu einem lauten Tumult. Unglücklicherweise war das Pferd, worauf jetzt alles mit Fingern wies, ein geraubtes; er bildet sich ein, das Pferd sei in Steckbriefen beschrieben und erkannt. Die unerwartete Gastfreundlichkeit des Oberamtmanns vollendet seinen Verdacht. Jetzt hält er's für ausgemacht, daß die Betrügerei seines Passes verraten und diese Einladung nur die Schlinge sei, ihn lebendig und ohne Widersetzung zu fangen. Böses Gewissen macht ihn zum Dummkopf, er gibt seinem Pferde die Sporen und rennt davon, ohne Antwort zu geben.

Diese plötzliche Flucht ist die Losung zum Aufstand.

»Ein Spitzbube!« ruft alles, und alles stürzt hinter ihm her. Dem Reuter gilt es um Leben und Tod, er hat schon den Vorsprung, seine Verfolger keuchen atemlos nach, er ist seiner Rettung nahe – aber eine schwere Hand drückt unsichtbar gegen ihn, die Uhr seines Schicksals ist abgelaufen, die unerbittliche Nemesis hält ihren Schuldner an. Die Gasse, der er sich anvertraute, endigt in einem Sack, er muß rückwärts gegen seine Verfolger umwenden.

Der Lärm dieser Begebenheit hat unterdessen das ganze Städtchen in Aufruhr gebracht, Haufen sammeln sich zu Haufen, alle Gassen sind gesperrt, ein Heer von Feinden kömmt im Anmarsch gegen ihn her. Er zeigt eine Pistole, das Volk weicht, er will sich mit Macht einen Weg durchs Gedränge bahnen. »Dieser Schuß«, ruft er, »soll dem Tollkühnen, der mich halten will« – Die Furcht gebietet eine allgemeine Pause – ein beherzter Schlossergeselle endlich fällt ihm von hinten her in den Arm und faßt den Finger, womit der Rasende eben losdrücken will, und drückt ihn aus dem Gelenke. Die Pistole fällt, der wehrlose Mann wird vom Pferde herabgerissen und im Triumphe nach dem Amtshaus zurückgeschleppt.

»Wer seid Ihr?« frägt der Richter mit ziemlich brutalem Ton.

»Ein Mann, der entschlossen ist, auf keine Frage zu antworten, bis man sie höflicher einrichtet.«

»Wer sind Sie?«

»Für was ich mich ausgab. Ich habe ganz Deutschland durchreist und die Unverschämtheit nirgends als hier zu Hause gefunden.«

»Ihre schnelle Flucht macht Sie sehr verdächtig. Warum flohen Sie?«

»Weil ich's müde war, der Spott Ihres Pöbels zu sein.«

»Sie drohten, Feuer zu geben.«

»Meine Pistole war nicht geladen.« Man untersuchte das Gewehr, es war keine Kugel darin.

»Warum führen Sie heimliche Waffen bei sich?«

Zeichnung von J. v. Sundahl um 1838

»Weil ich Sachen von Wert bei mir trage, und weil man mich vor einem gewissen Sonnenwirt gewarnt hat, der in diesen Gegenden streifen soll.«
»Ihre Antworten beweisen sehr viel für Ihre Dreistigkeit, aber nichts für Ihre gute Sache. Ich gebe Ihnen Zeit bis morgen, ob Sie mir die Wahrheit entdecken wollen.«
»Ich werde bei meiner Aussage bleiben.«
»Man führe ihn nach dem Turm.«
»Nach dem Turm? – Herr Oberamtmann, ich hoffe, es gibt noch Gerechtigkeit in diesem Lande. Ich werde Genugtuung fordern.«
»Ich werde sie Ihnen geben, sobald Sie gerechtfertigt sind.«
Den Morgen darauf überlegte der Oberamtmann, der Fremde möchte doch wohl unschuldig sein; die befehlshaberische Sprache würde nichts über seinen Starrsinn vermögen, es wäre vielleicht besser getan, ihm mit Anstand und Mäßigung zu begegnen. Er versammelte die Geschwornen des Orts und ließ den Gefangenen vorführen.
»Verzeihen Sie es der ersten Aufwallung, mein Herr, wenn ich Sie gestern etwas hart anließ.«
»Sehr gern, wenn Sie mich so fassen.«
»Unsre Gesetze sind strenge, und Ihre Begebenheit machte Lärm. Ich kann Sie nicht freigeben, ohne meine Pflicht zu verletzen. Der Schein ist gegen Sie. Ich wünschte, Sie sagten mir etwas, wodurch er widerlegt werden könnte.«
»Wenn ich nun nichts wüßte?«
»So muß ich den Vorfall an die Regierung berichten, und Sie bleiben so lang in fester Verwahrung.«
»Und dann?«
»Dann laufen Sie Gefahr, als ein Landstreicher über die Grenze gepeitscht zu werden oder, wenn's gnädig geht, unter die Werber zu fallen.«
Er schwieg einige Minuten und schien einen heftigen Kampf zu kämpfen; dann drehte er sich rasch zu dem Richter.

»Kann ich auf eine Viertelstunde mit Ihnen allein sein?«
Die Geschwornen sahen sich zweideutig an, entfernten sich aber auf einen gebietenden Wink ihres Herrn.
»Nun, was verlangen Sie?«
»Ihr gestriges Betragen, Herr Oberamtmann, hätte mich nimmermehr zu einem Geständnis gebracht, denn ich trotze der Gewalt. Die Bescheidenheit, womit Sie mich heute behandeln, hat mir Vertrauen und Achtung gegen Sie gegeben. Ich glaube, daß Sie ein edler Mann sind.«
»Was haben Sie mir zu sagen?«
»Ich sehe, daß Sie ein edler Mann sind. Ich habe mir längst einen Mann gewünscht wie Sie. Erlauben Sie mir Ihre rechte Hand.«
»Wo will das hinaus?«
»Dieser Kopf ist grau und ehrwürdig. Sie sind lang in der Welt gewesen – haben der Leiden wohl viele gehabt – Nicht wahr? und sind menschlicher geworden?«
»Mein Herr – wozu soll das?«
»Sie stehen noch einen Schritt von der Ewigkeit, bald – bald brauchen Sie Barmherzigkeit bei Gott. Sie werden sie Menschen nicht versagen – – Ahnden Sie nichts? Mit wem glauben Sie, daß Sie reden?«
»Was ist das? Sie erschrecken mich.«
»Ahnden Sie noch nicht? – Schreiben Sie es Ihrem Fürsten, wie Sie mich fanden und daß ich selbst aus freier Wahl mein Verräter war – daß *ihm* Gott einmal gnädig sein werde, wie er jetzt mir es sein wird – bitten Sie für mich, alter Mann, und lassen Sie dann auf Ihren Bericht eine Träne fallen: Ich bin der Sonnenwirt.«

Herzog von Alba bei einem Frühstück auf dem Schlosse zu Rudolstadt. Im Jahre 1547

Indem ich eine alte Chronik vom sechzehnten Jahrhundert durchblättre (Res in Ecclesia et Politia Christiana gestae ab anno 1500 ad an. 1600 Aut. J. Söffing, Th. D. Rudolst. 1670.), finde ich nachstehende Anekdote, die aus mehr als Einer Ursache es verdient, der Vergessenheit entrissen zu werden. In einer Schrift, die den Titel führt: *Mausolea manibus Metzelii posita a. Fr. Melch. Dedekindo 1638.* finde ich sie bestätigt: auch kann man sie in Spangenbergs Adelspiegel Th. I. B. 13. S. 455 nachschlagen.

Eine teutsche Dame aus einem Hause, das schon ehedem durch Heldentum geglänzt und dem teutschen Reich einen Kaiser gegeben hat, war es, die den fürchterlichen Herzog von Alba durch ihr entschlossenes Betragen beinahe zum Zittern gebracht hätte. Als Kaiser Karl V. im Jahr 1547 nach der Schlacht bei Mühlberg auf seinem Zuge nach Franken und Schwaben auch durch Thüringen kam, wirkte die verwitwete Gräfin Catharina von Schwarzburg, eine geborne Fürstin von Henneberg, einen Sauve-Garde-Brief bei ihm aus, daß ihre Untertanen von der durchziehenden spanischen Armee nichts zu leiden haben sollten. Dagegen verband sie sich, Brot, Bier und andre Lebensmittel gegen billige Bezahlung aus Rudolstadt an die Saalbrücke schaffen zu lassen, um die spanischen Truppen, die dort übersetzen würden, zu versorgen. Doch gebrauchte sie da-

bei die Vorsicht, die Brücke, welche dicht bei der Stadt war, in der Geschwindigkeit abbrechen und in einer größern Entfernung über das Wasser schlagen zu lassen, damit die allzugroße Nähe der Stadt ihre raublustigen Gäste nicht in Versuchung führte. Zugleich wurde den Einwohnern aller Ortschaften, durch welche der Zug ging, vergönnt, ihre besten Habseligkeiten auf das Rudolstädter Schloß zu flüchten.
Mittlerweile näherte sich der spanische General, von Herzog Heinrich von Braunschweig und dessen Söhnen begleitet, der Stadt, und bat sich durch einen Boten, den er voranschickte, bei der Gräfin von Schwarzburg auf ein Morgenbrot zu Gaste. Eine so bescheidene Bitte, an der Spitze eines Kriegsheers getan, konnte nicht wohl abgeschlagen werden. Man würde geben, was das Haus vermöchte, war die Antwort; Seine Exzellenz möchten kommen und vorlieb nehmen. Zugleich unterließ man nicht, der Sauve-Garde noch einmal zu gedenken, und dem spanischen General die gewissenhafte Beobachtung derselben ans Herz zu legen.
Ein freundlicher Empfang und eine gut besetzte Tafel erwarteten den Herzog auf dem Schlosse. Er muß gestehen, daß die thüringischen Damen eine sehr gute Küche führen und auf die Ehre des Gastrechts halten. Noch hat man sich kaum niedergesetzt, als ein Eilbote die Gräfin aus dem Saal ruft. Es wird ihr gemeldet, daß in einigen Dörfern unterwegs die spanischen Soldaten Gewalt gebraucht, und den Bauern das Vieh weggetrieben hätten. Katharina war eine Mutter ihres Volks; was den Ärmsten ihrer Untertanen widerfuhr, war ihr selbst zugestoßen. Aufs äußerste über diese Wortbrüchigkeit entrüstet, doch von ihrer Geistesgegenwart nicht verlassen, befiehlt sie ihrer ganzen Dienerschaft, sich in aller Geschwindigkeit und Stille zu bewaffnen, und die Schloßpforten wohl zu verriegeln; sie selbst begibt sich wieder nach dem Saale, wo die Fürsten noch bei Tische sitzen. Hier klagt sie ihnen in den beweglichsten Ausdrükken, was ihr eben hinterbracht worden, und wie schlecht man

das gegebene Kaiserwort gehalten. Man erwidert ihr mit Lachen, daß dies nun einmal Kriegsbrauch sei, und daß bei einem Durchmarsch von Soldaten dergleichen kleine Unfälle nicht zu verhüten stünden. »Das wollen wir doch sehen«, antwortete sie aufgebracht. »Meinen armen Untertanen muß das ihrige wieder werden, oder bei Gott!« – indem sie drohend ihre Stimme anstrengte, »Fürstenblut für Ochsenblut!« Mit dieser bündigen Erklärung verließ sie das Zimmer, das in wenigen Augenblicken von Bewaffneten erfüllt war, die sich, das Schwert in der Hand, doch mit vieler Ehrerbietigkeit, hinter die Stühle der Fürsten pflanzten und das Frühstück bedienten. Beim Eintritt dieser kampflustigen Schar veränderte Herzog Alba die Farbe; stumm und betreten sah man einander an. Abgeschnitten von der Armee, von einer überlegenen handfesten Menge umgeben, was blieb ihm übrig, als sich in Geduld zu fassen, und auf welche Bedingungen es auch sei, die beleidigte Dame zu versöhnen? Heinrich von Braunschweig faßte sich zuerst und brach in ein lautes Gelächter aus. Er ergriff den vernünftigen Ausweg, den ganzen Vorgang ins Lustige zu kehren, und hielt der Gräfin eine große Lobrede über ihre landesmütterliche Sorgfalt und den entschlossenen Mut, den sie bewiesen. Er bat sie, sich ruhig zu verhalten, und nahm es auf sich, den Herzog von Alba zu allem, was billig sei, zu vermögen. Auch brachte er es bei dem Letztern wirklich dahin, daß er auf der Stelle einen Befehl an die Armee ausfertigte, das geraubte Vieh den Eigentümern ohne Verzug wieder auszuliefern. Sobald die Gräfin von Schwarzburg der Zurückgabe gewiß war, bedankte sie sich aufs schönste bei ihren Gästen, die sehr höflich von ihr Abschied nahmen.
Ohne Zweifel war es diese Begebenheit, die der Gräfin Katharina von Schwarzburg den Beinamen der Heldenmütigen erworben. Man rühmt noch ihre standhafte Tätigkeit, die Reformation in ihrem Lande zu befördern, die schon durch ihren Gemahl, Graf Heinrich XXXII. darin eingeführt worden, das Mönchswesen abzuschaffen und den Schulunterricht zu ver-

bessern. Vielen protestantischen Predigern, die um der Religion willen Verfolgungen auszustehen hatten, ließ sie Schutz und Unterstützung angedeihen. Unter diesen war ein gewisser Caspar Aquila, Pfarrer zu Saalfeld, der in jüngern Jahren der Armee des Kaisers als Feldprediger nach den Niederlanden gefolgt war, und weil er sich dort geweigert hatte, eine Kanonenkugel zu taufen, von den ausgelassenen Soldaten in einen Feuermörser geladen wurde, um in die Luft geschossen zu werden; ein Schicksal, dem er noch glücklich entkam, weil das Pulver nicht zünden wollte. Jetzt war er zum zweitenmal in Lebensgefahr, und ein Preis von 5000 Gulden stand auf seinem Kopfe, weil der Kaiser auf ihn zürnte, dessen Interim er auf der Kanzel schmählich angegriffen hatte. Katharina ließ ihn, auf die Bitte der Saalfelder, heimlich zu sich auf ihr Schloß bringen, wo sie ihn viele Monate verborgen hielt und mit der edelsten Menschenliebe seiner pflegte, bis er sich ohne Gefahr wieder sehen lassen durfte. Sie starb allgemein verehrt und betrauert im 58sten Jahr ihres Lebens und im 29sten ihrer Regierung. Die Kirche zu Rudolstadt verwahrt ihre Gebeine.

Spiel des Schicksals

EIN BRUCHSTÜCK AUS EINER WAHREN GESCHICHTE

Aloysius von G*** war der Sohn eines Bürgerlichen von Stande in ***schen Diensten, und die Keime seines glücklichen Genies wurden durch eine liberale Erziehung frühzeitig entwickelt. Noch sehr jung, aber mit gründlichen Kenntnissen versehen, trat er in Militärdienste bei seinem Landesherrn, dem er als ein junger Mann von großen Verdiensten und noch größern Hoffnungen nicht lange verborgen blieb. G*** war in vollem Feuer der Jugend, der Fürst war es auch; G*** war rasch, unternehmend, der Fürst, der es auch war, liebte solche Charaktere. Durch eine reiche Ader von Witz und eine Fülle von Wissenschaft wußte G*** seinen Umgang zu beseelen, jeden Zirkel, in den er sich mischte, durch eine immer gleiche Jovialität aufzuheitern und über alles, was sich ihm darbot, Reiz und Leben auszugießen; und der Fürst verstand sich darauf, Tugenden zu schätzen, die er in einem hohen Grade selbst besaß. Alles, was er unternahm, seine Spielereien selbst, hatten einen Anstrich von Größe: Hindernisse schreckten ihn nicht, und kein Fehlschlag konnte seine Beharrlichkeit besiegen. Den Wert dieser Eigenschaften erhöhte eine empfehlende Gestalt, das volle Bild blühender Gesundheit und herkulischer Stärke, durch das beredte Spiel eines regen Geistes beseelt; im Blick, Gang und Wesen eine anerschaffene, natürliche Majestät, durch eine edle Bescheidenheit gemildert. War der Prinz von dem Geiste seines jungen Gesellschafters bezaubert, so riß diese verführerische Außenseite seine Sinnlichkeit unwiderstehlich hin. Gleichheit des Alters, Harmonie der Neigungen und der Charaktere stifteten in kurzem ein Verhältnis zwischen beiden, das alle Stärke von der Freundschaft, und von der leidenschaftlichen Liebe alles Feuer und alle Heftigkeit besaß. G*** flog von einer Beförderung zu andern; aber diese äußerlichen Zeichen schienen sehr weit hinter dem, was er dem Fürsten in der Tat war, zurückzubleiben. Mit erstaunlicher Schnelligkeit blühte sein Glück empor, weil der Schöpfer desselben sein Anbeter, sein leidenschaftlicher Freund war. Noch nicht zweiundzwanzig Jahre alt, sah er sich auf einer Höhe, womit die Glücklichsten sonst ihre Laufbahn beschließen. Aber sein tätiger Geist konnte nicht lange im Schoß müßiger Eitelkeit rasten, noch sich mit dem schimmernden Gefolge einer Größe begnügen, zu deren gründlichem Gebrauch er sich Mut und Kräfte genug fühlte. Während daß der Fürst nach dem Ringe des Vergnügens flog, vergrub sich der junge Günstling unter Akten und Büchern und widmete sich mit lasttragendem Fleiß den Geschäften, deren er sich endlich so geschickt und so vollkommen bemächtigte, daß jede Angelegenheit, die nur einigermaßen von Belange war, durch seine Hände ging. Aus einem Gespielen seiner Vergnügen wurde er bald erster Rat und Minister, und endlich Beherrscher seines Fürsten. Bald war kein Weg mehr zu diesem als durch ihn. Er vergab alle Ämter und Würden; alle Belohnungen wurden aus seinen Händen empfangen.

G*** war in zu früher Jugend und mit zu raschen Schritten zu dieser Größe emporgestiegen, um ihrer mit Mäßigung zu genießen. Die Höhe, worauf er sich erblickte, machte seinen Ehrgeiz schwindeln; die Bescheidenheit verließ ihn, sobald das letzte Ziel seiner Wünsche erstiegen war. Die demutsvolle Unterwürfigkeit, welche von den Ersten des Landes, von allen, die durch Geburt, Ansehen und Glücksgüter so weit über ihn erhoben waren, welche von Greisen selbst, ihm, einem Jünglinge, gezollt wurde, berauschte seinen Hochmut, und die unumschränkte Gewalt, von der er Besitz genommen, machte bald eine gewisse *Härte* in seinem Wesen sichtbar, die von jeher als Charakterzug in ihm gelegen hatte und ihm auch durch alle Abwechslungen seines Glückes geblieben ist. Keine Dienstleistung war so mühevoll und groß, die ihm seine Freunde nicht zumuten durften; aber seine Feinde mochten zittern: denn so sehr er auf der einen Seite sein Wohlwollen übertrieb, so wenig Maß hielt er in seiner Rache. Er gebrauchte sein Ansehen weniger, sich selbst zu bereichern, als viele Glückliche zu machen, die ihm als dem Schöpfer ihres Wohlstandes huldigen sollten; aber Laune, nicht Gerechtigkeit, wählte die Subjekte. Durch ein hochfahrendes gebieterisches Wesen entfremdete er selbst die Herzen derjenigen von sich, die er am meisten verpflichtet hatte, indem er zugleich alle seine Nebenbuhler und heimlichen Neider in ebenso viele unversöhnliche Feinde verwandelte.

Unter denen, welche jeden seiner Schritte mit Augen der Eifersucht und des Neides bewachten und in der Stille schon die Werkzeuge zu seinem Untergange zurichteten, war ein piemontesischer Graf, Joseph Martinengo, von der Suite des Fürsten, den G*** selbst, als eine unschädliche und ihm ergebene Kreatur, in diesen Posten eingeschoben hatte, um ihn bei den Vergnügungen seines Herrn den Platz ausfüllen zu lassen, dessen er selbst überdrüssig zu werden anfing und den er lieber mit einer gründlichern Beschäftigung vertauschte. Da er diesen Menschen als ein Werk seiner Hände betrachtete, das er, sobald es ihm nur einfiele, in das Nichts wieder zurückwerfen könnte, woraus er es gezogen, so hielt er sich desselben durch Furcht sowohl als durch Dankbarkeit versichert und verfiel dadurch in eben den Fehler, den Richelieu beging, da er Ludwig dem Dreizehnten den jungen le Grand zum Spielzeug überließ. Aber ohne diesen Fehler mit Richelieus Geiste verbessern zu können, hatte er es mit einem verschlageneren Feinde zu tun, als der französische Minister zu bekämpfen gehabt hatte. Anstatt sich seines guten Glücks zu überheben und seinen Wohltäter fühlen zu lassen, daß man seiner nun entübrigt sei, war Martinengo vielmehr aufs sorgfältigste bemüht, den Schein dieser Abhängigkeit zu unterhalten und sich mit verstellter Unterwürfigkeit immer mehr und mehr an den Schöpfer seines Glücks anzuschließen. Zu gleicher Zeit aber unterließ er nicht, die Gelegenheit, die sein Posten ihm verschaffte, öfters um den Fürsten zu sein, in ihrem ganzen Umfang zu benutzen und sich diesem nach und nach notwendig und unentbehrlich zu machen. In kurzer Zeit wußte er das Gemüt seines Herrn auswendig, alle Zugänge zu seinem Vertrauen hatte er ausgespäht und sich unvermerkt in seine Gunst eingestohlen. Alle jene Künste, die ein edler Stolz und eine natürliche Erhabenheit der Seele den Minister verachten gelehrt hatte, wurden von dem Italiener in Anwendung gebracht, der zur Erreichung seines Zwecks auch das niedrigste Mittel nicht verschmähte. Da ihm sehr gut bewußt war, daß der Mensch nirgends mehr eines Führers und Gehülfen bedarf als auf dem Wege des Lasters und daß nichts zu kühneren Vertraulichkeiten berechtigt als eine Mitwissenschaft geheim gehaltener Blößen, so weckte er Leidenschaften bei dem Prinzen, die bis jetzt noch in ihm geschlummert hatten, und dann drang er sich ihm selbst zum Vertrauten und Helfershelfer dabei auf. Er riß ihn zu solchen Ausschweifungen hin, die die wenigsten Zeugen und Mitwisser dulden; und dadurch gewöhnte er ihn unvermerkt, Geheimnisse bei ihm niederzulegen, wovon jeder dritte ausgeschlossen war. So gelang es ihm endlich, auf die Verschlimmerung des Fürsten seinen schändlichen Glücksplan zu gründen, und eben darum, weil das Geheimnis ein wesentliches Mittel dazu war, so war das Herz des Fürsten sein, ehe sich G*** auch nur träumen ließ, daß er es mit einem andern teilte.

Man dürfte sich wundern, daß eine so wichtige Veränderung der Aufmerksamkeit des letztern entging; aber G*** war seines eigenen Wertes zu gewiß, um sich einen Mann wie Martinengo als Nebenbuhler auch nur zu denken, und dieser sich selbst zu gegenwärtig, zu sehr auf seiner Hut, um durch irgend eine Unbesonnenheit seinen Gegner aus dieser stolzen Sicherheit zu reißen. Was Tausende vor ihm auf dem glatten Grunde der Fürstengunst straucheln gemacht hat, brachte auch G*** zum Falle – zu große Zuversicht zu sich selbst. Die geheimen Vertraulichkeiten zwischen Martinengo und seinem Herrn beunruhigten ihn nicht. Gerne gönnte er einem Aufkömmling ein Glück, das er selbst im Herzen verachtete und das nie das Ziel seiner Bestrebungen gewesen war. Nur weil sie allein ihm den Weg zu der höchsten Gewalt bahnen konnte, hatte die Freundschaft des Fürsten einen Reiz für ihn gehabt, und leichtsinnig ließ er die Leiter hinter sich fallen, sobald sie ihm auf die erwünschte Höhe geholfen hatte.

Martinengo war nicht der Mann, sich mit einer so untergeordneten Rolle zu begnügen. Mit jedem Schritte, den er in der Gunst seines Herrn vorwärts tat, wurden seine Wünsche kühner, und sein Ehrgeiz fing an, nach einer gründlichern Befriedigung zu streben. Die künstliche Rolle von Unterwürfigkeit, die er bis jetzt noch immer gegen seinen Wohltäter beibehalten hatte, wurde immer drückender für ihn, je mehr das Wachstum seines Ansehens seinen Hochmut weckte. Da das Betragen des Ministers gegen ihn sich nicht nach den schnellen Fortschritten verfeinerte, die er in der Gunst des Fürsten machte, im Gegenteil oft sichtbar genug darauf eingerichtet schien, seinen aufsteigenden Stolz durch eine heilsame Rückerinnerung an seinen Ursprung niederzuschlagen, so wurde ihm dieses gezwungene und widersprechende Verhältnis endlich so lästig, daß er einen ernstlichen Plan entwarf, es durch den Untergang seines Nebenbuhlers auf einmal zu endigen. Unter dem undurchdringlichsten Schleier der Verstellung brütete er diesen Plan zur Reife. Noch durfte er es nicht wagen, sich mit seinem Nebenbuhler in offenbarem Kampfe zu messen; denn obgleich die erste Blüte von G***s Favoritschaft dahin war, so hatte sie doch zu frühzeitig angefangen und zu tiefe Wurzeln im Gemüte des jungen

Fürsten geschlagen, um so schnell daraus verdrängt zu werden. Der kleinste Umstand konnte sie in ihrer ersten Stärke zurückbringen; darum begriff Martinengo wohl, daß der Streich, den er ihm beibringen wollte, ein tödlicher Streich sein müsse. Was G*** an des Fürsten Liebe vielleicht verloren haben mochte, hatte er an seiner Ehrfurcht gewonnen; je mehr sich letzterer den Regierungsgeschäften entzog, desto weniger konnte er des Mannes entraten, der, selbst auf Unkosten des Landes, mit der gewissenhaftesten Ergebenheit und Treue seinen Nutzen besorgte – und so teuer er ihm ehedem als Freund gewesen war, so wichtig war er ihm jetzt als Minister.
Was für Mittel es eigentlich gewesen, wodurch der Italiener zu seinem Zwecke gelangte, ist ein Geheimnis zwischen den wenigen geblieben, die der Schlag traf und die ihn führten. Man mutmaßt, daß er dem Fürsten die Originalien einer heimlichen und sehr verdächtigen Korrespondenz vorgelegt, welche G*** mit einem benachbarten Hofe soll unterhalten haben; ob echt oder unterschoben, darüber sind die Meinungen geteilt. Wie dem aber auch gewesen sein möge, so erreichte er seine Absicht in einem fürchterlichen Grade. G*** erschien in den Augen des Fürsten als der undankbarste und schwärzeste Verräter, dessen Verbrechen so außer allem Zweifel gesetzt war, daß man ohne fernere Untersuchung sogleich gegen ihn verfahren zu dürfen glaubte. Das Ganze wurde unter dem tiefsten Geheimnis zwischen Martinengo und seinem Herrn verhandelt, daß G*** auch nicht einmal von ferne das Gewitter merkte, das über seinem Haupte sich zusammenzog. In dieser verderblichen Sicherheit verharrte er bis zu dem schrecklichen Augenblick, wo er von einem Gegenstande der allgemeinen Anbetung und des Neides zu einem Gegenstande der höchsten Erbarmung heruntersinken sollte.
Als dieser entscheidende Tag erschienen war, besuchte G*** nach seiner Gewohnheit die Wachparade. Vom Fähnrich war er in einem Zeitraum von wenigen Jahren bis zum Rang eines Ob-

risten hinaufgerückt; und auch dieser Posten war nur ein bescheidener Name für die Ministerwürde, die er in der Tat bekleidete und die ihn über die Ersten im Lande hinaussetzte. Die Wachparade war der gewöhnliche Ort, wo sein Stolz die allgemeine Huldigung einnahm, wo er in einer kurzen Stunde einer Größe und Herrlichkeit genoß, für die er den ganzen Tag über Lasten getragen hatte. Die Ersten von Range nahten sich ihm hier nicht anders als mit ehrerbietiger Schüchternheit, und die sich seiner Wohlgewogenheit nicht ganz sicher wußten, mit Zittern. Der Fürst selbst, wenn er sich je zuweilen hier einfand, sahe sich neben seinem Wesir vernachlässigt, weil es weit gefährlicher war, diesem letztern zu mißfallen, als es Nutzen brachte, jenen zum Freunde zu haben. Und eben dieser Ort, wo er sich sonst als einem Gott hatte huldigen lassen, war jetzt zu dem schrecklichen Schauplatz seiner Erniedrigung erkoren. Sorglos trat er in den wohlbekannten Zirkel, der sich, ebenso unwissend über das, was kommen sollte, als er selbst, heute wie immer ehrerbietig vor ihm auftat, seine Befehle erwartend. Nicht lange, so erschien in Begleitung einiger Adjutanten Martinengo, nicht mehr der geschmeidige, tiefgebückte, lächelnde Höfling – frech und baurenstolz, wie ein zum Herrn gewordener Lakai, mit trotzigem festem Tritte schreitet er ihm entgegen, und mit bedecktem Haupte steht er vor ihm still, im Namen des Fürsten seinen Degen fordernd. Man reicht ihm diesen mit einem Blicke schweigender Bestürzung, er stemmt die entblößte Klinge gegen den Boden, sprengt sie durch einen Fußtritt entzwei und läßt die Splitter zu G***s Füßen fallen. Auf dieses gegebene Signal fallen beide Adjutanten über ihn her, der eine beschäftigt, ihm das Ordenskreuz von der Brust zu schneiden, der andre, beide Achselbänder nebst den Aufschlägen der Uniform abzulösen und Kordon und Federbusch von dem Hute zu reißen. Während dieser ganzen schrecklichen Operation, die mit unglaublicher Schnelligkeit von statten geht, hört man von mehr als fünfhundert Menschen, die dicht umherstehen, nicht

einen einzigen Laut, nicht einen einzigen Atemzug in der ganzen Versammlung. Mit bleichen Gesichtern, mit klopfendem Herzen und in totenähnlicher Erstarrung steht die erschrockne Menge im Kreis um ihn herum, der in dieser sonderbaren Ausstaffierung – ein seltsamer Anblick von Lächerlichkeit und Entsetzen! – einen Augenblick durchlebt, den man ihm nur auf dem Hochgericht nachempfindet. Tausend andre an seinem Platze würde die Gewalt des ersten Schreckens sinnlos zu Boden gestreckt haben; sein robuster Nervenbau und seine starke Seele dauerten diesen fürchterlichen Zustand aus und ließen ihn alles Gräßliche desselben erschöpfen.
Kaum ist diese Operation geendiget, so führt man ihn durch die Reihen zahlloser Zuschauer bis ans äußerste Ende des Paradeplatzes, wo ein bedeckter Wagen ihn erwartet. Ein stummer Wink befiehlt ihm, in denselben zu steigen; eine Eskorte von Husaren begleitet ihn. Das Gerücht dieses Vorgangs hat sich unterdessen durch die ganze Residenz verbreitet, alle Fenster öffnen sich, alle Straßen sind von Neugierigen erfüllt, die schreiend dem Zuge folgen und unter abwechselnden Ausrufungen des Hohnes, der Schadenfreude und einer noch weit kränkendern Bedauernis seinen Namen wiederholen. Endlich sieht er sich im Freien, aber ein neuer Schrecken wartet hier auf ihn. Seitab von der Heerstraße lenkt der Wagen, einen wenig befahrnen menschenleeren Weg – den Weg nach dem Hochgerichte, gegen welches man ihn, auf einen ausdrücklichen Befehl des Fürsten, langsam heranfährt. Hier, nachdem man ihm alle Qualen der Todesangst zu empfinden gegeben, lenkt man wieder nach einer Straße ein, die von Menschen besucht wird. In der sengenden Sonnenhitze ohne Labung, ohne menschlichen Zuspruch, bringt er sieben schreckliche Stunden in diesem Wagen zu, der endlich mit Sonnenuntergang an dem Ort seiner Bestimmung, der Festung –, stille hält. Des Bewußtseins beraubt, in einem mittlern Zustand zwischen Leben und Tod (ein zwölfstündiges Fasten und der brennende Durst hatten

endlich seine Riesennatur überwältigt), zieht man ihn aus dem Wagen – und in einer scheußlichen Grube unter der Erde wacht er wieder auf. Das erste, was sich, als er die Augen zum neuen Leben wieder aufschlägt, ihm darbietet, ist eine grauenvolle Kerkerwand, durch einige Mondstrahlen matt erleuchtet, die in einer Höhe von neunzehn Klaftern durch schmale Ritzen auf ihn herunterfallen. – An seiner Stelle findet er ein dürftiges Brot nebst einem Wasserkrug und daneben eine Schütte Stroh zu seinem Lager. In diesem Zustand verharrt er bis zum folgenden Mittag, wo endlich in der Mitte des Turmes ein Laden sich auftut und zwei Hände sichtbar werden, von welchen in einem hängenden Korbe dieselbe Kost, die er gestern hier gefunden, heruntergelassen wird. Jetzt, seit diesem ganzen fürchterlichen Glückswechsel zum erstenmal, entrissen ihm Schmerz und Sehnsucht einige Fragen: wie er hieher komme? und was er verbrochen habe? Aber keine Antwort von oben: die Hände verschwinden, und der Laden geht wieder zu. Ohne das Gesicht eines Menschen zu sehen, ohne auch nur eines Menschen Stimme zu hören, ohne irgend einen Aufschluß über dieses entsetzliche Schicksal, über Künftiges und Vergangenes in gleich fürchterlichen Zweifeln, von keinem warmen Lichtstrahl erquickt, von keinem gesunden Lüftgen erfrischt, aller Hülfe unerreichbar und vom allgemeinen Mitleid vergessen, zählt er in diesem Ort der Verdammnis vierhundertundneunzig gräßliche Tage an den kümmerlichen Broten ab, die ihm von einer Mittagsstunde zur andern in trauriger Einförmigkeit hinuntergereicht werden. Aber eine Entdeckung, die er schon in den ersten Tagen seines Hierseins macht, vollendet das Maß des Elends. Er kennt diesen Ort – er selbst war es, der ihn, von einer niedrigen Rachgier getrieben, wenige Monate vorher neu erbaute, um einen verdienten Offizier darin verschmachten zu lassen, der das Unglück gehabt hatte, seinen Unwillen auf sich zu laden. Mit erfinderischer Grausamkeit hatte er selbst die Mittel angegeben, den Aufenthalt in diesem Kerker grauenvoller zu machen. Er hatte vor nicht gar langer Zeit in eigner Person eine Reise hieher getan, den Bau in Augenschein zu nehmen und die Vollendung dessen zu beschleunigen. Um seine Marter aufs Äußerste zu treiben, muß es sich fügen, daß derselbe Offizier, für den dieser Kerker zugerichtet worden, ein alter würdiger Oberster, dem eben verstorbenen Kommandanten der Festung im Amte nachfolgt und aus einem Schlachtopfer seiner Rache der Herr seines Schicksals wird. So floh ihn auch der letzte traurige Trost, sich selbst zu bemitleiden, und das Schicksal, so hart es ihn auch behandelte, einer Ungerechtigkeit zu zeihen. Zu dem sinnlichen Gefühl seines Elends gesellte sich noch eine wütende Selbstverachtung und der Schmerz, der für stolze Herzen der bitterste ist, von der Großmut eines Feindes abzuhängen, dem *er* keine gezeigt hatte.

Aber dieser rechtschaffene Mann war für eine niedre Rache zu edel. Unendlich viel kostete seinem menschenfreundlichen Herzen die Strenge, die seine Instruktion ihm gegen den Gefangenen auflegte; aber als ein alter Soldat gewohnt, den Buchstaben seiner Ordre mit blinder Treue zu befolgen, konnte er weiter nichts als ihn bedauern. Einen tätigeren Helfer fand der Unglückliche an dem Garnisonprediger der Festung, der, von dem Elend des gefangenen Mannes gerührt, wovon er nur spät, und nur durch dunkle, unzusammenhängende Gerüchte, Wissenschaft bekam, sogleich den festen Entschluß faßte, etwas zu seiner Erleichterung zu tun. Dieser achtungswürdige Geistliche, dessen Namen ich ungern unterdrücke, glaubte seinem Hirtenberufe nicht besser nachkommen zu können, als wenn er ihn jetzt zum Besten eines unglücklichen Menschen geltend machte, dem auf keinem andern Wege mehr zu helfen war.

Da er von dem Kommandanten der Festung nicht erhalten konnte, zu dem Gefangenen gelassen zu werden, so machte er sich in eigner Person auf den Weg nach der Hauptstadt, sein Gesuch dort unmittelbar bei dem Fürsten zu betreiben. Er tat einen Fußfall vor demselben und flehte seine Erbarmung für den unglücklichen Menschen an, der ohne die Wohltaten des Christentums, von denen auch das ungeheuerste Verbrechen nicht ausschließen könne, hülflos verschmachte und der Verzweiflung vielleicht nahe sei. Mit aller Unerschrockenheit und Würde, die das Bewußtsein erfüllter Pflicht verleiht, foderte er einen freien Zutritt zu dem Gefangenen, der ihm als Beichtkind angehöre und für dessen Seele er dem Himmel verantwortlich sei. Die gute Sache, für die er sprach, machte ihn beredt, und den ersten Unwillen des Fürsten hatte die Zeit schon in etwas gebrochen. Er bewilligte ihm seine Bitte, den Gefangenen mit einem geistlichen Besuch erfreuen zu dürfen.

Das erste Menschenantlitz, das der unglückliche G*** nach einem Zeitraum von sechzehn Monaten erblickte, war das Gesicht seines Helfers. Den einzigen Freund, der ihm in der Welt lebte, dankte er seinem Elend; sein Wohlstand hatte ihm keinen erworben. Der Besuch des Predigers war für ihn eines Engels Erscheinung. Ich beschreibe seine Empfindungen nicht. Aber von diesem Tage an flossen seine Tränen gelinder, weil er sich von einem menschlichen Wesen beweinet sah.

Entsetzen hatte den Geistlichen ergriffen, da er in die Mordgrube hineintrat. Seine Augen suchten einen Menschen – und ein Grauen erweckendes Scheusal kroch aus einem Winkel ihm entgegen, der mehr dem Lager eines wilden Tieres als dem Wohnort eines menschlichen Geschöpfes glich. Ein blasses, totenähnliches Gerippe, alle Farbe des Lebens aus einem Angesicht verschwunden, in welches Gram und Verzweiflung tiefe Furchen gerissen hatten, Bart und Nägel durch eine so lange Vernachlässigung bis zum Scheußlichen gewachsen, vom langen Gebrauche die Kleidung halb vermodert, und aus gänzlichem Mangel der Reinigung die Luft um ihn verpestet – so fand er diesen Liebling des Glücks, und diesem allem hatte seine eiserne Gesundheit widerstanden! Von diesem Anblick noch außer sich gesetzt, eilte der Prediger auf der Stelle zu dem Gouverneur, um auch noch die zweite Wohltat für den armen

Unglücklichen auszuwirken, ohne welche die erste für keine zu rechnen war.
Da sich dieser abermals mit dem ausdrücklichen Buchstaben seiner Instruktion entschuldigt, entschließt er sich großmütig zu einer zweiten Reise nach der Residenz, die Gnade des Fürsten noch einmal in Anspruch zu nehmen. Er erklärt, daß er sich, ohne die Würde des Sakraments zu verletzen, nimmermehr entschließen könne, irgend eine heilige Handlung mit seinem Gefangenen vorzunehmen, wenn ihm nicht zuvor die Ähnlichkeit mit Menschen zurückgegeben würde. Auch dieses wird bewilligt, und erst von diesem Tage an lebte der Gefangene wieder.
Noch viele Jahre brachte G*** auf dieser Festung zu, aber in einem weit leidlicheren Zustand, nachdem der kurze Sommer des neuen Günstlings verblüht war und andre an seinem Posten wechselten, welche menschlicher dachten oder doch keine Rache an ihm zu sättigen hatten. Endlich nach einer zehnjährigen Gefangenschaft erschien ihm der Tag der Erlösung – aber keine gerichtliche Untersuchung, keine förmliche Lossprechung. Er empfing seine Freiheit als ein Geschenk aus den Händen der Gnade; zugleich ward ihm auferlegt, das Land auf ewig zu räumen.
Hier verlassen mich die Nachrichten, die ich, bloß aus mündlichen Überlieferungen, über seine Geschichte habe sammeln können; und ich sehe mich gezwungen, über einen Zeitraum von zwanzig Jahren hinwegzuschreiten. Während desselben fing G*** in fremden Kriegsdiensten von neuem seine Laufbahn an, die ihn endlich auch dort auf eben den glänzenden Gipfel führte, wovon er in seinem Vaterlande so schrecklich heruntergestürzt war. Die Zeit endlich, die Freundin der Unglücklichen, die eine langsame, aber unausbleibliche Gerechtigkeit übet, nahm endlich auch diesen Rechtshandel über sich. Die Jahre der Leidenschaften waren bei dem Fürsten vorüber, und die Menschheit fing allgemach an, einen Wert bei ihm zu er-

langen, wie seine Haare sich bleichten. Noch am Grabe erwachte in ihm die Sehnsucht nach dem Lieblinge seiner Jugend. Um wo möglich dem Greis die Kränkungen zu vergüten, die er auf den Mann gehäuft hatte, lud er den Vertriebenen freundlich in seine Heimat zurück, nach welcher auch in G***s Herzen schon längst eine stille Sehnsucht zurückgekehrt war. Rührend war dieses Wiedersehen, warm und täuschend der Empfang, als hätte man sich gestern erst getrennt. Der Fürst ruhte mit einem nachdenklichen Blick auf dem Gesichte, das ihm so wohl bekannt und doch wieder so fremd war; es war, als zähle er die Furchen, die er selbst darein gegraben hatte. Forschend suchte er in des Greisen Gesicht die geliebten Züge des Jünglings wieder zusammen, aber was er suchte, fand er nicht mehr. Man zwang sich zu einer frostigen Vertraulichkeit. – Beider Herzen hatten Scham und Furcht auf immer und ewig getrennt. Ein Anblick, der ihm seine schwere Übereilung wieder in seine Seele rief, konnte dem Fürsten nicht wohl tun; G*** konnte den Urheber seines Unglücks nicht mehr lieben. Doch getröstet und ruhig sah er in die Vergangenheit, wie man sich eines überstandenen schweren Traumes erfreut.

Nicht lange, so erblickte man G*** wieder im vollkommenen Besitz aller seiner vorigen Würden, und der Fürst bezwang seine innre Abneigung, um ihm für das Vergangene einen glänzenden Ersatz zu geben. Aber konnte er ihm auch das Herz dazu wiedergeben, das er auf immer für den Genuß des Lebens verstümmelte? Konnte er ihm die Jahre der Hoffnungen wiedergeben, oder für den abgelebten Greis ein Glück erdenken, das auch nur von weitem den Raub ersetzte, den er an dem Manne begangen hatte?

Noch neunzehn Jahre genoß G*** diesen heitern Abend seines Lebens. Nicht Schicksale, nicht die Jahre hatten das Feuer der Leidenschaft bei ihm aufzehren, noch die Jovialität seines Geistes ganz bewölken können. Noch in seinem siebenzigsten Jahre haschte er nach dem Schatten eines Guts, das er im zwanzigsten wirklich besessen hatte. Er starb endlich – als Befehlshaber von der Festung ***, wo Staatsgefangene aufbewahrt wurden. Man wird erwarten, daß er gegen diese eine Menschlichkeit geübt, deren Wert er an sich selbst hatte schätzen lernen müssen. Aber er behandelte sie hart und launisch, und eine Aufwallung des Zorns gegen einen derselben streckte ihn auf den Sarg in seinem achtzigsten Jahre.

Der

Geisterseher

eine

interessante Geschichte

aus den

Papieren des Grafen von O***

herausgezogen

aus

Herrn Schillers

Thalia.

Berlin und Leipzig, 1788.

Titelbild der Ausgabe von 1789

Der Geisterseher

AUS DEN MEMOIRES DES
GRAFEN VON O**

Erstes Buch

Ich erzähle eine Begebenheit, die vielen unglaublich scheinen wird, und von der ich großenteils selbst Augenzeuge war. Den wenigen, welche von einem gewissen politischen Vorfalle unterrichtet sind, wird sie – wenn anders diese Blätter sie noch am Leben finden – einen willkommenen Aufschluß darüber geben; und auch ohne diesen Schlüssel wird sie den übrigen, als ein Beitrag zur Geschichte des Betrugs und der Verirrungen des menschlichen Geistes, vielleicht wichtig sein. Man wird über die *Kühnheit des Zwecks* erstaunen, den die Bosheit zu entwerfen und zu verfolgen imstande ist; man wird über die Seltsamkeit der *Mittel* erstaunen, die sie aufzubieten vermag, um sich dieses Zwecks zu versichern. Reine, strenge Wahrheit wird meine Feder leiten; denn wenn diese Blätter in die Welt treten, bin ich nicht mehr und werde durch den Bericht, den ich abstatte, weder zu gewinnen noch zu verlieren haben.

Es war auf meiner Zurückreise nach Kurland, im Jahr 17** um die Karnevalszeit, als ich den Prinzen von ** in Venedig besuchte. Wir hatten uns in **schen Kriegsdiensten kennen lernen und erneuerten hier eine Bekanntschaft, die der Friede unterbrochen hatte. Weil ich ohnedies wünschte, das Merkwürdigste dieser Stadt zu sehen, und der Prinz nur noch Wechsel erwartete, um nach ** zurückzureisen, so beredete er mich leicht, ihm Gesellschaft zu leisten und meine Abreise so lange zu

verschieben. Wir kamen überein, uns nicht voneinander zu trennen, solange unser Aufenthalt in Venedig dauern würde, und der Prinz war so gefällig, mir seine eigne Wohnung im ›Mohren‹ anzubieten.
Er lebte hier unter dem strengsten Inkognito, weil er sich selbst leben wollte und seine geringe Apanage ihm auch nicht verstattet hätte, die Hoheit seines Rangs zu behaupten. Zwei Kavaliere, auf deren Verschwiegenheit er sich vollkommen verlassen konnte, waren nebst einigen treuen Bedienten sein ganzes Gefolge. Den Aufwand vermied er, mehr aus Temperament als aus Sparsamkeit. Er floh die Vergnügungen; in einem Alter von fünfunddreißig Jahren hatte er allen Reizungen dieser wollüstigen Stadt widerstanden. Das schöne Geschlecht war ihm bis jetzt gleichgültig gewesen. Tiefer Ernst und eine schwärmerische Melancholie herrschten in seiner Gemütsart. Seine Neigungen waren still, aber hartnäckig bis zum Übermaß, seine Wahl langsam und schüchtern, seine Anhänglichkeit warm und ewig. Mitten in einem geräuschvollen Gewühle von Menschen ging er einsam; in seine Phantasienwelt verschlossen, war er sehr oft ein Fremdling in der wirklichen. Niemand war mehr dazu geboren, sich beherrschen zu lassen, ohne schwach zu sein. Dabei war er unerschrocken und zuverlässig, sobald er einmal gewonnen war, und besaß gleich großen Mut, ein erkanntes Vorurteil zu bekämpfen und für ein anderes zu sterben.
Als der dritte Prinz seines Hauses hatte er keine wahrscheinliche Aussicht zur Regierung. Sein Ehrgeiz war nie erwacht, seine Leidenschaften hatten eine andere Richtung genommen. Zufrieden, von keinem fremden Willen abzuhängen, fühlte er keine Versuchung, über andere zu herrschen: die ruhige Freiheit des Privatlebens und der Genuß eines geistreichen Umgangs begrenzten alle seine Wünsche. Er las viel, doch ohne Wahl; eine vernachlässigte Erziehung und frühe Kriegsdienste hatten seinen Geist nicht zur Reife kommen lassen. Alle Kenntnisse, die er nachher schöpfte, vermehrten nur die Verwirrung

seiner Begriffe, weil sie auf keinen festen Grund gebauet waren.

Er war Protestant, wie seine ganze Familie – durch Geburt, nicht nach Untersuchung, die er nie angestellt hatte, ob er gleich in einer Epoche seines Lebens religiöser Schwärmer gewesen war. Freimäurer ist er, soviel ich weiß, nie geworden.

Eines Abends, als wir nach Gewohnheit in tiefer Maske und abgesondert auf dem St. Markusplatz spazieren gingen – es fing an, spät zu werden, und das Gedränge hatte sich verloren – bemerkte der Prinz, daß eine Maske uns überall folgte. Die Maske war ein Armenier und ging allein. Wir beschleunigten unsere Schritte und suchten sie durch öftere Veränderung unseres Weges irre zu machen – umsonst, die Maske blieb immer dicht hinter uns. »Sie haben doch keine Intrige hier gehabt?« sagte endlich der Prinz zu mir. »Die Ehemänner in Venedig sind gefährlich.« – »Ich stehe mit keiner einzigen Dame in Verbindung«, gab ich zur Antwort. – »Wir wollen uns hier niedersetzen und deutsch sprechen«, fuhr er fort. »Ich bilde mir ein, man verkennt uns.« Wir setzten uns auf eine steinerne Bank und erwarteten, daß die Maske vorübergehen sollte. Sie kam gerade auf uns zu und nahm ihren Platz dicht an der Seite des Prinzen. Er zog die Uhr heraus und sagte mir laut auf französisch, indem er aufstand: »Neun Uhr vorbei. Kommen Sie. Wir vergessen, daß man uns im ›Louvre‹ erwartet.« Dies sagte er nur, um die Maske von unserer Spur zu entfernen. *»Neun Uhr«*, wiederholte sie in eben der Sprache nachdrücklich und langsam. »Wünschen Sie sich Glück Prinz« (indem sie ihn bei seinem wahren Namen nannte). *»Um neun Uhr ist er gestorben.«* – Damit stand sie auf und ging.

Wir sahen uns bestürzt an. – »Wer ist gestorben?« sagte endlich der Prinz nach einer langen Stille. – »Lassen Sie uns ihr nachgehen«, sagte ich, »und eine Erklärung fordern.« Wir durchkrochen alle Winkel des Markusplatzes – die Maske war nicht mehr zu finden. Unbefriedigt kehrten wir nach unserm Gasthof zurück. Der Prinz sagte mir unterwegs nicht ein Wort, sondern ging seitwärts und allein und schien einen gewaltsamen Kampf zu kämpfen, wie er mir auch nachher gestanden hat.

Als wir zu Hause waren, öffnete er zum ersten Male wieder den Mund. »Es ist doch lächerlich«, sagte er, »daß ein Wahnsinniger die Ruhe eines Mannes mit zwei Worten erschüttern soll.« Wir wünschen uns eine gute Nacht, und sobald ich auf meinem Zimmer war, merkte ich mir in meiner Schreibtafel den Tag und die Stunde, wo es geschehen war. Es war ein Donnerstag.

Am folgenden Abend sagte mir der Prinz: »Wollen wir nicht einen Gang über den Markusplatz machen und unsern geheimnisvollen Armenier aufsuchen? Mich verlangt doch nach der Entwicklung dieser Komödie.« Ich war's zufrieden. Wir blieben bis elf Uhr auf dem Platze. Der Armenier war nirgends zu sehen. Das nämliche wiederholten wir die vier folgenden Abende, und mit keinem bessern Erfolge.

Als wir am sechsten Abend unser Hotel verließen, hatte ich den Einfall – ob unwillkürlich oder aus Absicht, besinne ich mich nicht mehr – den Bedienten zu hinterlassen, wo wir zu finden sein würden, wenn nach uns gefragt werden sollte. Der Prinz bemerkte meine Vorsicht und lobte sie mit einer lächelnden Miene. Es war ein großes Gedränge auf dem Markusplatz, als wir da ankamen. Wir hatten kaum dreißig Schritte gemacht, so bemerkte ich den Armenier wieder, der sich mit schnellen Schritten durch die Menge arbeitete und mit den Augen jemand zu suchen schien. Eben waren wir im Begriff, ihn zu erreichen, als der Baron von F** aus der Suite des Prinzen atemlos auf uns zukam und dem Prinzen einen Brief überbrachte. »Er ist schwarz gesiegelt«, setzte er hinzu. »Wir vermuteten, daß es Eile hätte.« Das fiel auf mich wie ein Donnerschlag. Der Prinz war zu einer Laterne getreten und fing an zu lesen. »Mein Cousin ist gestorben«, rief er. »*Wann?*« fiel ich ihm heftig ins Wort.

Er sah noch einmal in den Brief. »Vorigen Donnerstag. Abends um neun Uhr.«

Wir hatten nicht Zeit, von unserm Erstaunen zurückzukommen, so stand der Armenier unter uns. »Sie sind hier erkannt, gnädigster Herr«, sagte er zu dem Prinzen. »Eilen Sie nach dem ›Mohren‹. Sie werden die Abgeordneten des Senats dort finden. Tragen Sie keine Bedenken, die Ehre anzunehmen, die man Ihnen erweisen will. Der Baron von F** vergaß, Ihnen zu sagen, daß Ihre Wechsel angekommen sind.« Er verlor sich in dem Gedränge.

Wir eilten nach unserm Hotel. Alles fand sich, wie der Armenier es verkündigt hatte. Drei Nobili der Republik standen bereit, den Prinzen zu bewillkommen und ihn mit der Pracht nach der Assemblee zu begleiten, wo der hohe Adel der Stadt ihn erwartete. Er hatte kaum so viel Zeit, mir durch einen flüchtigen Wink zu verstehen zu geben, daß ich für ihn wach bleiben möchte.

Nachts gegen elf Uhr kam er wieder. Ernst und gedankenvoll trat er ins Zimmer und ergriff meine Hand, nachdem er die Bedienten entlassen hatte. »Graf«, sagte er mit den Worten Hamlets zu mir, »es gibt mehr Dinge im Himmel und auf Erden, als wir in unsern Philosophien träumen.«

»Gnädigster Herr«, antwortete ich, »Sie scheinen zu vergessen, daß Sie um eine große Hoffnung reicher zu Bette gehen.« (Der Verstorbene war der Erbprinz, der einzige Sohn des regierenden ***, der alt und kränklich ohne Hoffnung eigner Succession war. Ein Oheim unsers Prinzen, gleichfalls ohne Erben und ohne Aussicht, welche zu bekommen, stand jetzt allein noch zwischen diesem und dem Throne. Ich erwähne dieses Umstandes, weil in der Folge davon die Rede sein wird.)

»Erinnern Sie mich nicht daran«, sagte der Prinz. »Und wenn eine Krone für mich wäre gewonnen worden, ich hätte jetzt mehr zu tun, als dieser Kleinigkeit nachzudenken. – – Wenn dieser Armenier nicht bloß erraten hat – –«

»Wie ist das möglich, Prinz?« fiel ich ein. –
»So will ich Ihnen alle meine fürstlichen Hoffnungen für eine Mönchskutte abtreten.«
Den folgenden Abend fanden wir uns zeitiger als gewöhnlich auf dem Markusplatz ein. Ein plötzlicher Regenguß nötigte uns, in ein Kaffeehaus einzutreten, wo gespielt wurde. Der Prinz stellte sich hinter den Stuhl eines Spaniers und beobachtete das Spiel. Ich war in ein anstoßendes Zimmer gegangen, wo ich Zeitungen las. Eine Weile darauf hörte ich Lärmen. Vor der Ankunft des Prinzen war der Spanier unaufhörlich im Verluste gewesen, jetzt gewann er auf allen Karten. Das ganze Spiel war auffallend verändert, und die Bank war in Gefahr, von dem Pointeur, den diese glückliche Wendung kühner gemacht hatte, aufgefordert zu werden. Der Venezianer, der sie hielt, sagte dem Prinzen mit beleidigendem Ton – er störe das Glück, und er solle den Tisch verlassen. Dieser sah ihn kalt an und blieb; dieselbe Fassung behielt er, als der Venezianer seine Beleidigung französisch wiederholte. Der letztere glaubte, daß der Prinz beide Sprachen nicht verstehe, und wandte sich mit verachtungsvollem Lachen zu den übrigen: »Sagen Sie mir doch, meine Herren, wie ich mich diesem Balordo verständlich machen soll?« Zugleich stand er auf und wollte den Prinzen beim Arm ergreifen; diesen verließ hier die Geduld, er packte den Venezianer mit starker Hand und warf ihn unsanft zu Boden. Das ganze Haus kam in Bewegung. Auf das Geräusch stürzte ich herein, unwillkürlich rief ich ihn bei seinem Namen. »Nehmen Sie sich in acht, Prinz«, setzte ich mit Unbesonnenheit hinzu, »wir sind in Venedig.« Der Name des Prinzen gebot eine allgemeine Stille, woraus bald ein Gemurmel wurde, das mir gefährlich schien. Alle anwesenden Italiener rotteten sich zu Haufen und traten bei Seite. Einer um den andern verließ den Saal, bis wir uns beide mit dem Spanier und einigen Franzosen allein fanden. »Sie sind verloren, gnädigster Herr«, sagten diese, »wenn Sie nicht sogleich die Stadt verlassen. Der Ve-

nezianer, den Sie so übel behandelt haben, ist reich und von Ansehen – es kostet ihm nur funfzig Zechinen, Sie aus der Welt zu schaffen.« Der Spanier bot sich an, zur Sicherheit des Prinzen Wache zu holen und uns selbst nach Hause zu begleiten. Dasselbe wollten auch die Franzosen. Wir standen noch und überlegten, was zu tun wäre, als die Türe sich öffnete und einige Bedienten der Staatsinquisition hereintraten. Sie zeigten uns eine Ordre der Regierung, worin uns beiden befohlen ward, ihnen schleunig zu folgen. Unter einer starken Bewachung führte man uns bis zum Kanal. Hier erwartete uns eine Gondel, in die wir uns setzen mußten. Ehe wir ausstiegen, wurden uns die Augen verbunden. Man führte uns eine große steinerne Treppe hinauf und dann durch einen langen gewundenen Gang über Gewölbe, wie ich aus dem vielfachen Echo schloß, das unter unsern Füßen hallte. Endlich gelangten wir vor eine andere Treppe, welche uns sechsundzwanzig Stufen in die Tiefe hinunterführte. Hier öffnete sich ein Saal, wo man uns die Binde wieder von den Augen nahm. Wir befanden uns in einem Kreise ehrwürdiger alter Männer, alle schwarz gekleidet, der ganze Saal mit schwarzen Tüchern behangen und sparsam erleuchtet, eine Totenstille in der ganzen Versammlung, welches einen schreckhaften Eindruck machte. Einer von diesen Greisen, vermutlich der oberste Staatsinquisitor, näherte sich dem Prinzen und fragte ihn mit einer feierlichen Miene, während man ihm den Venezianer vorführte:

»Erkennen Sie diesen Menschen für den nämlichen, der Sie auf dem Kaffeehause beleidigt hat?«

»Ja«, antwortete der Prinz.

Darauf wandte jener sich zu dem Gefangenen: »Ist das dieselbe Person, die Sie heute Abend wollten ermorden lassen?«

Der Gefangene antwortete mit Ja.

Sogleich öffnete sich der Kreis, und mit Entsetzen sahen wir den Kopf des Venezianers vom Rumpfe trennen. »Sind Sie mit dieser Genugtuung zufrieden?« fragte der Staatsinquisitor. –

Der Prinz lag ohnmächtig in den Armen seiner Begleiter. – »Gehen Sie nun«, fuhr jener mit einer schrecklichen Stimme fort, indem er sich gegen mich wandte, »und urteilen Sie künftig weniger vorschnell von der Gerechtigkeit in Venedig.«

Wer der verborgene Freund gewesen, der uns durch den schnellen Arm der Justiz von einem gewissen Tode errettet hatte, konnten wir nicht erraten. Starr von Schrecken erreichten wir unsere Wohnung. Es war nach Mitternacht. Der Kammerjunker von Z** erwartete uns mit Ungeduld an der Treppe.

»Wie gut war es, daß Sie geschickt haben!« sagte er zum Prinzen, indem er uns leuchtete. – »Eine Nachricht, die der Baron von F** gleich nachher vom Markusplatze nach Hause brachte, hatte uns wegen Ihrer in die tödlichste Angst gesetzt.«

»Geschickt hätte ich? Warum? Ich weiß nichts davon.«

»Diesen Abend nach acht Uhr. Sie ließen uns sagen, daß wir ganz außer Sorgen sein dürften, wenn Sie heute später nach Hause kämen.«

Hier sah der Prinz mich an. »Haben Sie vielleicht ohne mein Wissen diese Sorgfalt gebraucht?«

Ich wußte von gar nichts.

»Es mußte doch wohl so sein, Ihro Durchlaucht«, sagte der Kammerjunker – »denn hier ist ja Ihre Repetieruhr, die Sie zur Sicherheit mitschickten.« Der Prinz griff nach der Uhrtasche. Die Uhr war wirklich fort, und er erkannte jene für die seinige.

»Wer brachte sie?« fragte er mit Bestürzung.

»Eine unbekannte Maske, in armenischer Kleidung, die sich sogleich wieder entfernte.«

Wir standen und sahen uns an. – »Was halten Sie davon?« sagte endlich der Prinz nach einem langen Stillschweigen. »Ich habe hier einen verborgenen Aufseher in Venedig.«

Der schreckliche Auftritt dieser Nacht hatte dem Prinzen ein Fieber zugezogen, das ihn acht Tage nötigte, das Zimmer zu hüten. In dieser Zeit wimmelte unser Hotel von Einheimischen und Fremden, die der entdeckte Stand des Prinzen herbeige-

lockt hatte. Man wetteiferte untereinander, ihm Dienste anzubieten, jeder suchte nach seiner Art, sich geltend zu machen. Des ganzen Vorgangs in der Staatsinquisition wurde nicht mehr erwähnt. Weil der Hof zu ** die Abreise des Prinzen noch aufgeschoben wünschte, so erhielten einige Wechsler in Venedig Anweisung, ihm beträchtliche Summen auszuzahlen. So ward er wider Willen in den Stand gesetzt, seinen Aufenthalt in Italien zu verlängern, und auf sein Bitten entschloß ich mich auch, meine Abreise noch zu verschieben.
Sobald er soweit genesen war, um das Zimmer wieder verlassen zu können, beredete ihn der Arzt, eine Spazierfahrt auf der Brenta zu machen, um die Luft zu verändern. Das Wetter war helle, und die Partie ward angenommen. Als wir eben im Begriff waren, in die Gondel zu steigen, vermißte der Prinz den Schlüssel zu einer kleinen Schatulle, die sehr wichtige Papiere enthielt. Sogleich kehrten wir um, ihn zu suchen. Er besann sich aufs genaueste, die Schatulle noch den vorigen Tag verschlossen zu haben, und seit dieser Zeit war er nicht aus dem Zimmer gekommen. Aber alles Suchen war umsonst, wir mußten davon abstehen, um die Zeit nicht zu verlieren. Der Prinz, dessen Seele über jeden Argwohn erhaben war, erklärte ihn für verloren und bat uns, nicht weiter davon zu sprechen.
Die Fahrt war die angenehmste. Eine malerische Landschaft, die mit jeder Krümmung des Flusses sich an Reichtum und Schönheit zu übertreffen schien – der heiterste Himmel, der mitten im Hornung einen Maientag bildete – reizende Gärten und geschmackvolle Landhäuser ohne Zahl, welche beide Ufer der Brenta schmücken – hinter uns das majestätische Venedig, mit hundert aus dem Wasser springenden Türmen und Masten, alles dies gab uns das herrlichste Schauspiel von der Welt. Wir überließen uns ganz dem Zauber dieser schönen Natur, unsere Laune war die heiterste, der Prinz selbst verlor seinen Ernst und wetteiferte mit uns in fröhlichen Scherzen. Eine lustige Musik schallte uns entgegen, als wir einige italienische Meilen von der

Stadt ans Land stiegen. Sie kam aus einem kleinen Dorfe, wo eben Jahrmarkt gehalten wurde; hier wimmelte es von Gesellschaft aller Art. Ein Trupp junger Mädchen und Knaben, alle theatralisch gekleidet, bewillkommte uns mit einem pantomimischen Tanz. Die Erfindung war neu, Leichtigkeit und Grazie beseeelten jede Bewegung. Eh der Tanz noch völlig zu Ende war, schien die Anführerin desselben, welche eine Königin vorstellte, plötzlich wie von einem unsichtbaren Arme gehalten. Leblos stand sie und alles. Die Musik schwieg. Kein Odem war zu hören in der ganzen Versammlung, und *sie* stand da, den Blick auf die Erde geheftet, in einer tiefen Erstarrung. Auf einmal fuhr sie mit der Wut der Begeisterung in die Höhe, blickte wild um sich her – »Ein König ist unter uns«, rief sie, riß ihre Krone vom Haupt und legte sie – zu den Füßen des Prinzen. Alles, was da war, richtete hier die Augen auf ihn, lange Zeit ungewiß, ob Bedeutung in diesem Gaukelspiel wäre, so sehr hatte der affektvolle Ernst dieser Spielerin getäuscht. – Ein allgemeines Händeklatschen des Beifalls unterbrach endlich diese Stille. Meine Augen suchten den Prinzen. Ich bemerkte, daß er nicht wenig betroffen war und sich Mühe gab, den forschenden Blikken der Zuschauer auszuweichen. Er warf Geld unter die Kinder und eilte, aus dem Gewühle zu kommen.

Wir hatten nur wenige Schritte gemacht, als ein ehrwürdiger Barfüßer sich durch das Volk arbeitete und dem Prinzen in den Weg trat. »Herr«, sagte der Mönch, »gib der Madonna von deinem Reichtum, du wirst ihr Gebet brauchen.« Er sprach dies mit einem Tone, der uns betreten machte. Das Gedränge riß ihn weg.

Unser Gefolge war unterdessen gewachsen. Ein englischer Lord, den der Prinz schon in Nizza gesehen hatte, einige Kaufleute aus Livorno, ein deutscher Domherr, ein französischer Abbé mit einigen Damen und ein russischer Offizier gesellten sich zu uns. Die Physiognomie des letztern hatte etwas ganz Ungewöhnliches, das unsere Aufmerksamkeit auf sich zog. Nie in meinem Leben sah ich so viele *Züge* und so wenig *Charakter*, so viel anlockendes Wohlwollen mit so viel zurückstoßendem Frost in *einem* Menschengesichte beisammen wohnen. Alle Leidenschaften schienen darin gewühlt und es wieder verlassen zu haben. Nichts war übrig als der stille, durchdringende Blick eines vollendeten Menschenkenners, der jedes Auge verscheuchte, worauf er traf. Dieser seltsame Mensch folgte uns von weitem, schien aber an allem, was vorging, nur einen nachlässigen Anteil zu nehmen.

Wir kamen vor eine Bude zu stehen, wo Lotterie gezogen wurde. Die Damen setzten ein, wir andern folgten ihrem Beispiel; auch der Prinz forderte ein Los. Er gewann eine Tabatiere. Als er sie aufmachte, saß ich ihn blaß zurückfahren. – Der Schlüssel lag darin.

»Was ist das?« sagte der Prinz zu mir, als wir einen Augenblick allein waren. »Eine höhere Gewalt verfolgt mich. Allwissenheit schwebt um mich. Ein unsichtbares Wesen, dem ich nicht entfliehen kann, bewacht alle meine Schritte. Ich muß den Armenier aufsuchen und muß Licht von ihm haben.«

Die Sonne neigte sich zum Untergang, als wir vor dem Lusthause ankamen, wo das Abendessen serviert war. Der Name des Prinzen hatte unsere ganze Gesellschaft bis zu sechzehn Personen vergrößert. Außer den oben erwähnten waren noch ein Virtuose aus Rom, einige Schweizer und ein Avantürier aus Palermo, der Uniform trug und sich für einen Kapitän ausgab, zu uns gestoßen. Es ward beschlossen, den ganzen Abend hier zuzubringen und mit Fackeln nach Hause zu fahren. Die Unterhaltung bei Tische war sehr lebhaft, und der Prinz konnte nicht umhin, die Begebenheit mit dem Schlüssel zu erzählen, welche eine allgemeine Verwunderung erregte. Es wurde heftig über diese Materie gestritten. Die meisten aus der Gesellschaft behaupteten dreist weg, daß alle diese geheimen Künste auf ein Taschenspielerei hinausliefen; der Abbé, der schon viel Wein bei sich hatte, forderte das ganze Geisterreich in die Schranken heraus; der Engländer sagte Blasphemien; der Musikus machte das Kreuz vor dem Teufel. Wenige, worunter der Prinz war, hielten dafür, daß man sein Urteil über diese Dinge zurückhalten müsse; währenddessen unterhielt sich der russische Offizier mit den Frauenzimmern und schien das ganze Gespräch nicht zu achten. In der Hitze des Streits hatte man nicht bemerkt, daß der Sizilianer hinausgegangen war. Nach Verfluß einer kleinen halben Stunde kam er wieder, in einen Mantel gehüllt, und stellte sich hinter den Stuhl des Franzosen. »Sie haben vorhin die Bravour geäußert, es mit allen Geistern aufzunehmen – wollen Sie es mit *einem* versuchen?«

»Topp!« sagte der Abbé – »wenn Sie es auf sich nehmen wollen, mir einen herbeizuschaffen.«

»Das will ich«, antwortete der Sizilianer (indem er sich gegen uns kehrte), »wenn diese Herren und Damen uns werden verlassen haben.«

»Warum das?« rief der Engländer. »Ein herzhafter Geist fürchtet sich vor keiner lustigen Gesellschaft.«

»Ich stehe nicht für den Ausgang«, sagte der Sizilianer.

»Um des Himmels willen! Nein!« schrieen die Frauenzimmer an dem Tische und fuhren erschrocken von ihren Stühlen.

»Lassen Sie Ihren Geist kommen«, sagte der Abbé trotzig; »aber warnen Sie ihn vorher, daß es hier spitzige Klingen gibt« (indem er einen von den Gästen um seinen Degen bat).

»Das mögen Sie alsdann halten, wie Sie wollen«, antwortete der Sizilianer kalt, »wenn Sie nachher noch Lust dazu haben.« Hier kehrte er sich zum Prinzen. »Gnädigster Herr«, sagte er zu diesem, »Sie behaupten, daß Ihr Schlüssel in fremden Händen gewesen – Können Sie vermuten, in welchen?«

»Nein.«

»Raten Sie auch auf niemand?«

»Ich hatte freilich einen Gedanken – –«

»Würden Sie die Person erkennen, wenn Sie sie vor sich sähen?«

»Ohne Zweifel.«
Hier schlug der Sizilianer seinen Mantel zurück und zog einen Spiegel hervor, den er dem Prinzen vor die Augen hielt.
»Ist es diese?«
Der Prinz trat mit Schrecken zurück.
»Was haben Sie gesehen?« fragte ich.
»Den Armenier.«
Der Sizilianer verbarg seinen Spiegel wieder unter dem Mantel.
»War es dieselbe Person, die Sie meinen?« fragte die ganze Gesellschaft den Prinzen.
»Die nämliche.«
Hier veränderte sich jedes Gesicht, man hörte auf zu lachen. Alle Augen hingen neugierig an dem Sizilianer.
»Monsieur l'Abbé, das Ding wird ernsthaft«, sagte der Engländer; »ich riet' Ihnen, auf den Rückzug zu denken.«
»Der Kerl hat den Teufel im Leibe«, schrie der Franzose und lief aus dem Hause, die Frauenzimmer stürzten mit Geschrei aus dem Saal, der Virtuose folgte ihnen, der deutsche Domherr schnarchte in einem Sessel, der Russe blieb wie bisher gleichgültig sitzen.
»Sie wollen vielleicht nur einen Großsprecher zum Gelächter machen«, fing der Prinz wieder an, nachdem jene hinaus waren – »oder hätten Sie wohl Lust, uns Wort zu halten?«
»Es ist wahr«, sagte der Sizilianer. »Mit dem Abbé war es mein Ernst nicht, ich tat ihm den Antrag nur, weil ich wohl wußte, daß die Memme mich nicht beim Wort nehmen würde. – Die Sache selbst ist übrigens zu ernsthaft, um bloß einen Scherz damit auszuführen.«
»Sie räumen also doch ein, daß sie in Ihrer Gewalt ist?«
Der Magier schwieg eine lange Zeit und schien den Prinzen sorgfältig mit den Augen zu prüfen.
»Ja«, antwortete er endlich.
Die Neugierde des Prinzen war bereits auf den höchsten Grad gespannt. Mit der Geisterwelt in Verbindung zu stehen, war

ehedem seine Lieblingsschwärmerei gewesen, und seit jener ersten Erscheinung des Armeniers hatten sich alle Ideen wieder bei ihm gemeldet, die seine reifere Vernunft so lange abgewiesen hatte. Er ging mit dem Sizilianer bei Seite, und ich hörte ihn sehr angelegentlich mit ihm unterhandeln.

»Sie haben hier einen Mann vor sich«, fuhr er fort, »der von Ungeduld brennt, in dieser wichtigen Materie es zu einer Überzeugung zu bringen. Ich würde denjenigen als meinen Wohltäter, als meinen ersten Freund umarmen, der hier meine Zweifel zerstreute und die Decke von meinen Augen zöge – Wollen Sie sich dieses große Verdienst um mich erwerben?«

»Was verlangen Sie von mir?« sagte der Magier mit Bedenken.

»Vor jetzt nur eine Probe Ihrer Kunst. Lassen Sie mich eine Erscheinung sehen.«

»Wozu soll das führen?«

»Dann mögen Sie aus meiner nähern Bekanntschaft urteilen, ob ich eines höhern Unterrichts wert bin.«

»Ich schätze Sie über alles, gnädigster Prinz. Eine geheime Gewalt in Ihrem Angesichte, die Sie selbst noch nicht kennen, hat mich beim ersten Anblick an Sie gebunden. Sie sind mächtiger, als Sie selbst wissen. Sie haben unumschränkt über meine ganze Gewalt zu gebieten – aber –«

»Also lassen Sie mich eine Erscheinung sehen.«

»Aber ich muß erst gewiß sein, daß Sie diese Forderung nicht aus Neugierde an mich machen. Wenngleich die unsichtbaren Kräfte mir einigermaßen zu Willen sind, so ist es unter der heiligen Bedingung, daß ich die heiligen Geheimnisse nicht profaniere, daß ich meine Gewalt nicht mißbrauche.«

»Meine Absichten sind die reinsten. Ich will Wahrheit.«

Hier verließen sie ihren Platz und traten zu einem entfernten Fenster, wo ich sie nicht weiter hören konnte. Der Engländer, der diese Unterredung gleichfalls mit angehört hatte, zog mich auf die Seite.

»Ihr Prinz ist ein edler Mann. Ich beklage, daß er sich mit einem Betrüger einläßt.«
»Es wird darauf ankommen«, sagte ich, »wie er sich aus dem Handel zieht.«
»Wissen Sie was?« sagte der Engländer, »jetzt macht der arme Teufel sich kostbar. Er wird seine Kunst nicht auskramen, bis er Geld klingen hört. Es sind unser neune. Wir wollen eine Kollekte machen und ihn durch einen hohen Preis in Versuchung führen. Das bricht ihm den Hals und öffnet Ihrem Prinzen die Augen.«
»Ich bin's zufrieden.«
Der Engländer warf sechs Guineen auf einen Teller und sammelte in der Reihe herum. Jeder gab einige Louis; den Russen besonders schien unser Vorschlag ungemein zu interessieren, er legte eine Banknote von hundert Zechinen auf den Teller – eine Verschwendung, über welche der Engländer erstaunte. Wir brachten die Kollekte dem Prinzen. »Haben Sie die Güte«, sagte der Engländer, »bei diesem Herrn für uns fürzusprechen, daß er uns eine Probe seiner Kunst sehen lasse und diesen kleinen Beweis unsrer Erkenntlichkeit annehme.« Der Prinz legte noch einen kostbaren Ring auf den Teller und reichte ihn dem Sizilianer. Dieser bedachte sich einige Sekunden. – »Meine Herren und Gönner«, fing er darauf an, »diese Großmut beschämt mich. – Es scheint, daß Sie mich verkennen – aber ich gebe Ihrem Verlangen nach. Ihr Wunsch soll erfüllt werden« (indem er eine Glocke zog). »Was dieses Gold betrifft, worauf ich selber kein Recht habe, so werden Sie mir erlauben, daß ich es in dem nächsten Benediktinerkloster für milde Stiftungen niederlege. Diesen Ring behalte ich als ein schätzbares Denkmal, das mich an den würdigsten Prinzen erinnern soll.«
Hier kam der Wirt, dem er das Geld sogleich überlieferte.
»Und er ist dennoch ein Schurke«, sagte mir der Engländer ins Ohr. »Das Geld schlägt er aus, weil ihm jetzt mehr an dem Prinzen gelegen ist.«

»Oder der Wirt versteht seinen Auftrag«, sagte ein anderer.
»Wen verlangen Sie?« fragte jetzt der Magier den Prinzen.
Der Prinz besann sich einen Augenblick – »Lieber gleich einen großen Mann« rief der Lord. »Fordern Sie den Papst Ganganelli. Dem Herrn wird das gleich wenig kosten.«
Der Sizilianer biß sich auf die Lippen. »Ich darf keinen zitieren, der die Weihung empfangen hat.«
»Das ist schlimm«, sagte der Engländer. »Vielleicht hätten wir von ihm erfahren, an welcher Krankheit er gestorben ist.«
»Der Marquis von Lanoy«, nahm der Prinz jetzt das Wort, »war französischer Brigadier im vorigen Kriege und mein vertrautester Freund. In der Bataille bei Hastinbeck empfing er eine tödliche Wunde, man trug ihn nach meinem Zelte, wo er bald darauf in meinen Armen starb. Als er schon mit dem Tode rang, winkte er mich noch zu sich, ›Prinz‹, fing er an, ›ich werde mein Vaterland nicht wiedersehen, erfahren Sie also ein Geheimnis, wozu niemand als ich den Schlüssel hat. In einem Kloster auf der flandrischen Grenze lebt eine –‹ – hier verschied er. Die Hand des Todes zertrennte den Faden seiner Rede; ich möchte ihn hier haben und die Fortsetzung hören.«
»Viel gefordert, bei Gott!« rief der Engländer. »Ich erkläre Sie für einen zweiten Salomo, wenn Sie diese Aufgabe lösen.« – Wir bewunderten die sinnreiche Wahl des Prinzen und gaben ihr einstimmig unsern Beifall. Unterdessen ging der Magier mit starken Schritten auf und nieder und schien unentschlossen mit sich selbst zu kämpfen.
»Und das war alles, was der Sterbende Ihnen zu hinterlassen hatte?«
»Alles.«
»Taten Sie keine weiteren Nachfragen deswegen in seinem Vaterlande?«
»Sie waren alle vergebens.«
»Der Marquis von Lanoy hatte untadelhaft gelebt? – Ich darf nicht jeden Toten rufen.«

»Er starb mit Reue über die Ausschweifungen seiner Jugend.«
»Tragen Sie irgend etwa ein Andenken von ihm bei sich?«
»Ja.« (Der Prinz führte wirklich eine Tabatiere bei sich, worauf das Miniaturbild des Marquis in Emaille war, und die er bei der Tafel neben sich hatte liegen gehabt.)
»Ich verlange es nicht zu wissen – – Lassen Sie mich allein. Sie sollen den Verstorbenen sehen.«
Wir wurden gebeten, uns so lange in den andern Pavillon zu begeben, bis er uns rufen würde. Zugleich ließ er alle Meublen aus dem Saale räumen, die Fenster ausheben und die Läden auf das genaueste verschließen. Dem Wirt, mit dem er schon vertraut zu sein schien, befahl er, ein Gefäß mit glühenden Kohlen zu bringen und alle Feuer im Hause sorgfältig mit Wasser zu löschen. Ehe wir weggingen, nahm er von jedem insbesondere das Ehrenwort, ein ewiges Stillschweigen über das zu beobachten, was wir sehen und hören würden. Hinter uns wurden alle Zimmer auf diesem Pavillon verriegelt.
Es war nach eilf Uhr, und eine tiefe Stille herrschte im ganzen Hause. Beim Hinausgehen fragte mich der Russe, ob wir geladene Pistolen bei uns hätten? – »Wozu?« sagte ich. – »Es ist auf alle Fälle«, versetzte er. »Warten Sie einen Augenblick, ich will mich darnach umsehen.« Er entfernte sich. Der Baron von F** und ich öffneten ein Fenster, das jenem Pavillon gegenüber sah, und es kam uns vor, als hörten wir zwei Menschen zusammen flüstern und ein Geräusch, als ob man eine Leiter anlegte. Doch war das nur eine Mutmaßung, und ich getraue mir nicht, sie für wahr auszugeben. Der Russe kam mit einem Paar Pistolen zurück, nachdem er eine halbe Stunde ausgeblieben war. Wir sahen sie ihn scharf laden. Es war beinahe zwei Uhr, als der Magier wieder erschien und uns ankündigte, daß es Zeit wäre. Ehe wir hineintraten, ward uns befohlen, die Schuhe auszuziehen und im bloßen Hemde, Strümpfen und Unterkleidern zu erscheinen. Hinter uns wurde, wie das erste Mal, verriegelt.

Wir fanden, als wir in den Saal zurückkamen, mit einer Kohle einen weiten Kreis beschrieben, der uns alle zehn bequem fassen konnte. Rings herum an allen vier Wänden des Zimmers waren die Dielen weggehoben, daß wir gleichsam auf einer Insel standen. Ein Altar, mit schwarzem Tuch behangen, stand mitten im Kreis errichtet, unter welchen ein Teppich von rotem Atlas gebreitet war. Eine chaldäische Bibel lag bei einem Totenkopf aufgeschlagen auf dem Altar, und ein silbernes Kruzifix war darauf festgemacht. Statt der Kerzen brannte Spiritus in einer silbernen Kapsel. Ein dicker Rauch von Olibanum verfinsterte den Saal, davon das Licht beinahe erstickte. Der Beschwörer war entkleidet wie wir, aber barfuß; um den bloßen Hals trug er ein Amulett an einer Kette von Menschenhaaren, um die Lenden hatte er eine weiße Schürze geschlagen, die mit geheimen Chiffren und symbolischen Figuren bezeichnet war. Er hieß uns einander die Hände reichen und eine tiefe Stille beobachten; vorzüglich empfahl er uns, ja keine Frage an die Erscheinung zu tun. Den Engländer und mich (gegen uns beide schien er das meiste Mißtrauen zu hegen) ersuchte er, zwei bloße Degen unverrückt und kreuzweise, einen Zoll hoch, über seinem Scheitel zu halten, solange die Handlung dauern würde. Wir standen in einem halben Mond um ihn herum, der russische Offizier drängte sich dicht an den Engländer und stand zunächst an dem Altar. Das Gesicht gegen Morgen gerichtet, stellte sich der Magier jetzt auf den Teppich, sprengte Weihwasser nach allen vier Weltgegenden und neigte sich dreimal gegen die Bibel. Eine halbe Viertelstunde dauerte die Beschwörung, von welcher wir nichts verstanden; nach Endigung derselben gab er denen, die zunächst hinter ihm standen, ein Zeichen, daß sie ihn jetzt fest bei den Haaren fassen sollten. Unter den heftigsten Zuckungen rief er den Verstorbenen dreimal mit Namen, und das dritte Mal streckte er nach dem Kruzifix die Hand aus – –

Auf einmal empfanden wir alle zugleich einen Streich wie vom

Blitze, daß unsere Hände auseinander flogen; ein plötzlicher Donnerschlag erschütterte das Haus, alle Schlösser klangen, alle Türen schlugen zusammen, der Deckel an der Kapsel fiel zu, das Licht löschte aus, und an der entgegenstehenden Wand über dem Kamine zeigte sich eine menschliche Figur, in blutigem Hemde, bleich und mit dem Gesicht eines Sterbenden.

»Wer ruft mich?« sagte eine hohle, kaum hörbare Stimme.

»Dein Freund«, antwortete der Beschwörer, »der dein Andenken ehret und für deine Seele betet«, zugleich nannte er den Namen des Prinzen.

Die Antworten erfolgten immer nach einem sehr großen Zwischenraum.

»Was verlangt er?« fuhr diese Stimme fort.

»Dein Bekenntnis will er zu Ende hören, das du in dieser Welt angefangen und nicht beschlossen hast.«

»In einem Kloster auf der flandrischen Grenze lebt – – –«

Hier erzitterte das Haus von neuem. Die Türe sprang freiwillig unter einem heftigen Donnerschlag auf, ein Blitz erleuchtete das Zimmer, und eine andere *körperliche* Gestalt, blutig und blaß wie die erste, aber schrecklicher, erschien an der Schwelle. Der Spiritus fing von selbst an zu brennen, und der Saal wurde helle wie zuvor.

»Wer ist unter uns?« rief der Magier erschrocken und warf einen Blick des Entsetzens durch die Versammlung – »*Dich* habe ich nicht gewollt.«

Die Gestalt ging mit majestätischem leisem Schritt gerade auf den Altar zu, stellte sich auf den Teppich, uns gegenüber, und faßte das Kruzifix. Die erste Figur sahen wir nicht mehr.

»Wer ruft mich?« sagte diese zweite Erscheinung.

Der Magier fing an, heftig zu zittern. Schrecken und Erstaunen hatten uns gefesselt. Ich griff nach einer Pistole, der Magier riß sie mir aus der Hand und drückte sie auf die Gestalt ab. Die Kugel rollte langsam auf dem Altar, und die Gestalt trat unverän-

dert aus dem Rauche. Jetzt sank der Magier ohnmächtig nieder.
»Was wird das?« rief der Engländer voll Erstaunen und wollte einen Streich mit dem Degen nach ihr tun. Die Gestalt berührte seinen Arm, und die Klinge fiel zu Boden. Hier trat der Angstschweiß auf meine Stirn. Baron F** gestand uns nachher, daß er gebetet habe. Diese ganze Zeit über stand der Prinz furchtlos und ruhig, die Augen starr auf die Erscheinung gerichtet.
»Ja! Ich erkenne dich«, rief er endlich voll Rührung aus, »du bist Lanoy, du bist mein Freund – – Woher kommst du?«
»Die Ewigkeit ist stumm. Frage mich aus dem vergangenen Leben.«
»Wer lebt in dem Kloster, das du mir bezeichnet hast?«
»Meine Tochter.«
»Wie? Du bist Vater gewesen?«
»Weh mir, daß ich es zu wenig war!«
»Bist du nicht glücklich, Lanoy?«
»Gott hat gerichtet.«
»Kann ich dir auf dieser Welt noch einen Dienst erzeigen?«
»Keinen, als an dich selbst zu denken.«
»Wie muß ich das?«
»In Rom wirst du es erfahren.«
Hier erfolgte ein neuer Donnerschlag – eine schwarze Rauchwolke erfüllte das Zimmer; als sie zerflossen war, fanden wir keine Gestalt mehr. Ich stieß einen Fensterladen auf. Es war Morgen.
Jetzt kam auch der Magier aus seiner Betäubung zurück. »Wo sind wir?« rief er aus, als er Tageslicht erblickte. Der russische Offizier stand dicht hinter ihm und sah ihm über die Schulter. *»Taschenspieler«*, sagte er mit schrecklichem Blick zu ihm, *»du wirst keinen Geist mehr rufen.«*
Der Sizilianer drehte sich um, sah ihm genauer ins Gesicht, tat einen lauten Schrei und stürzte zu seinen Füßen.
Jetzt sahen wir alle auf einmal den vermeintlichen Russen an.

Der Prinz erkannte in ihm ohne Mühe die Züge seines Armeniers wieder, und das Wort, das er eben hervorstottern wollte, erstarb auf seinem Munde. Schrecken und Überraschung hatten uns alle wie versteinert. Lautlos und unbeweglich starrten wir dieses geheimnisvolle Wesen an, das uns mit einem Blicke stiller Gewalt und Größe durchschaute. Eine Minute dauerte dies Schweigen – und wieder eine. Kein Odem war in der ganzen Versammlung.

Einige kräftige Schläge an der Tür brachten uns endlich wieder zu uns selbst. Die Tür fiel zertrümmert in den Saal, und herein drangen Gerichtsdiener mit Wache. »Hier finden wir sie ja beisammen!« rief der Anführer und wandte sich zu seinen Begleitern. »Im Namen der Regierung!« rief er uns zu. »Ich verhafte euch.« Wir hatten nicht so viel Zeit, uns zu besinnen; in wenig Augenblicken waren wir umringt. Der russische Offizier, den ich jetzt wieder den Armenier nenne, zog den Anführer der Häscher auf die Seite, und so viel mir diese Verwirrung zuließ, bemerkte ich, daß er ihm einige Worte heimlich ins Ohr sagte und etwas Schriftliches vorzeigte. Sogleich verließ ihn der Häscher mit einer stummen und ehrerbietigen Verbeugung, wandte sich darauf zu uns und nahm seinen Hut ab. »Vergeben Sie, meine Herren«, sagte er, »daß ich Sie mit diesem Betrüger vermengen konnte. Ich will nicht fragen, wer Sie sind – aber dieser Herr versichert mir, daß ich Männer von Ehre vor mir habe.« Zugleich winkte er seinen Begleitern, von uns abzulassen. Den Sizilianer befahl er wohl zu bewachen und zu binden. »Der Bursche da ist überreif«, setzte er hinzu. »Wir haben schon sieben Monate auf ihn gelauert.«

Dieser elende Mensch war wirklich ein Gegenstand des Jammers. Das doppelte Schrecken der zweiten Geistererscheinung und dieses unerwarteten Überfalls hatte seine Besinnungskraft überwältigt. Er ließ sich binden wie ein Kind; die Augen lagen weit aufgesperrt und stier in einem totenähnlichen Gesichte, und seine Lippen bebten in stillen Zuckungen, ohne einen Laut auszustoßen. Jeden Augenblick erwarteten wir einen Ausbruch von Konvulsionen. Der Prinz fühlte Mitleid mit seinem Zustand und unternahm es, seine Loslassung bei dem Gerichtsdiener auszuwirken, dem er sich zu erkennen gab.

»Gnädigster Herr«, sagte dieser, »wissen Sie auch, wer der Mensch ist, für welchen Sie sich so großmütig verwenden? Der Betrug, den er Ihnen zu spielen gedachte, ist sein geringstes Verbrechen. Wir haben seine Helfershelfer. Sie sagen abscheuliche Dinge von ihm aus. Er mag sich noch glücklich preisen, wenn er mit der Galeere davonkommt.«

Unterdessen sahen wir auch den Wirt nebst seinen Hausgenossen mit Stricken gebunden über den Hof führen. – »Auch dieser?« rief der Prinz. »Was hat denn dieser verschuldet?« – »Er war sein Mitschuldiger und Hehler«, antwortete der Anführer der Häscher, »der ihm zu seinen Taschenspielerstückchen und Diebereien behülflich gewesen und einen Raub mit ihm geteilt hat. Gleich sollen Sie überzeugt sein, gnädigster Herr« (indem er sich zu seinen Begleitern kehrte). »Man durchsuche das ganze Haus und bringe mir sogleich Nachricht, was man gefunden hat.«

Jetzt sahe sich der Prinz nach dem Armenier um – aber er war nicht mehr vorhanden; in der allgemeinen Verwirrung, welche dieser Überfall anrichtete, hatte er Mittel gefunden, sich unbemerkt zu entfernen. Der Prinz war untröstlich; gleich wollte er ihm alle seine Leute nachschicken; er selbst wollte ihn aufsuchen und mich mit sich fortreißen. Ich eilte ans Fenster; das ganze Haus war von Neugierigen umringt, die das Gerücht dieser Begebenheit herbeigeführt hatte. Unmöglich war es, durch das Gedränge zu kommen. Ich stellte dem Prinzen dieses vor: »Wenn es diesem Armenier ein Ernst ist, sich vor uns zu verbergen, so weiß er unfehlbar die Schliche besser als wir, und alle unsere Nachforschungen werden vergebens sein. Lieber lassen Sie uns noch hier bleiben, gnädigster Prinz. Vielleicht kann uns dieser Gerichtsdiener etwas Näheres von ihm sagen, dem er sich, wenn ich anders recht gesehen habe, entdeckt hat.«

Jetzt erinnerten wir uns, daß wir noch ausgekleidet waren. Wir eilten nach unserm Zimmer, uns in der Geschwindigkeit in unsre Kleider zu werfen. Als wir zurückkamen, war die Haussuchung geschehen.

Nachdem man den Altar weggeräumt und die Dielen des Saals aufgebrochen, entdeckte man ein geräumiges Gewölbe, worin ein Mensch gemächlich aufrecht sitzen konnte, mit einer Türe versehen, die durch eine schmale Treppe nach dem Keller führte. In diesem Gewölbe fand man eine Elektrisiermaschine, eine Uhr und eine kleine silberne Glocke, welche letztere, so wie die Elektrisiermaschine, mit dem Altar und dem darauf befestigten Kruzifixe Kommunikation hatte. Ein Fensterladen, der dem Kamine gerade gegenüber stand, war durchbrochen und mit einem Schieber versehen, um, wie wir nachher erfuhren, eine magische Laterne in seine Öffnung einzupassen, aus welcher die verlangte Gestalt auf die Wand über dem Kamin gefallen war. Vom Dachboden und aus dem Keller brachte man verschiedene Trommeln, woran große bleierne Kugeln an Schnüren befestigt hingen, wahrscheinlich um das Geräusche des Donners hervorzubringen, das wir gehört hatten. Als man die Kleider des Sizilianers durchsuchte, fand man in einem Etui verschiedene Pulver, wie auch lebendigen Merkur in Phiolen und Büchsen, Phosphorus in einer gläsernen Flasche, einen Ring, den wir gleich für einen magnetischen erkannten, weil er an einem stählernen Knopfe hängen blieb, dem er von ungefähr nahegebracht worden, in den Rocktaschen ein Paternoster, einen Judenbart, Terzerole und einen Dolch. »Laß doch sehen, ob sie geladen sind!« sagte einer von den Häschern, indem er eines von den Terzerolen nahm und ins Kamin abschoß. »Jesus Maria!« rief eine hohle menschliche Stimme, eben die, welche wir von der ersten Erscheinung gehört hatten – und in demselben Augenblick sahen wir einen blutenden Körper aus dem Schlot herun-

terstürzen. – »Noch nicht zur Ruhe, armer Geist?« rief der Engländer während daß wir andern mit Schrecken zurückfuhren. »Gehe heim zu deinem Grabe. Du hast geschienen, was du nicht warst; jetzt wirst du sein, was du schienest.«
»Jesus Maria! Ich bin verwundet«, wiederholte der Mensch im Kamine. Die Kugel hatte ihm das rechte Bein zerschmettert. Sogleich besorgte man, daß die Wunde verbunden wurde.
»Aber wer bist du denn, und was für ein böser Dämon muß dich hieher führen?«
»Ein armer Barfüßer«, antwortete der Verwundete.
»Ein fremder Herr hier hat mir eine Zechine geboten, daß ich –«
»Eine Formel hersagen sollte? Und warum hast du dich denn nicht gleich wieder davongemacht?«
»Er wollte mir ein Zeichen geben, wenn ich fortfahren sollte; aber das Zeichen blieb aus, und wie ich hinaussteigen wollte, war die Leiter weggezogen.«
»Und wie heißt denn die Formel, die er dir eingelernt hat?«
Der Mensch bekam hier eine Ohnmacht, daß nichts weiter aus ihm herauszubringen war. Als wir ihn näher betrachteten, erkannten wir ihn für denselben, der sich dem Prinzen den Abend vorher in den Weg gestellt und ihn so feierlich angeredet hatte.
Unterdessen hatte sich der Prinz zu dem Anführer der Häscher gewendet.
»Sie haben uns«, sagte er, indem er ihm zugleich einige Goldstücke in die Hand drückte, »Sie haben uns aus den Händen eines Betrügers gerettet und uns, ohne uns noch zu kennen, Gerechtigkeit widerfahren lassen. Wollen Sie nun unsere Verbindlichkeit vollkommen machen und uns entdecken, wer der Unbekannte war, dem es nur ein paar Worte kostete, uns in Freiheit zu setzen?«
»Wen meinen Sie?« fragte der Anführer der Häscher mit einer Miene, die deutlich zeigte, wie unnötig diese Frage war.

»Den Herrn in russischer Uniform meine ich, der Sie vorhin beiseite zog, Ihnen etwas Schriftliches vorwies und einige Worte ins Ohr sagte, worauf Sie uns sogleich wieder losgaben.«

»Sie kennen diesen Herrn also nicht?« fragte der Häscher wieder. »Er war nicht von Ihrer Gesellschaft?«

»Nein«, sagte der Prinz – »und aus sehr wichtigen Ursachen wünschte ich, näher mit ihm bekannt zu werden.«

»Näher«, antwortete der Häscher, »kenn ich ihn auch nicht. Sein Name selbst ist mir unbekannt, und heute hab ich ihn zum erstenmal in meinem Leben gesehen.«

»Wie? und in so kurzer Zeit, durch ein paar Worte konnte er so viel über Sie vermögen, daß Sie ihn selbst und uns alle für unschuldig erklärten?«

»Allerdings durch ein einziges Wort.«

»Und dieses war? – Ich gestehe, daß ich es wissen möchte.«

»Dieser Unbekannte, gnädigster Herr« – indem er die Zechinen in seiner Hand wog – »Sie sind zu großmütig gegen mich gewesen, um Ihnen länger ein Geheimnis daraus zu machen – dieser Unbekannte war – ein Offizier der Staatsinquisition.«

»Der Staatsinquisition! – Dieser! –«

»Nicht anders, gnädigster Herr – und davon überzeugte mich das Papier, welches er mir vorzeigte.«

»Dieser Mensch, sagten Sie? Es ist nicht möglich.«

»Ich will Ihnen noch mehr sagen, gnädigster Herr. Eben dieser war es, auf dessen Denunziation ich hieher geschickt worden bin, den Geisterbeschwörer zu verhaften.«

Wir sahen uns mit noch größerm Erstaunen an.

»Da hätten wir es ja heraus«, rief endlich der Engländer, »warum der arme Teufel von Beschwörer so erschrocken zusammenfuhr, als er ihm näher ins Gesicht sah. Er erkannte ihn für einen Spion, und darum tat er jenen Schrei und stürzte zu seinen Füßen.«

»Nimmermehr«, rief der Prinz. »Dieser Mensch ist alles, was er sein will, und alles, was der Augenblick will, daß er sein soll. Was er wirklich ist, hat noch kein Sterblicher erfahren. Sahen Sie den Sizilianer zusammensinken, als er ihm die Worte ins Ohr schrie: ›*Du wirst keinen Geist mehr rufen!*‹ Dahinter ist mehr. Daß man vor etwas Menschlichem so zu erschrecken pflegt, soll mich niemand überreden.«

»Darüber wird uns der Magier selbst wohl am besten zurechtweisen können«, sagte der Lord, »wenn uns dieser Herr« – sich zu dem Anführer der Gerichtsdiener wendend – »Gelegenheit verschaffen will, seinen Gefangnen zu sprechen.«

Der Anführer der Häscher versprach es uns, und wir redeten mit dem Engländer ab, daß wir ihn gleich den andern Morgen aufsuchen wollten. Jetzt begaben wir uns nach Venedig zurück. Mit dem frühesten Morgen war Lord Seymour da (dies war der Name des Engländers), und bald nachher erschien eine vertraute Person, die der Gerichtsdiener abgeschickt hatte, uns nach dem Gefängnis zu führen. Ich habe vergessen zu erzählen, daß der Prinz schon seit etlichen Tagen einen seiner Jäger vermißte, einen Bremer von Geburt, der ihm viele Jahre redlich gedient und sein ganzes Vertrauen besessen hatte. Ob er verunglückt oder gestohlen oder auch entlaufen war, wußte niemand. Zu dem letztern war gar kein wahrscheinlicher Grund vorhanden, weil er jederzeit ein stiller und ordentlicher Mensch gewesen und nie ein Tadel an ihm gefunden war. Alles, worauf seine Kameraden sich besinnen konnten, war, daß er in der letzten Zeit sehr schwermütig gewesen und, wo er nur einen Augenblick erhaschen konnte, ein gewisses Minoritenkloster in der Giudecca besucht habe, wo er auch mit einigen Brüdern öfters Umgang gepflegt. Dies brachte uns auf die Vermutung, daß er vielleicht in die Hände der Mönche geraten sein möchte und sich katholisch gemacht hätte; und weil der Prinz über diesen Artikel damals noch sehr gleichgültig dachte, so ließ er's nach einigen fruchtlosen Nachforschungen dabei bewenden. Doch schmerzte ihn der Verlust dieses Menschen, der ihm auf seinen

Feldzügen immer zur Seite gewesen, immer treu an ihm gehangen und in einem fremden Lande so leicht nicht wieder zu ersetzen war. Heute nun, als wir eben im Begriff standen auszugehen, ließ sich der Bankier des Prinzen melden, an den der Auftrag ergangen war, für einen neuen Bedienten zu sorgen. Dieser stellte dem Prinzen einen gutgebildeten und wohlgekleideten Menschen in mittleren Jahren vor, der lange Zeit in Diensten eines Prokurators als Sekretär gestanden, Französisch und auch etwas Deutsch sprach, übrigens mit den besten Zeugnissen versehen war. Seine Physiognomie gefiel, und da er sich übrigens erklärte, daß sein Gehalt von der Zufriedenheit des Prinzen mit seinen Diensten abhängen sollte, so ließ er ihn ohne Verzug eintreten.

Wir fanden den Sizilianer in einem Privatgefängnis, wohin er, dem Prinzen zu Gefallen, wie der Gerichtsdiener sagte, einstweilen gebracht worden war, ehe er unter die Bleidächer gesetzt wurde, zu denen kein Zugang mehr offen steht. Diese Bleidächer sind das fürchterlichste Gefängnis in Venedig, unter dem Dach des St. Markuspalastes, worin die unglücklichen Verbrecher von der dörrenden Sonnenhitze, die sich auf der Bleifläche sammelt, oft bis zum Wahnwitze leiden. Der Sizilianer hatte sich von dem gestrigen Zufalle wieder erholt und stand ehrerbietig auf, als er den Prinzen ansichtig wurde. Ein Bein und eine Hand waren gefesselt, sonst aber konnte er frei durch das Zimmer gehen. Bei unserm Eintritt entfernte sich die Wache vor die Türe.

»Ich komme«, sagte der Prinz, nachdem wir Platz genommen hatten, »über zwei Punkte Erklärung von Ihnen zu verlangen. Die eine sind Sie mir schuldig, und es wird Ihr Schade nicht sein, wenn Sie mich über den andern befriedigen.«

»Meine Rolle ist ausgespielt«, versetzte der Sizilianer. »Mein Schicksal steht in Ihren Händen.«

»Ihre Aufrichtigkeit allein«, versetzte der Prinz, »kann es erleichtern.«

»Fragen Sie, gnädigster Herr. Ich bin bereit zu antworten, denn ich habe nichts mehr zu verlieren.«

»Sie haben mich das Gesicht des Armeniers in Ihrem Spiegel sehen lassen. Wodurch bewirkten Sie dieses?«

»Es war kein Spiegel, was Sie gesehen haben. Ein bloßes Pastellgemälde hinter einem Glas, das einen Mann in armenischer Kleidung vorstellte, hat Sie getäuscht. Meine Geschwindigkeit, die Dämmerung, Ihr Erstaunen unterstützten diesen Betrug. Das Bild wird sich unter den übrigen Sachen finden, die man in dem Gasthof in Beschlag genommen hat.«

»Aber wie konnten Sie meine Gedanken so gut wissen und gerade auf den Armenier raten?«

»Dieses war gar nicht schwer, gnädigster Herr. Ohne Zweifel haben Sie sich bei Tische in Gegenwart Ihrer Bedienten über die Begebenheit öfters herausgelassen, die sich zwischen Ihnen und diesem Armenier ereignet hat. Einer von meinen Leuten machte mit einem Jäger, der in Ihren Diensten steht, zufälligerweise in der Giudecca Bekanntschaft, aus welchem er nach und nach so viel zu ziehen wußte, als mir zu wissen nötig war.«

»Wo ist dieser Jäger?« fragte der Prinz. »Ich vermisse ihn, und ganz gewiß wissen Sie um seine Entweichung.«

»Ich schwöre Ihnen, daß ich nicht das geringste davon weiß, gnädigster Herr. Ich selbst hab ihn nie gesehen und nie eine andre Absicht mit ihm gehabt als die eben gemeldete.«

»Fahren Sie fort«, sagte der Prinz.

»Auf diesem Wege nun erhielt ich überhaupt auch die erste Nachricht von Ihrem Aufenthalt und Ihren Begebenheiten in Venedig, und sogleich entschloß ich mich, sie zu nützen. Sie sehen, gnädigster Herr, daß ich aufrichtig bin. Ich wußte von Ihrer vorhabenden Spazierfahrt auf der Brenta; ich hatte mich darauf versehen, und ein Schlüssel, der Ihnen von ungefähr entfiel, gab mir die erste Gelegenheit, meine Kunst an Ihnen zu versuchen.«

»Wie? So hätte ich mich also geirret? Das Stückchen mit dem Schlüssel war Ihr Werk, und nicht des Armeniers? Der Schlüssel, sagen Sie, wäre mir entfallen?«
»Als Sie die Börse zogen – und ich nahm den Augenblick wahr, da mich niemand beobachtete, ihn schnell mit dem Fuße zu verdecken. Die Person, bei der Sie die Lotterielose nahmen, war im Verständnis mit mir. Sie ließ Sie aus einem Gefäße ziehen, wo keine Niete zu holen war, und der Schlüssel lag längst in der Dose, eh sie von Ihnen gewonnen wurde.«
»Nunmehr begreif ich's. Und der Barfüßermönch, der sich mir in den Weg warf und mich so feierlich anredete?«
»War der nämliche, den man, wie ich höre, verwundet aus dem Kamine gezogen. Es ist einer von meinen Kameraden, der mir unter dieser Verhüllung schon manche gute Dienste geleistet.«
»Aber zu welchem Ende stellten Sie dieses an?«
»Um sie nachdenkend zu machen – um einen Gemütszustand in Ihnen vorzubereiten, der Sie für das Wunderbare, das ich mit Ihnen im Sinne hatte, empfänglich machen sollte.«
»Aber der pantomimische Tanz, der eine so überraschende seltsame Wendung nahm – dieser war doch wenigstens nicht von Ihrer Erfindung?«
»Das Mädchen, welches die Königin vorstellte, war von mir unterrichtet und ihre ganze Rolle mein Werk. Ich vermutete, daß es Eure Durchlaucht nicht wenig befremden würde, an diesem Orte gekannt zu sein, und, verzeihen Sie mir, gnädigster Herr, das Abenteuer mit dem Armenier ließ mich hoffen, daß Sie bereits schon geneigt sein würden, natürliche Auslegungen zu verschmähen und nach höhern Quellen des Außerordentlichen zu spüren.«
»In der Tat«, rief der Prinz mit einer Miene zugleich des Verdrusses und der Verwunderung, indem er mir besonders einen bedeutenden Blick gab, »in der Tat«, rief er aus, »das habe ich nicht erwartet.«

»Aber«, fuhr er nach einem langen Stillschweigen wieder fort, »wie brachten Sie die Gestalt hervor, die an der Wand über dem Kamin erschien?«

»Durch die Zauberlaterne, welche an dem gegenüberstehenden Fensterladen angebracht war, wo Sie auch die Öffnung dazu bemerkt haben werden.«

»Aber wie kam es denn, daß kein einziger unter uns sie gewahr wurde?« fragte Lord Seymour.

»Sie erinnern sich, gnädiger Herr, daß ein dicker Rauch den ganzen Saal verfinsterte, als Sie zurückgekommen waren. Zugleich hatte ich die Vorsicht gebraucht, die Dielen, welche man weggehoben, neben demjenigen Fenster anlehnen zu lassen, wo die Laterna magica eingefügt war; dadurch verhinderte ich, daß Ihnen dieser Fensterladen nicht sogleich ins Gesicht fiel. Übrigens blieb die Laterne auch so lange durch einen Schieber verdeckt, bis Sie alle Ihre Plätze genommen hatten und keine Untersuchung im Zimmer mehr von Ihnen zu fürchten war.«

»Mir kam es vor«, fiel ich ein, »als hörte ich in der Nähe dieses Saals eine Leiter anlegen, als ich in dem andern Pavillon aus dem Fenster sah. War dem wirklich so?«

»Ganz recht. Eben diese Leiter, auf welcher mein Gehülfe zu dem bewußten Fenster emporkletterte, um die Zauberlaterne zu dirigieren.«

»Die Gestalt«, fuhr der Prinz fort, »schien wirklich eine flüchtige Ähnlichkeit mit meinem verstorbenen Freund zu haben; besonders traf es ein, daß sie sehr blond war. War dieses bloßer Zufall, oder woher schöpften Sie dieselbe?«

»Eure Durchlaucht erinnern sich, daß Sie über Tische eine Dose neben sich hatten liegen gehabt, auf welcher das Porträt eines Offiziers in **scher Uniform in Emaille war. Ich fragte Sie, ob Sie von Ihrem Freunde nicht irgend ein Andenken bei sich führten? worauf Sie mit Ja antworteten; daraus schloß ich, daß es vielleicht die Dose sein möchte. Ich hatte das Bild über Tische gut ins Auge gefaßt, und weil ich im Zeichnen sehr geübt, auch im Treffen sehr glücklich bin, so war es mir ein leichtes, dem Bilde diese flüchtige Ähnlichkeit zu geben, die Sie wahrgenommen haben; und um so mehr, da die Gesichtszüge des Marquis sehr ins Auge fallen.«

»Aber die Gestalt schien sich doch zu bewegen –«

»So schien es – aber es war nicht die Gestalt, sondern der Rauch, der von ihrem Schein beleuchtet war.«

»Und der Mensch, welcher aus dem Schlot herabstürzte, antwortete also für die Erscheinung?«

»Eben dieser.«

»Aber er konnte ja die Fragen nicht wohl hören.«

»Dieses brauchte er auch nicht. Sie besinnen sich, gnädigster Prinz, daß ich Ihnen allen auf das strengste verbot, selbst eine Frage an das Gespenst zu richten. Was ich ihn fragen würde und er mir antworten sollte, war abgeredet; und damit ja kein Versehen vorfiele, ließ ich ihn große Pausen beobachten, die er an den Schlägen einer Uhr abzählen mußte.«

»Sie gaben dem Wirte Befehl, alle Feuer im Hause sorgfältig mit Wasser löschen zu lassen; dies geschah ohne Zweifel –«

»Um meinen Mann im Kamine außer Gefahr des Erstickens zu setzen, weil die Schornsteine im Hause ineinander laufen und ich vor Ihrer Suite nicht ganz sicher zu sein glaubte.«

»Wie kam es aber«, fragte Lord Seymour, »daß Ihr Geist weder früher noch später da war, als Sie ihn brauchten?«

»Mein Geist war schon eine gute Weile im Zimmer, ehe ich ihn zitierte; aber solange der Spiritus brannte, konnte man diesen matten Schein nicht sehen. Als meine Beschwörungsformel geendigt war, ließ ich das Gefäß, worin der Spiritus flammte, zusammenfallen, es wurde Nacht im Saal, und jetzt erst wurde man die Figur an der Wand gewahr, die sich schon längst darauf reflektiert hatte.«

»Aber in eben dem Moment, als der Geist erschien, empfanden wir alle einen elektrischen Schlag. Wie bewirkten Sie diesen?«

»Die Maschine unter dem Altar haben Sie entdeckt. Sie sahen auch, daß ich auf einem seidnen Fußteppich stand. Ich ließ Sie in einem halben Mond um mich herumstehen und einander die Hände reichen; als es nahe dabei war, winkte ich einem von Ihnen, mich bei den Haaren zu fassen. Das Kruzifix war der Konduktor, und Sie empfingen den Schlag, als ich es mit der Hand berührte.«

»Sie befahlen uns, dem Grafen von O** und mir«, sagte Lord Seymour, »zwei bloße Degen kreuzweise über Ihrem Scheitel zu halten, solange die Beschwörung dauern würde. Wozu nun dieses?«

»Zu nichts weiter, als um Sie beide, denen ich am wenigsten traute, während des ganzen Aktus zu beschäftigen. Sie erinnern sich, daß ich Ihnen ausdrücklich einen Zoll hoch bestimmte; dadurch, daß Sie diese Entfernung immer in acht nehmen mußten, waren Sie verhindert, Ihre Blicke dahin zu richten, wo ich sie nicht gerne haben wollte. Meinen schlimmsten Feind hatte ich damals noch gar nicht ins Auge gefaßt.«

»Ich gestehe«, rief Lord Seymour, »daß dies vorsichtig gehandelt heißt – aber warum mußten wir ausgekleidet sein?«

»Bloß um der Handlung eine Feierlichkeit mehr zu geben und durch das Ungewöhnliche Ihre Einbildungskraft zu spannen.«

»Die zweite Erscheinung ließ Ihren Geist nicht zum Worte kommen«, sagte der Prinz. »Was hätten wir eigentlich von ihm erfahren sollen?«

»Beinahe dasselbe, was Sie nachher gehört haben. Ich fragte Eure Durchlaucht nicht ohne Absicht, ob Sie mir auch alles gesagt, was Ihnen der Sterbende aufgetragen, und ob Sie keine weitern Nachfragen wegen seiner in seinem Vaterlande getan; dieses fand ich nötig, um nicht gegen Tatsachen anzustoßen, die der Aussage meines Geistes hätten widersprechen können. Ich fragte gewisser Jugendsünden wegen, ob der Verstorbene untadelhaft gelebt, und auf die Antwort gründete ich alsdann meine Erfindung.«

»Über diese Sache«, fing der Prinz nach einigem Stillschweigen an. »haben Sir mir einen befriedigenden Aufschluß gegeben. Aber ein Hauptumstand ist noch zurück, worüber ich Licht von Ihnen verlange.«

»Wenn es in meiner Gewalt steht, und –«

»Keine Bedingungen! Die Gerechtigkeit, in deren Händen Sie sind, dürfte so bescheiden nicht fragen. Wer war dieser Unbekannte, vor dem wir Sie niederstürzen sahen? Was wissen Sie von ihm? Woher kennen Sie ihn? Und was hat es für eine Bewandtnis mit dieser zweiten Erscheinung?«

»Gnädigster Prinz –«

»Als Sie ihm näher ins Gesicht sahen, stießen Sie einen lauten Schrei aus und stürzten nieder. Warum das? Was bedeutete das?«

»Dieser Unbekannte, gnädigster Prinz –« Er hielt inne, wurde sichtbarlich unruhiger und sah uns alle in der Reihe herum mit verlegenen Blicken an. – »Ja, bei Gott, gnädigster Prinz, dieser Unbekannte ist ein schreckliches Wesen.«

»Was wissen Sie von ihm? Wie steht er mit Ihnen in Verbindung? – Hoffen Sie nicht, uns die Wahrheit zu verhehlen.« –

»Dafür werd ich mich wohl hüten – denn wer steht mir dafür, daß er nicht in diesem Augenblick unter uns stehet?«

»Wo? Wer?« riefen wir alle zugleich und schauten uns halb lachend, halb bestürzt im Zimmer um. – »Das ist ja nicht möglich.«

»O! diesem Menschen – oder wer es sein mag – sind Dinge möglich, die noch weit weniger zu begreifen sind.«

»Aber wer ist er denn? Woher stammt er? Armenier oder Russe? Was ist das Wahre an dem, wofür er sich ausgibt?«

»Keines von allem, was er scheint. Es wird wenig Stände, Charaktere und Nationen geben, davon er nicht schon die Maske getragen. Wer er sei? Woher er gekommen? Wohin er gehe? weiß niemand. Daß er lang in Ägypten gewesen, wie viele behaupten, und dort aus einer Pyramide seine verborgene Weisheit geholt habe, will ich weder bejahen noch verneinen. Bei uns kennt man ihn nur unter dem Namen des *Unergründlichen*. Wie alt, zum Beispiel, schätzen Sie ihn?«

»Nach dem äußern Anschein zu urteilen, kann er kaum vierzig zurückgelegt haben.«

»Und wie alt, denken Sie, daß *ich* sei?«

»Nicht weit von funfzig.«

»Ganz recht – und wenn ich Ihnen nun sage, daß ich ein Bursche von siebenzehn Jahren war, als mir mein Großvater von diesem Wundermann erzählte, der ihn ungefähr in eben dem Alter, worin er jetzt zu sein scheint, in Famagusta gesehen hat –«

»Das ist lächerlich, unglaublich und übertrieben.«

»Nicht um einen Zug. Hielten mich diese Fesseln nicht ab, ich wollte Ihnen Bürgen stellen, deren ehrwürdiges Ansehen Ihnen keinen Zweifel mehr übriglassen würde. Es gibt glaubwürdige Leute, die sich erinnern, ihn in verschiedenen Weltgegenden zu gleicher Zeit gesehen zu haben. Keines Degens Spitze kann ihn durchbohren, kein Gift kann ihm etwas anhaben, kein Feuer sengt ihn, kein Schiff geht unter, worauf er sich befindet. Die Zeit selbst scheint an ihm ihre Macht zu verlieren, die Jahre trocknen seine Säfte nicht aus, und das Alter kann seine Haare nicht bleichen. Niemand ist, der ihn Speise nehmen sah, nie ist ein Weib von ihm berührt worden, kein Schlaf besucht seine Augen; von allen Stunden des Tages weiß man nur eine einzige, über die er nicht Herr ist, in welcher niemand ihn gesehen, in welcher er kein irdisches Geschäft verrichtet hat.«

»So?« sagte der Prinz. »Und was ist das für eine Stunde?«

»Die zwölfte in der Nacht. Sobald die Glocke den zwölften Schlag tut, gehört er den Lebendigen nicht mehr. Wo er auch sein mag, er muß fort, welches Geschäft er auch verrichtet, er muß es abbrechen. Dieser schreckliche Glockenschlag reißt ihn aus den Armen der Freundschaft, reißt ihn selbst vom Altar und würde ihn auch aus dem Todeskampf rufen. Niemand weiß, wo er dann hingehet, noch was er da verrichtet. Niemand wagt es, ihn darum zu befragen, noch weniger, ihm zu folgen; denn seine Gesichtszüge ziehen sich auf einmal, sobald diese gefürchtete Stunde schlägt, in einen so finstern und schreckhaften Ernst zusammen, daß jedem der Mut entfällt, ihm ins Gesicht zu blicken oder ihn anzureden. Eine tiefe Todesstille endigt dann plötzlich das lebhafteste Gespräch, und alle, die um ihn sind, erwarten mit ehrerbietigem Schaudern seine Wiederkunft, ohne es nur zu wagen, sich von der Stelle zu heben oder die Türe zu öffnen, durch die er gegangen ist.«

»Aber«, fragte einer von uns, »bemerkt man nichts Außergewöhnliches an ihm bei seiner Zurückkunft?«

»Nichts, als daß er bleich und abgemattet aussieht, ungefähr wie ein Mensch, der eine schmerzhafte Operation ausgestanden oder eine schreckliche Zeitung erhält. Einige wollen Blutstropfen auf seinem Hemde gesehen haben; dieses aber lasse ich dahingestellt sein.«

»Und man hat es zum wenigsten nie versucht, ihm diese Stunde zu verbergen oder ihn so in Zerstreuung zu verwickeln, daß er sie übersehen mußte?«

»Ein einziges Mal, sagt man, überschritt er den Termin. Die Gesellschaft war zahlreich, man verspätete sich bis tief in die Nacht, alle Uhren waren mit Fleiß falsch gerichtet, und das Feuer der Unterredung riß ihn dahin. Als die gesetzte Stunde da war, verstummte er plötzlich und wurde starr, alle seine Gliedmaßen verharrten in derselben Richtung, worin dieser Zufall sie überraschte, seine Augen standen, sein Puls schlug nicht mehr, alle Mittel, die man anwendete, ihn wieder zu erwecken, waren fruchtlos; und dieser Zustand hielt an, bis die Stunde verstrichen war. Dann belebte er sich plötzlich von selbst wieder, schlug die Augen auf und fuhr in der nämlichen Silbe fort, worin er war unterbrochen worden. Die allgemeine Bestürzung verriet ihm, was geschehen war, und da erklärte er mit einem fürchterlichen Ernst, daß man sich glücklich preisen dürfte, mit dem bloßen Schrecken davongekommen zu sein. Aber die Stadt, worin ihm dieses begegnet war, verließ er noch an demselben Abend auf immer. Der allgemeine Glaube ist, daß er in dieser geheimnisvollen Stunde Unterredungen mit seinem Genius halte. Einige meinen gar, er sei ein Verstorbener, dem es verstattet sei, dreiundzwanzig Stunden vom Tage unter den Lebenden zu wandeln; in der letzten aber müsse seine Seele zur Unterwelt heimkehren, um dort ihr Gericht auszuhalten. Viele halten ihn auch für den berühmten Apollonius von Tyana, und andre gar für den Jünger Johannes, von dem es heißt, daß er bleiben würde bis zum letzten Gericht.«

»Über einen so außerordentlichen Mann«, sagte der Prinz, »kann es freilich nicht an abenteuerlichen Mutmaßungen fehlen. Alles Bisherige haben Sie bloß von Hörensagen; und doch schien mir sein Benehmen gegen Sie und das Ihrige gegen ihn auf eine genauere Bekanntschaft zu deuten. Liegt hier nicht irgendeine besondere Geschichte zu Grunde, bei der Sie selbst mit verwickelt gewesen? Verhehlen Sie uns nichts.«

Der Sizilianer sah uns mit einem zweifelhaften Blick an und schwieg.

»Wenn es eine Sache betrifft«, fuhr der Prinz fort, »die Sie nicht gerne laut machen wollen, so versichre ich Sie im Namen dieser beiden Herrn der unverbrüchlichsten Verschwiegenheit. Aber reden Sie aufrichtig und unverhohlen.«

»Wenn ich hoffen kann«, fing der Mann nach einem langen Stillschweigen an, »daß Sie solche nicht gegen mich zeugen lassen wollen, so will ich Ihnen wohl eine merkwürdige Begebenheit mit diesem Armenier erzählen, von der ich Augenzeuge war und die Ihnen über die verborgene Gewalt dieses Menschen keinen Zweifel übriglassen wird. Aber es muß mir erlaubt sein«, setzte er hinzu, »einige Namen dabei zu verschweigen.«

»Kann es nicht ohne diese Bedingung geschehen?«

»Nein, gnädigster Herr. Es ist eine Familie darein verwickelt, die ich zu schonen Ursache habe.«

»Lassen Sie uns hören«, sagte der Prinz.

»Es mögen nun fünf Jahre sein«, fing der Sizilianer an, »daß ich in Neapel, wo ich mit ziemlichem Glück meine Künste trieb, mit einem gewissen Lorenzo del M**nte, Chevalier des Ordens von St. Stephan, Bekanntschaft machte, einem jungen und reichen Kavalier aus einem der ersten Häuser des Königreichs, der mich mit Verbindlichkeiten überhäufte und für meine Geheimnisse große Achtung zu tragen schien. Er entdeckte mir, daß der Marchese del M**nte, sein Vater, ein eifriger Verehrer der Kabbala wäre und sich glücklich schätzen würde, einen Weltweisen (wie er mich zu nennen beliebte) unter seinem Dache zu wissen. Der Greis wohnte auf einem seiner Landgüter an der See, ungefähr sieben Meilen von Neapel, wo er beinahe in gänzlicher Abgeschiedenheit von Menschen das Andenken eines teuern Sohnes beweinte, der ihm durch ein schreckliches Schicksal entrissen ward. Der Chevalier ließ mich merken, daß er und seine Familie in einer sehr ernsthaften Angelegenheit meiner wohl gar einmal bedürfen könnten, um von meiner geheimen Wissenschaft vielleicht einen Aufschluß über etwas zu erhalten, wobei alle natürlichen Mittel fruchtlos erschöpft worden wären. Er insbesondere, setzte er sehr bedeutend hinzu, würde einst vielleicht Ursache haben, mich als den Schöpfer seiner Ruhe und seines ganzen irdischen Glücks zu betrachten. Ich wagte nicht, ihn um das Nähere zu befragen, und für damals blieb es bei dieser Erklärung. Die Sache selbst aber verhielt sich folgender Gestalt.

Dieser Lorenzo war der jüngere Sohn des Marchese, weswegen er auch zu dem geistlichen Stand bestimmt war; die Güter der Familie sollten an seinen ältern Bruder fallen. *Jeronymo*, so hieß dieser ältere Bruder, hatte mehrere Jahre auf Reisen zugebracht und kam ungefähr sieben Jahre vor der Begebenheit, die jetzt erzählt wird, in sein Vaterland zurück, um eine Heirat mit der einzigen Tochter eines benachbarten gräflichen Hauses von C***tti zu vollziehen, worüber beide Familien schon seit der

Geburt dieser Kinder übereingekommen waren, um ihre ansehnlichen Güter dadurch zu vereinigen. Ungeachtet diese Verbindung bloß das Werk der elterlichen Konvenienz war und die Herzen beider Verlobten bei der Wahl nicht um Rat gefragt wurden, so hatten sie dieselbe doch stillschweigend schon gerechtfertigt. Jeronymo del M**nte und Antonie C***tti waren miteinander auferzogen worden, und der wenige Zwang, den man dem Umgang zweier Kinder auflegte, die man schon damals gewohnt war, als ein Paar zu betrachten, hatte frühzeitig ein zärtliches Verständnis zwischen beiden entstehen lassen, das durch die Harmonie ihrer Charaktere noch mehr befestigt ward und sich in reifern Jahren leicht zur Liebe erhöhte. Eine vierjährige Entfernung hatte es vielmehr angefeuert als erkältet, und Jeronymo kehrte ebenso treu und ebenso feurig in die Arme seiner Braut zurück, als wenn er sich niemals daraus gerissen hätte.

Die Entzückungen des Wiedersehens waren noch nicht vorüber, und die Anstalten zur Vermählung wurden auf das lebhafteste betrieben, als der Bräutigam – verschwand. Er pflegte öfters ganze Abende auf einem Landhause zuzubringen, das die Aussicht aufs Meer hatte, und sich da zuweilen mit einer Wasserfahrt zu vergnügen. Nach einem solchen Abende geschah es, daß er ungewöhnlich lange ausblieb. Man schickte Boten nach ihm aus, Fahrzeuge suchten ihn auf der See; niemand wollte ihn gesehen haben. Von seinen Bedienten wurde keiner vermißt, daß ihn also keiner begleitet haben konnte. Es wurde Nacht, und er erschien nicht. Es wurde Morgen – es wurde Mittag und Abend, und noch kein Jeronymo. Schon fing man an, den schrecklichsten Mutmaßungen Raum zu geben, als die Nachricht einlief, ein algierischer Korsar habe vorigen Tages an dieser Küste gelandet, und verschiedene von den Einwohnern seien gefangen weggeführt worden. Sogleich werden zwei Galeeren bemannt, die eben segelfertig liegen; der alte Marchese besteigt selbst die erste, entschlossen, seinen Sohn mit Gefahr seines eigenen Lebens zu befreien. Am dritten Morgen erblickten sie den Korsaren, vor welchem sie den Vorteil des Windes voraushaben; sie haben ihn bald erreicht, sie kommen ihm so nahe, daß Lorenzo, der sich auf der ersten Galeere befindet, das Zeichen seines Bruders auf dem feindlichen Verdeck zu erkennen glaubt, als plötzlich ein Sturm sie wieder voneinander trennt. Mit Mühe stehen ihn die beschädigten Schiffe aus; aber die Prise ist verschwunden, und die Not zwingt sie, auf Malta zu landen. Der Schmerz der Familie ist ohne Grenzen; trostlos rauft sich der alte Marchese die eisgrauen Haare aus, man fürchtet für das Leben der jungen Gräfin.

Fünf Jahre gehen in fruchtlosen Erkundigungen hin. Nachfragen geschehen längs der ganzen barbarischen Küste; ungeheure Preise werden für die Freiheit des jungen Marchese geboten; aber niemand meldet sich, sie zu verdienen. Endlich blieb es bei der wahrscheinlichen Vermutung, daß jener Sturm, welcher beide Fahrzeuge trennte, das Räuberschiff zu Grunde gerichtet habe und daß seine ganze Mannschaft in den Fluten umgekommen sei.

So scheinbar diese Vermutung war, so fehlte ihr doch noch viel zur Gewißheit, und nichts berechtigte, die Hoffnung ganz aufzugeben, daß der Verlorne nicht einmal wieder sichtbar werden könnte. Aber gesetzt nun, er würde es nicht mehr, so erlosch mit ihm zugleich die Familie, oder der zweite Bruder mußte dem geistlichen Stande entsagen und in die Rechte des Erstgebornen eintreten. So gewagt dieser Schritt und so ungerecht es an sich selbst war, diesen möglicherweise noch lebenden Bruder aus dem Besitz seiner natürlichen Rechte zu verdrängen, so glaubte man, einer so entfernten Möglichkeit wegen, das Schicksal eines alten glänzenden Stammes, der ohne diese Einrichtung erlosch, nicht aufs Spiel setzen zu dürfen. Gram und Alter näherten den alten Marchese dem Grabe; mit jedem neu vereitelten Versuch sank die Hoffnung, den Verschwundenen wieder zu finden; er sah den Untergang seines Hauses, der durch eine kleine Ungerechtigkeit zu verhüten war, wenn er sich nämlich nur entschließen wollte, den jüngern Bruder auf Unkosten des ältern zu begünstigen. Um seine Verbindungen mit dem gräflichen Hause von C***tti zu erfüllen, brauchte nur ein Name geändert werden; der Zweck beider Familien war auf gleiche Art erreicht, Gräfin Antonie mochte nun Lorenzos oder Jeronymos Gattin heißen. Die schwache *Möglichkeit* einer Wiedererscheinung des letztern kam gegen das *gewisse* und dringende Übel, den gänzlichen Untergang der Familie, in keine Betrachtung, und der alte Marchese, der die Annäherung des Todes mit jedem Tage stärker fühlte, wünschte mit Ungeduld, von *dieser* Unruhe wenigstens frei zu sterben.

Wer diesen Schritt allein verzögerte und am hartnäckigsten bekämpfte, war derjenige, der das meiste dabei gewonnen – Lorenzo. Ungerührt von dem Reiz unermeßlicher Güter, unempfindlich selbst gegen den Besitz des liebenswürdigsten Geschöpfs, das seinen Armen überliefert werden sollte, weigerte er sich mit der edelmütigsten Gewissenhaftigkeit, einen Bruder zu berauben, der vielleicht noch am Leben wäre und sein Eigentum zurückfordern könnte. ›Ist das Schicksal meines teuern Jeronymo‹, sagte er, ›durch diese lange Gefangenschaft nicht schon schrecklich genug, daß ich es noch durch einen Diebstahl verbittern sollte, der ihn um alles bringt, was ihm das Teuerste war? Mit welchem Herzen würde ich den Himmel um seine Wiederkunft anflehen, wenn sein Weib in meinen Armen liegt? Mit welcher Stirne ihm, wenn endlich ein Wunder ihn uns zurückbringt, entgegeneilen? Und gesetzt, er ist uns auf ewig entrissen, wodurch können wir sein Andenken besser ehren, als wenn wir die Lücke ewig unausgefüllt lassen, die sein Tod in unsern Zirkel gerissen hat? als wenn wir alle Hoffnungen auf seinem Grabe opfern und das, was sein war, gleich einem Heiligtum unberührt lassen?‹

Aber alle Gründe, welche die brüderliche Delikatesse ausfand, waren nicht vermögend, den alten Marchese mit der Idee auszusöhnen, einen Stamm erlöschen zu sehen, der Jahrhunderte geblüht hatte. Alles, was Lorenzo ihm abgewann, war noch eine Frist von zwei Jahren, ehe er die Braut seines Bruders zum Altar führte. Während dieses Zeitraums wurden die Nachforschungen aufs eifrigste fortgesetzt. Lorenzo selbst tat verschiedene Seereisen, setzte seine Person manchen Gefahren aus; keine Mühe, keine Kosten wurden gespart, den Verschwundenen wieder zu finden. Aber auch diese zwei Jahre verstrichen fruchtlos wie alle vorigen.«

»Und Gräfin Antonie?« fragte der Prinz. »Von ihrem Zustande sagen Sie uns nichts. Sollte sie sich so gelassen in ihr Schicksal ergeben haben? Ich kann es nicht glauben.«

»Antoniens Zustand war der schrecklichste Kampf zwischen Pflicht und Leidenschaft, Abneigung und Bewunderung. Die uneigennützige Großmut der brüderlichen Liebe rührte sie; sie fühlte sich hingerissen, den Mann zu verehren, den sie nimmermehr lieben konnte; zerrissen von widersprechenden Gefühlen, blutete ihr Herz. Aber ihr Widerwille gegen den Chevalier schien in eben dem Grade zu wachsen, wie sich seine Ansprüche auf ihre Achtung vermehrten. Mit tiefem Leiden bemerkte er den stillen Gram, der ihre Jugend verzehrte. Ein zärtliches Mitgefühl trat unvermerkt an die Stelle der Gleichgültigkeit, mit der er sie bisher betrachtet hatte; aber diese verräterische Empfindung hinterging ihn, und eine wütende Leidenschaft fing an, ihm die Ausübung einer Tugend zu erschweren, die bis jetzt jeder Versuchung überlegen geblieben war. Doch selbst noch auf Unkosten seines Herzens gab er den Eingebungen seines Edelmuts Gehör: er allein war es, der das unglückliche Opfer gegen die Willkür der Familie in Schutz nahm. Aber alle seine Bemühungen mißlangen; jeder Sieg, den er über seine Leidenschaft davontrug, zeigte ihn ihrer nur um so würdiger, und die Großmut, mit der er sie ausschlug, diente nur dazu, ihrer Widersetzlichkeit jede Entschuldigung zu rauben.

So standen die Sachen, als der Chevalier mich beredete, ihn auf seinem Landgute zu besuchen. Die warme Empfehlung meines Gönners bereitete mir da einen Empfang, der alle meine Wünsche übertraf. Ich darf nicht vergessen, hier noch anzuführen, daß es mir durch einige merkwürdige Operationen gelungen war, meinen Namen unter den dortigen Logen berühmt zu machen, welches vielleicht dazu beitragen mochte, das Vertrauen des alten Marchese zu vermehren und seine Erwartungen von mir zu erhöhren. Wie weit ich es mit ihm gebracht und welche Wege ich dabei gegangen, erlassen Sie mir zu erzählen; aus den Geständnissen, die ich Ihnen bereits getan, können Sie auf alles übrige schließen. Da ich mir alle mystische Bücher zunutze machte, die sich in der sehr ansehnlichen Bibliothek des Marchese befanden, so gelang es mir bald, in seiner Sprache mit ihm zu reden und mein System von der unsichtbaren Welt mit seinen eignen Meinungen in Übereinstimmung zu bringen. In kurzem glaubte er, was ich wollte, und hätte ebenso zuversichtlich auf die Begattungen der Philosophen mit Salamandrinnen und Sylphiden als auf einen Artikel des Kanons geschworen. Da er überdies sehr religiös war und seine Anlage zum Glauben in dieser Schule zu einem hohen Grade ausgebildet hatte, so fanden meine Märchen bei ihm desto leichter Eingang, und zuletzt hatte ich ihn mit Mystizität so umstrickt und umwunden, daß nichts mehr bei ihm Kredit hatte, sobald es natürlich war. In kurzem war ich der angebetete Apostel des Hauses. Der gewöhnliche Inhalt meiner Vorlesungen war die Exaltation der menschlichen Natur und der Umgang mit höhern Wesen, mein Gewährsmann der untrügliche Graf von Gabalis. Die junge Gräfin, die seit dem Verlust ihres Geliebten ohnehin mehr in der Geisterwelt als in der wirklichen lebte und durch den schwärmerischen Flug ihrer Phantasie mit leidenschaftlichem Interesse zu Gegenständen dieser Gattung hingezogen ward, fing meine hingeworfenen Winke mit schauderndem Wohlbehagen auf; ja sogar die Bedienten des Hauses suchten sich im Zimmer zu tun zu machen, wenn ich redete, um hier und da

eins meiner Worte aufzuhaschen, welche Bruchstücke sie alsdann nach ihrer Art aneinander reihten.
Ungefähr zwei Monate mochte ich so auf diesem Rittersitze zugebracht haben, als eines Morgens der Chevalier auf mein Zimmer trat. Tiefer Gram malte sich auf seinem Gesichte, alle seine Züge waren zerstört, er warf sich in einen Stuhl mit allen Gebärden der Verzweiflung.
›Kapitän‹, sagte er, ›mit mir ist es vorbei. Ich muß fort. Ich kann es nicht länger aushalten.‹
›Was ist Ihnen, Chevalier? Was haben Sie?‹
›O diese fürchterliche Leidenschaft!‹ (Hier fuhr er mit Heftigkeit von dem Stuhle auf und warf sich in meine Arme.) – ›Ich habe sie bekämpft wie ein Mann. – Jetzt kann ich nicht mehr.‹
›Aber an wem liegt es denn, liebster Freund, als an Ihnen? Steht nicht alles in Ihrer Gewalt? Vater, Familie –‹
›Vater! Familie! Was ist mir das? – Will ich eine erzwungene Hand oder eine freiwillige Neigung? – Hab ich nicht einen Nebenbuhler? – Ach! Und welchen? Einen Nebenbuhler vielleicht unter den Toten? O lassen Sie mich! Lassen Sie mich! Ging' es auch bis ans Ende der Welt. Ich muß meinen Bruder finden.‹
›Wie? Nach so viel fehlgeschlagenen Versuchen können Sie noch Hoffnung –‹
›Hoffnung! – In *meinem* Herzen starb sie längst. Aber auch in jenem? – Was liegt daran, ob *ich* hoffe? – Bin ich glücklich, solange noch ein Schimmer dieser Hoffnung in Antoniens Herzen glimmt? – Zwei Worte, Freund, könnten meine Marter enden – Aber umsonst! Mein Schicksal wird elend bleiben, bis die Ewigkeit ihr langes Schweigen bricht und Gräber für mich zeugen.‹
›Ist es diese Gewißheit also, die Sie glücklich machen kann?‹
›Glücklich? O ich zweifle, ob ich es je wieder sein kann! – Aber Ungewißheit ist die schrecklichste Verdammnis!‹ (Nach einigem Stillschweigen mäßigte er sich und fuhr mit Wehmut fort.) ›Daß er meine Leiden sähe! – Kann sie ihn glücklich machen,

diese Treue, die das Elend seines Bruders macht? Soll ein Lebendiger eines Toten wegen schmachten, der nicht mehr genießen kann? – Wüßte er meine Qual –‹ (hier fing er an, heftig zu weinen, und drückte sein Gesicht auf meine Brust) ›vielleicht – ja vielleicht würde er sie selbst in meine Arme führen.‹
›Aber sollte dieser Wunsch so ganz unerfüllbar sein?‹
›Freund! Was sagen Sie?‹ – Er sah mich erschrocken an.
›Weit geringere Anlässe‹, fuhr ich fort, ›haben die Abgeschiedenen in das Schicksal der Lebenden verflochten. Sollte das ganze zeitliche Glück eines Menschen – eines Bruders –‹
›Das ganze zeitliche Glück! O das fühl ich! Wie wahr haben Sie gesagt! Meine ganze Glückseligkeit!‹
›Und die Ruhe einer trauernden Familie keine rechtmäßige Veranlassung sein, die unsichtbaren Mächte zum Beistand aufzufordern? Gewiß! wenn je eine irdische Angelegenheit dazu berechtigen kann, die Ruhe der Seligen zu stören – von einer Gewalt Gebrauch zu machen –‹
›Um Gottes willen, Freund!‹ unterbrach er mich, ›nichts mehr davon. Ehmals wohl, ich gesteh es, hegte ich einen solchen Gedanken – mir deucht, ich sagte Ihnen davon – aber ich hab ihn längst als ruchlos und abscheulich verworfen.‹
Sie sehen nun schon«, fuhr der Sizilianer fort, »wohin uns dieses führte. Ich bemühte mich, die Bedenklichkeit des Ritters zu zerstreuen, welches mir endlich auch gelang. Es ward beschlossen, den Geist des Verstorbenen zu zitieren, wobei ich mir nur vierzehn Tage Frist ausbedingte, um mich, wie ich vorgab, würdig darauf vorzubereiten. Nachdem dieser Zeitraum verstrichen war und meine Maschinen gehörig gerichtet waren, benutzte ich einen schauerlichen Abend, wo die Familie auf die gewöhnliche Art um mich versammelt war, ihr die Einwilligung dazu abzulocken oder sie vielmehr unvermerkt dahin zu leiten, daß sie selbst diese Bitte an mich tat. Den schwersten Stand hatte man bei der jungen Gräfin, deren Gegenwart doch so wesentlich war; aber hier kam uns der schwärmerische Flug

ihrer Leidenschaft zu Hülfe, und vielleicht mehr noch ein schwacher Schimmer von Hoffnung, daß der Totgeglaubte noch lebe und auf den Ruf nicht erscheinen werde. Mißtrauen in die Sache selbst, Zweifel in meine Kunst war das einzige Hindernis, welches ich *nicht* zu bekämpfen hatte.
Sobald die Einwilligung der Familie da war, wurde der dritte Tag zu dem Werke angesetzt. Gebete, die bis in die Mitternacht verlängert werden mußten, Fasten, Wachen, Einsamkeit und mystischer Unterricht waren, verbunden mit dem Gebrauch eines gewissen noch unbekannten musikalischen Instruments, das ich in ähnlichen Fällen sehr wirksam fand, die Vorbereitungen zu diesem feierlichen Akt, welche auch so sehr nach Wunsche einschlugen, daß die fanatische Begeisterung meiner Zuhörer meine eigne Phantasie erhitzte und die Illusion nicht wenig vermehrte, zu der ich mich bei dieser Gelegenheit anstrengen mußte. Endlich kam die erwartete Stunde –«
»Ich errate«, rief der Prinz, »*wen* Sie uns jetzt aufführen werden – Aber fahren Sie nur fort – fahren Sie fort –«
»Nein, gnädigster Herr. Die Beschwörung ging nach Wunsche vorüber.«
»Aber wie? Wo bleibt der Armenier?«
»Fürchten Sie nicht«, antwortete der Sizilianer, »der Armenier wird nur zu zeitig erscheinen.
Ich lasse mich in keine Beschreibung des Gaukelspiels ein, die mich ohnehin auch zu weit führen würde. Genug, es erfüllte alle meine Erwartungen. Der alte Marchese, die junge Gräfin nebst ihrer Mutter, der Chevalier und noch einige Verwandte waren zugegen. Sie können leicht denken, daß es mir in der langen Zeit, die ich in diesem Hause zugebracht, nicht an Gelegenheit werde gemangelt haben, von allem, was den Verstorbenen anbetraf, die genaueste Erkundigung einzuziehen. Verschiedne Gemälde, die ich da von ihm vorfand, setzten mich in den Stand, der Erscheinung die täuschendste Ähnlichkeit zu geben, und weil ich den Geist nur durch Zeichen sprechen ließ,

so konnte auch seine Stimme keinen Verdacht erwecken. Der Tote selbst erschien in barbarischem Sklavenkleid, eine tiefe Wunde am Hals. Sie bemerken«, sagte der Sizilianer, »daß ich hierin von der allgemeinen Mutmaßung abging, die ihn in den Wellen umkommen lassen, weil ich Ursache hatte zu hoffen, daß gerade das Unerwartete dieser Wendung die Glaubwürdigkeit der Vision selbst nicht wenig vermehren würde; so wie mir im Gegenteil nichts gefährlicher schien als eine zu gewissenhafte Annäherung an das Natürliche.«

»Ich glaube, daß dies sehr richtig geurteilt war«, sagte der Prinz, indem er sich zu uns wandte. »In einer Reihe außerordentlicher Erscheinungen müßte, deucht mir, just die *wahrscheinlichere* stören. Die Leichtigkeit, die erhaltene Entdeckung zu begreifen, würde hier nur das Mittel, durch welches man dazu gelangt war, herabgewürdiget haben; die Leichtigkeit, sie zu erfinden, dieses wohl gar verdächtig gemacht haben; denn wozu einen Geist bemühen, wenn man nichts weiteres von ihm erfahren soll, als was auch ohne ihn, mit Hülfe der bloß gewöhnlichen Vernunft, herauszubringen war? Aber die überraschende Neuheit und Schwierigkeit der Entdeckung ist hier gleichsam eine Gewährleistung des Wunders, wodurch sie erhalten wird – denn wer wird nun das Übernatürliche einer Operation in Zweifel ziehen, wenn das, was sie leistete, durch natürliche Kräfte nicht geleistet werden kann? – Ich habe Sie unterbrochen«, setzte der Prinz hinzu. »Vollenden Sie Ihre Erzählung.«

»Ich ließ«, fuhr dieser fort, »die Frage an den Geist ergehen, ob er nichts mehr *sein* nenne auf dieser Welt und nichts darauf hinterlassen habe, was ihm teuer wäre? Der Geist schüttelte dreimal das Haupt und streckte eine seiner Hände gen Himmel. Ehe er wegging, streifte er noch einen Ring vom Finger, den man nach seiner Verschwindung auf dem Fußboden liegend fand. Als die Gräfin ihn genauer ins Gesicht faßte, war es ihr Trauring.«

»Ihr Trauring!« rief der Prinz mit Befremdung. »Ihr Trauring! Aber wie gelangten Sie zu diesem?«

»Ich – – Es war nicht der rechte, gnädigster Prinz – – – Ich hatte ihn– – Es war nur ein nachgemachter –«

»Ein nachgemachter!« wiederholte der Prinz. »Zum Nachmachen brauchten Sie ja den rechten, und wie kamen Sie zu diesem, da ihn der Verstorbene gewiß nie vom Finger brachte?«

»Das ist wohl wahr«, sagte der Sizilianer, nicht ohne Zeichen der Verwirrung – »aber aus einer Beschreibung, die man mir von dem wirklichen Trauring gemacht hatte –«

»Die Ihnen *wer* gemacht hatte?«

»Schon vor langer Zeit« – sagte der Sizilianer – – »Es war ein ganz einfacher goldner Ring mit dem Namen der jungen Gräfin, glaub ich – Aber Sie haben mich ganz aus der Ordnung gebracht –«

»Wie erging es weiter?« fragte der Prinz mit sehr unbefriedigter und zweideutiger Miene.

»Jetzt hielt man sich für überzeugt, daß Jeronymo nicht mehr am Leben sei. Die Familie machte von diesem Tag an seinen Tod öffentlich bekannt und legte förmlich die Trauer um ihn an. Der Umstand mit dem Ringe erlaubte auch Antonien keinen Zweifel mehr und gab den Bewerbungen des Chevalier einen größern Nachdruck. Aber der heftige Eindruck, den diese Erscheinung auf sie gemacht, stürzte sie in eine gefährliche Krankheit, welche die Hoffnungen ihres Liebhabers bald auf ewig vereitelt hätte. Als sie wieder genesen war, bestand sie darauf, den Schleier zu nehmen, wovon sie nur durch die nachdrücklichsten Gegenvorstellungen ihres Beichtvaters, in welchen sie ein unumschränktes Vertrauen setzte, abzubringen war. Endlich gelang es den vereinigten Bemühungen dieses Mannes und der Familie, ihr das Jawort abzuängstigen. Der letzte Tag der Trauer sollte der glückliche Tag sein, den der alte Marchese durch Abtretung aller seiner Güter an den rechtmäßigen Erben noch festlicher zu machen gesonnen war.

Er erschien dieser Tag, und Lorenzo empfing seine bebende Braut am Altare. Der Tag ging unter, ein prächtiges Mahl erwartete die frohen Gäste im hellerleuchteten Hochzeitsaal, und eine lärmende Musik begleitete die ausgelassene Freude. Der glückliche Greis hatte gewollt, daß alle Welt seine Fröhlichkeit teilte; alle Zugänge zum Palaste waren geöffnet, und willkommen war jeder, der ihn glücklich pries. Unter diesem Gedränge nun –«

Der Sizilianer hielt inne, und ein Schauder der Erwartung hemmte unsern Odem – –

»Unter diesem Gedränge also«, fuhr er fort, »ließ mich derjenige, welcher zunächst an mir saß, ein *Franziskanermönch* bemerken, der unbeweglich wie eine Säule stand, langer hagrer Statur und aschbleichen Angesichts, einen ernsten und traurigen Blick auf das Brautpaar geheftet. Die Freude, welche ringsherum auf allen Gesichtern lachte, schien an diesem einzigen vorüberzugehen, seine Miene blieb unwandelbar dieselbe, wie eine Büste unter lebenden Figuren. Das Außerordentliche dieses Anblicks, der, weil er mich mitten in der Lust überraschte und gegen alles, was mich in diesem Augenblick umgab, auf eine so grelle Art abstach, um so tiefer auf mich wirkte, ließ einen unauslöschlichen Eindruck in meiner Seele zurück, daß ich dadurch allein in den Stand gesetzt worden bin, die Gesichtszüge dieses Mönchs in der Physiognomie des *Russen* (denn Sie begreifen wohl schon, daß er mit diesem und Ihrem *Armenier* eine und dieselbe Person war) wiederzuerkennen, welches sonst schlechterdings unmöglich würde gewesen sein. Oft versucht ich's, die Augen von dieser schreckhaften Gestalt abzuwenden, aber unfreiwillig fielen sie wieder darauf und fanden sie jedesmal unverändert. Ich stieß meinen Nachbar an, dieser den seinigen; dieselbe Neugierde, dieselbe Befremdung durchlief die ganze Tafel, das Gespräch stockte, eine allgemeine plötzliche Stille; den Mönch störte sie nicht. Der Mönch stand unbeweglich und immer derselbe, einen ernsten und traurigen Blick auf das

Brautpaar geheftet. Einen jeden entsetzte diese Erscheinung; die junge Gräfin allein fand ihren eigenen Kummer im Gesicht dieses Fremdlings wieder und hing mit stiller Wollust an dem einzigen Gegenstand in der Versammlung, der ihren Gram zu verstehen, zu teilen schien. Allgemach verlief sich das Gedränge, Mitternacht war vorüber, die Musik fing an, stiller und verlorner zu tönen, die Kerzen dunkler und endlich nur einzeln zu brennen, das Gespräch leiser und immer leiser zu flüstern – und öder ward es und immer öder im trüb erleuchteten Hochzeitsaal; der Mönch stand unbeweglich und immer derselbe, einen stillen und traurigen Blick auf das Brautpaar geheftet.

Die Tafel wird aufgehoben, die Gäste zerstreuen sich dahin und dorthin, die Familie tritt in einen engeren Kreis zusammen; der Mönch bleibt ungeladen in diesem engern Kreis. Ich weiß nicht, woher es kam, daß niemand ihn anreden wollte; niemand redete ihn an. Schon drängen sich ihre weiblichen Bekannten um die zitternde Braut herum, die einen bittenden, Hülfe suchenden Blick auf den ehrwürdigen Fremdling richtet; der Fremdling erwiderte ihn nicht.

Die Männer sammeln sich auf gleiche Art um den Bräutigam – Eine gepreßte erwartungsvolle Stille – ›Daß wir untereinander da so glücklich sind‹, hub endlich der Greis an, der allein unter uns allen den Unbekannten nicht zu bemerken oder sich doch nicht über ihn zu verwundern schien: ›Daß wir so glücklich sind‹, sagte er, ›und mein Sohn Jeronymo muß fehlen!‹

›Hast du ihn denn geladen, und er ist ausgeblieben?‹ – fragte der Mönch. Es war das erste Mal, daß er den Mund öffnete. Mit Schrecken sahen wir ihn an.

›Ach! er ist hingegangen, wo man auf ewig ausbleibt‹, versetzte der Alte. ›Ehrwürdiger Herr, Ihr versteht mich unrecht. Mein Sohn Jeronymo ist tot.‹

›Vielleicht fürchtet er sich auch nur, sich in solcher Gesellschaft zu zeigen‹, fuhr der Mönch fort. – ›Wer weiß, wie er aussehen mag, dein Sohn Jeronymo! – Laß ihn die Stimme hören, die er zum letztenmal hörte! – Bitte deinen Sohn Lorenzo, daß er ihn rufe.‹

›Was soll das bedeuten?‹ murmelte alles. Lorenzo veränderte die Farbe. Ich leugne nicht, daß mir das Haar anfing zu steigen.

Der Mönch war unterdessen zum Schenktisch getreten, wo er ein volles Weinglas ergriff und an die Lippen setzte – ›Das Andenken unsers teuern Jeronymo!‹ rief er. ›Wer den Verstorbenen lieb hatte, tue mir's nach.‹

›Woher Ihr auch sein mögt, ehrwürdiger Herr‹, rief endlich der Marchese, ›Ihr habt einen teuern Namen genannt. Seid mir willkommen! – Kommt, meine Freunde!‹ (indem er sich gegen uns kehrte und die Gläser herumgehen ließ) ›laßt einen Fremdling uns nicht beschämen! – Dem Andenken meines Sohnes Jeronymo!‹

Nie, glaube ich, ward eine Gesundheit mit so schlimmem Mute getrunken.

›Ein Glas steht noch voll da – Warum weigert sich mein Sohn Lorenzo, auf diesen freundlichen Trunk Bescheid zu tun?‹

Bebend empfing Lorenzo das Glas aus des Franziskaners Hand – bebend brachte er's an den Mund – ›Meinem vielgeliebten Bruder Jeronymo!‹ stammelte er, und schauernd setzte er's nieder.

›Das ist meines Mörders Stimme‹, rief eine fürchterliche Gestalt, die auf einmal in unsrer Mitte stand, mit bluttriefendem Kleide und entstellt von gräßlichen Wunden. – –

Aber um das Weitere frage man mich nicht mehr«, sagte der Sizilianer, alle Zeichen des Entsetzens in seinem Angesicht. »Meine Sinne hatten mich von dem Augenblicke an verlassen, als ich die Augen auf die Gestalt warf, so wie jeden, der zugegen war. Da wir wieder zu uns selber kamen, rang Lorenzo mit dem Tode; Mönch und Erscheinung waren verschwunden. Den Ritter brachte man unter schrecklichen Zuckungen zu Bette; niemand als der Geistliche war um den Sterbenden und der jammervolle Greis, der ihm, wenige Wochen nachher, im Tode folgte. Seine Geständnisse liegen in der Brust des Paters versenkt, der seine letzte Beichte hörte, und kein lebendiger Mensch hat sie erfahren.

Nicht lange nach dieser Begebenheit geschah es, daß man einen Brunnen auszuräumen hatte, der im Hinterhofe des Landhauses unter wildem Gesträuche versteckt und viele Jahre lang verschüttet war; da man den Schutt durcheinander störte, entdeckte man ein Totengerippe. Das Haus, wo sich dieses zutrug, steht nicht mehr; die Familie del M***nte ist erloschen, und in einem Kloster, ohnweit Salerno, zeigt man Ihnen Antoniens Grab.

Sie sehen nun«, fuhr der Sizilianer fort, als er sah, daß wir noch alle stumm und betreten standen und niemand das Wort nehmen wollte: »Sie sehen nun, worauf sich meine Bekanntschaft mit diesem russischen Offizier, oder diesem Armenier gründet. Urteilen Sie jetzt, ob ich Ursache gehabt habe, vor einem Wesen zu zittern, das sich mir zweimal auf eine so schreckliche Art in den Weg warf.«

»Beantworten Sie mir noch eine einzige Frage«, sagte der Prinz und stand auf. »Sind Sie in Ihrer Erzählung über alles, was den Ritter betraf, immer aufrichtig gewesen?«

»Ich weiß nicht anders«, versetzte der Sizilianer.

»Sie haben ihn also wirklich für einen rechtschaffenen Mann gehalten?«

»Das hab ich, bei Gott, das hab ich«, antwortete jener.

»Auch da noch, als er Ihnen den bewußten Ring gab?«

»Wie? – Er gab mir keinen Ring – Ich habe ja nicht gesagt, daß *er* mir den Ring gegeben.«

»Gut«, sagte der Prinz, an der Glocke ziehend und im Begriff, wegzugehen. »Und den Geist des Marquis von Lanoy«, (fragte er, indem er noch einmal zurückkam,) »den dieser Russe gestern auf den Ihrigen folgen ließ, halten Sie also für einen wahren und wirklichen Geist?« –

»Ich kann ihn für nichts anders halten«, antwortete jener. »Kommen Sie«, sagte der Prinz zu uns. Der Schließer trat herein. »Wir sind fertig«, sagte er zu diesem. »Sie, mein Herr«, (zu dem Sizilianer sich wendend) »sollen weiter von mir hören.«

»Die Frage, gnädigster Herr, welche Sie zuletzt an den Gaukler getan haben, möchte ich an Sie selbst tun«, sagte ich zu dem Prinzen, als wir wieder allein waren. »Halten Sie diesen zweiten Geist für den wahren und echten?«

»Ich? Nein, wahrhaftig, das tue ich nicht mehr.«

»Nicht mehr? Also haben Sie es doch getan?«

»Ich leugne nicht, daß ich mich einen Augenblick habe hinreißen lassen, dieses Blendwerk für etwas mehr zu halten.«

»Und ich will *den* sehen«, rief ich aus, »der sich unter diesen Umständen einer ähnlichen Vermutung erwehren kann. Aber was für Gründe haben Sie nun, diese Meinung zurückzunehmen? Nach dem, was man uns eben von diesem Armenier erzählt hat, sollte sich der Glaube an seine Wundergewalt eher vermehrt als vermindert haben.«

»Was ein Nichtswürdiger uns von ihm erzählt hat?« fiel mir der Prinz mit Ernsthaftigkeit ins Wort. »Denn hoffentlich zweifeln Sie nun nicht mehr, daß wir mit einem solchen zu tun gehabt haben? –«

»Nein«, sagte ich. »Aber sollte deswegen sein Zeugnis – –«

»Das Zeugnis eines Nichtswürdigen – gesetzt, ich hätte auch weiter keinen Grund, es in Zweifel zu ziehen – kann gegen Wahrheit und gesunde Vernunft nicht in Anschlag kommen. Verdient ein Mensch, der mich mehrmal betrogen, der den Betrug zu seinem Handwerk gemacht hat, in einer Sache gehört zu werden, wo die aufrichtigste Wahrheitsliebe selbst sich erst reinigen muß, um Glauben zu verdienen? Verdient ein solcher Mensch, der vielleicht nie eine Wahrheit um ihrer selbst willen gesagt hat, da Glauben, wo er als Zeuge gegen Menschenvernunft und ewige Naturordnung auftritt? Das klingt ebenso, als wenn ich einen gebrandmarkten Bösewicht bevollmächtigen wollte, gegen die nie befleckte und nie bescholtene Unschuld zu klagen.«

»Aber was für Gründe sollte er haben, einem Manne, den er so viele Ursachen hat zu hassen, wenigstens zu fürchten, ein so glorreiches Zeugnis zu geben?«

»Wenn ich diese Gründe auch nicht einsehe, soll er sie deswegen weniger haben? Weiß ich, in *wessen* Solde er mich belog? Ich gestehe, daß ich das ganze Gewebe seines Betrugs noch nicht ganz durchschaue; aber er hat der Sache, für die er streitet, einen sehr schlechten Dienst getan, daß er sich als ein Betrüger – und vielleicht als etwas noch Schlimmres – entlarvte.«

»Der Umstand mit dem Ringe scheint mir freilich etwas verdächtig.«

»*Er ist mehr als das*«, sagte der Prinz, »er ist entscheidend. Diesen Ring (lassen Sie mich einstweilen annehmen, daß die erzählte Begebenheit sich wirklich ereignet habe) empfing er von dem Mörder, und er mußte in demselben Augenblick gewiß sein, daß es der Mörder war. Wer als der Mörder konnte dem Verstorbenen einen Ring abgezogen haben, den dieser gewiß nie vom Finger ließ? Uns suchte er die ganze Erzählung hindurch zu überreden, als ob er selbst von dem Ritter getäuscht worden, und als ob er geglaubt hätte, *ihn* zu täuschen. Wozu diesen Winkelzug, wenn er nicht selbst bei sich fühlte, wie viel er verloren gab, wenn er sein Verständnis mit dem Mörder einräumte? Seine ganze Erzählung ist offenbar nichts als eine Reihe von Erfindungen, um die wenigen Wahrheiten aneinander zu hängen, die er uns preiszugeben für gut fand. Und ich sollte größeres Bedenken tragen, einen Nichtswürdigen, den ich auf zehn Lügen ertappte, lieber auch noch der eilften zu beschuldigen, als die Grundordnung der Natur unterbrechen zu lassen, die ich noch auf keinem Mißklang betrat?«

»Ich kann Ihnen darauf nichts antworten«, sagte ich. »Aber die Erscheinung, die wir gestern sahen, bleibt mir darum nicht weniger unbegreiflich.«

»Auch mir«, versetzte der Prinz, »ob ich gleich in Versuchung geraten bin, einen Schlüssel dazu ausfindig zu machen.«

»Wie?« sagte ich.

»Erinnern Sie sich nicht, daß die zweite Gestalt, sobald sie herein war, auf den Altar zuging, das Kruzifix in die Hand faßte und auf den Teppich trat?«

»So schien mir's. Ja.«

»Und das Kruzifix, sagt uns der Sizilianer, war ein Konduktor. Daraus sehen Sie also, daß sie eilte, sich elektrisch zu machen. Der Streich, den Lord Seymour mit dem Degen nach ihr tat, konnte also nicht anders als unwirksam bleiben, weil der elektrische Schlag seinen Arm lähmte.«

»Mit dem Degen hätte dieses seine Richtigkeit. Aber die Kugel, die der Sizilianer auf sie abschoß und welche wir langsam auf den Altar rollen hörten?«

»Wissen Sie auch gewiß, daß es die abgeschossene Kugel war, die wir rollen hörten? – Davon will ich gar nicht einmal reden, daß die Marionette oder der Mensch, der den Geist vorstellte, so gut umpanzert sein konnte, daß er schuß- und degenfest war – Aber denken Sie doch ein wenig nach, *wer* es war, der die Pistolen geladen.«

»Es ist wahr«, sagte ich, – und ein plötzliches Licht ging mir auf – »Der Russe hatte sie geladen. Aber dieses geschah vor unsern Augen, wie hätte da ein Betrug vorgehen können?«

»Und warum hätte er nicht sollen vorgehen können? Setzten Sie denn schon damals ein Mißtrauen in diesen Menschen, daß Sie es für nötig befunden hätten, ihn zu beobachten? Untersuchten Sie die Kugel, eh er sie in den Lauf brachte, die ebensogut eine quecksilberne oder auch nur eine bemalte Tonkugel sein konnte? Gaben Sie acht, ob er sie auch wirklich in den Lauf der Pistole oder nicht nebenbei in seine Hand fallen ließ? Was überzeugt Sie – gesetzt, er hätte sie auch wirklich scharf geladen – daß er gerade die geladenen in den andern Pavillon mit hinübernahm und nicht vielmehr ein anderes Paar unterschob, welches so leicht anging, da es niemand einfiel, ihn zu beobachten, und wir überdies mit dem Auskleiden beschäftigt waren? Und konnte die Gestalt nicht in dem Augenblicke, da der Pulverrauch sie uns entzog, eine andere Kugel, womit sie auf den Notfall versehen war, auf den Altar fallen lassen? Welcher von allen diesen Fällen ist der unmögliche?«

»Sie haben Recht. Aber diese treffende Ähnlichkeit der Gestalt mit Ihrem verstorbenen Freunde – Ich habe ihn ja auch sehr oft bei Ihnen gesehen, und in dem Geiste hab ich ihn auf der Stelle wieder erkannt.«

»Auch ich – und ich kann nicht anders sagen, als daß die Täuschung aufs Höchste getrieben war. Wenn aber nun dieser Sizilianer nach einigen wenigen verstohlnen Blicken, die er auf meine Tabatiere warf, auch in *sein* Gemälde eine flüchtige Ähnlichkeit zu bringen wußte, die Sie und mich hinterging, warum nicht um so viel mehr der Russe, der während der ganzen Tafel den freien Gebrauch meiner Tabatiere hatte, der den Vorteil genoß, immer und durchaus unbeobachtet zu bleiben, und dem ich noch außerdem im Vertrauen entdeckt hatte, *wer* mit dem Bilde auf der Dose gemeint sei? – Setzen Sie hinzu – was auch der Sizilianer anmerkte – daß das Charakteristische des Marquis in lauter solchen Gesichtszügen liegt, die sich auch im Groben nachahmen lassen – wo bleibt dann das Unerklärbare in dieser ganzen Erscheinung?«

»Aber der Inhalt seiner Worte? Der Aufschluß über Ihren Freund?«

»Wie? Sagte uns denn der Sizilianer nicht, daß er aus dem Wenigen, was er mir abfragte, eine ähnliche Geschichte zusammengesetzt habe? Beweist dieses nicht, wie natürlich gerade auf diese Erfindung zu fallen war? Überdies klangen die Antworten des Geistes so orakelmäßig dunkel, daß er gar nicht Gefahr laufen konnte, auf einem Widerspruch betreten zu werden. Setzen Sie, daß die Kreatur des Gauklers, die den Geist machte, Scharfsinn und Besonnenheit besaß und von den Umständen nur ein wenig unterrichtet war – wie weit hätte diese Gaukelei nicht noch geführt werden können?«

»Aber überlegen Sie, gnädigster Herr, wie weitläufig die Anstalten zu einem so zusammengesetzten Betrug von Seiten des Armeniers hätten sein müssen! Wie viele Zeit dazu gehört haben würde! Wie viele Zeit nur, einen menschlichen Kopf einem andern so getreu nachzumalen, als hier vorausgesetzt wird! Wie viele Zeit, diesen untergeschobenen Geist so gut zu unterrichten, daß man vor einem groben Irrtum gesichert war! Wie viele Aufmerksamkeit die kleinen unnennbaren Nebendinge würden erfordert haben, welche entweder mithelfen, oder denen, weil sie stören konnten, auf irgendeine Art noch begegnet werden mußte! Und nun erwägen Sie, daß der Russe nicht über eine halbe Stunde ausblieb. Konnte wohl in nicht mehr als einer halben Stunde alles angeordnet werden, was hier nur das Unentbehrlichste war? – Wahrlich, gnädigster Herr, selbst nicht einmal ein dramatischer Schriftsteller, der um die unerbittlichen drei Einheiten seines Aristoteles verlegen war, würde einem Zwischenakt soviel Handlung aufgelastet, noch seinem Parterre einen so starken Glauben zugemutet haben.«

»Wie? Sie halten es also schlechterdings für unmöglich, daß in dieser kleinen halben Stunde alle diese Anstalten hätten getroffen werden können?«

»In der Tat«, rief ich, »für so gut als unmöglich.« –

»Diese Redensart verstehe ich nicht. Widerspricht es allen Gesetzen der Zeit, des Raums und der physischen Wirkungen, daß ein so gewandter Kopf, wie doch unwidersprechlich dieser Armenier ist, mit Hülfe seiner vielleicht ebenso gewandten Kreaturen, in der Hülle der Nacht, von niemand beobachtet, mit allen Hülfsmitteln ausgerüstet, von denen sich ein Mann dieses Handwerks ohnehin niemals trennen wird, daß ein solcher Mensch, von solchen Umständen begünstigt, in so weniger Zeit so viel zustande bringen könnte? Ist es geradezu undenkbar und abgeschmackt zu glauben, daß er mit Hülfe weniger Worte, Befehle oder Winke seinen Helfershelfern weitläuftige Aufträge geben, weitläuftige und zusammengesetzte Operationen mit wenigem Wortaufwande bezeichnen könne? – Und darf etwas andres als eine hell eingesehene Unmöglichkeit gegen die ewigen Gesetze der Natur aufgestellt werden? Wollen Sie lieber ein Wunder glauben, als eine Unwahrscheinlichkeit zugeben? lieber die Kräfte der Natur umstürzen, als eine künstliche und weniger gewöhnliche Kombination dieser Kräfte sich gefallen lassen?«

»Wenn die Sache auch eine so kühne Folgerung nicht rechtfertigt, so müssen Sie mir doch eingestehen, daß sie weit über unsre Begriffe geht.«

»Beinahe hätte ich Lust, Ihnen auch dieses abzustreiten«, sagte der Prinz mit schalkhafter Munterkeit. »Wie, lieber Graf? wenn es sich, zum Beispiel, ergäbe, daß nicht bloß während und nach dieser halben Stunde, nicht bloß in der Eile und nebenher, sondern den ganzen Abend und die ganze Nacht für diesen Armenier gearbeitet worden? Denken Sie nach, daß der Sizilianer beinahe drei volle Stunden zu seinen Zurüstungen verbrauchte.«

»Der Sizilianer, gnädigster Herr!«

»Und womit beweisen Sie mir denn, daß der Sizilianer an dem zweiten Gespenste nicht ebensovielen Anteil gehabt habe als an dem ersten?«

»Wie, gnädigster Herr?«

»Daß er nicht der vornehmste Helfershelfer des Armeniers war – kurz – daß beide nicht miteinander unter *einer* Decke liegen?«

»Das möchte schwer zu beweisen sein«, rief ich mit nicht geringer Verwunderung.

»Nicht so schwer, lieber Graf, als Sie wohl meinen. Wie? Es wäre Zufall, daß sich diese beiden Menschen in einem so seltsamen, so verwickelten Anschlag auf dieselbe Person, zu derselben Zeit und an demselben Orte begegneten, daß sich unter ihren beiderseitigen Operationen eine so auffallende Harmonie, ein so durchdachtes Einverständnis fände, daß einer dem andern gleichsam in die Hände arbeitete? Setzen Sie, er habe sich des gröbern Gaukelspiels bedient, um dem feinern eine Folie unterzulegen. Setzen Sie, er habe jenes vorausgeschickt, um den Grad von Glauben auszufinden, worauf er bei mir zu rechnen hätte; um die Zugänge zu meinem Vertrauen auszuspähen; um sich durch diesen Versuch, der unbeschadet seines übrigen Planes verunglücken konnte, mit seinem Subjekte zu familiarisieren; kurz, um sein Instrument damit anzuspielen. Setzen Sie, er habe es getan, um eben dadurch, daß er meine Aufmerksamkeit auf einer Seite vorsätzlich aufforderte und wachsam erhielt, sie auf einer andern, die ihm wichtiger war, einschlummern zu lassen. Setzen Sie, er habe einige Erkundigungen einzuziehen gehabt, von denen er wünschte, daß sie auf Rechnung des Taschenspielers geschrieben würden, um den Argwohn von der wahren Spur zu entfernen.«

»Wie meinen Sie das?«

»Lassen Sie uns annehmen, er habe einen meiner Leute bestochen, um durch ihn gewisse geheime Nachrichten – vielleicht gar Dokumente – zu erhalten, die zu seinem Zwecke dienen. Ich vermisse meinen Jäger. Was hindert mich, zu glauben, daß der Armenier bei der Entweichung dieses Menschen mit im Spiele sei? Aber der Zufall kann es fügen, daß ich hinter diese Schliche komme; ein Brief kann aufgefangen werden, ein Bedienter kann plaudern. Sein ganzes Ansehen scheitert, wenn ich die Quellen seiner Allwissenheit entdecke. Er schiebt also diesen Taschenspieler ein, der diesen oder jenen Anschlag auf mich haben muß. Von dem Dasein und den Absichten dieses Menschen unterläßt er nicht, mir frühzeitig einen Wink zu geben. Was ich also auch entdecken mag, so wird mein Verdacht auf niemand anders als auf diesen Gaukler fallen; und zu den Nachforschungen, welche ihm, dem Armenier, zugute kommen, wird der Sizilianer seinen Namen geben. Dieses war die Puppe, mit der er mich spielen läßt, während daß er selbst, unbeobachtet und unverdächtig, mit unsichtbaren Seilen mich umwindet.«

»Sehr gut! Aber wie läßt es sich mit diesen Absichten reimen, daß er selbst diese Täuschung zerstören hilft und die Geheimnisse seiner Kunst profanen Augen preisgibt? Muß er nicht fürchten, daß die entdeckte Grundlosigkeit einer bis zu einem so hohen Grad von Wahrheit getriebenen Täuschung, wie die Operation des Sizilianers doch in der Tat war, Ihren Glauben überhaupt schwächen und ihm also seine künftigen Plane um ein großes erschweren würde?«

»Was sind es für Geheimnisse, die er mir preisgibt? Keines von denen zuverlässig, die er Lust hat, bei mir in Ausübung zu bringen. Er hat also durch ihre Profanation nicht verloren – Aber wie viel hat er im Gegenteil gewonnen, wenn dieser vermeintliche Triumph über Betrug und Taschenspielerei mich sicher und zuversichtlich macht, wenn es ihm dadurch gelang, meine Wachsamkeit nach einer entgegengesetzten Richtung zu lenken, meinen noch unbestimmt umherschweifenden Argwohn auf Gegenständen zu fixieren, die von dem eigentlichen Ort des Angriffs am weitesten entlegen sind? – Er konnte erwarten, daß ich, früher oder später, aus eigenem Mißtrauen oder fremdem Antrieb, den Schlüssel zu seinen Wundern in der Taschenspielerkunst aufsuchen würde. – Was konnte er Beßres tun, als daß er sie selbst nebeneinander stellte, daß er mir gleichsam den Maßstab dazu in die Hand gab und, indem er der letztern eine künstliche Grenze setzte, meine Begriffe von der erstern desto mehr erhöhete oder verwirrte? Wie viele Mutmaßungen hat er durch diesen Kunstgriff auf einmal abgeschnitten! wie viele Erklärungsarten im voraus widerlegt, auf die ich in der Folge vielleicht hätte fallen mögen!«

»So hat er wenigstens sehr gegen sich selbst gehandelt, daß er die Augen derer, die er täuschen wollte, schärfte und ihren Glauben an Wunderkraft durch Entlarvung eines so künstlichen Betrugs überhaupt schwächte. Sie selbst, gnädigster Herr, sind die beste Widerlegung seines Plans, wenn er ja einen gehabt hat.«

»Er hat sich in mir vielleicht geirret – aber er hat darum nicht weniger scharf geurteilt. Konnte er voraussehen, daß mir gerade dasjenige im Gedächtnis bleiben würde, welches der Schlüssel zu dem Wunder werden könnte? Lag es in seinem Plan, daß mir die Kreatur, deren er sich bediente, solche Blößen geben sollte? Wissen wir, ob dieser Sizilianer seine Vollmacht nicht weit überschritten hat? – Mit dem Ringe gewiß – Und doch ist es hauptsächlich dieser einzige Umstand, der mein Mißtrauen gegen diesen Menschen entschieden hat. Wie leicht kann ein zugespitzter feiner Plan durch ein gröberes Organ verunstaltet werden? Sicherlich war es seine Meinung nicht, daß uns der Taschenspieler seinen Ruhm im Marktschreierton vorposaunen sollte – daß er uns jene Märchen aufschlüsseln sollte, die sich beim leichtesten Nachdenken widerlegen. So zum Beispiel – mit welcher Stirne kann dieser Betrüger vorgeben, daß sein Wundertäter auf den Glockenschlag Zwölfe in der Nacht jeden Umgang mit Menschen aufheben müsse? Haben wir ihn nicht selbst um diese Zeit in unsrer Mitte gesehen?«

»Das ist wahr«, rief ich. »Das muß er vergessen haben!«

»Aber es liegt im Charakter dieser Art Leute, daß sie solche Aufträge übertreiben und durch das Zuviel alles verschlimmern, was ein bescheidener und mäßiger Betrug vortrefflich gemacht hätte.«

»Ich kann es demungeachtet noch nicht über mich gewinnen, gnädigster Herr, diese ganze Sache für nichts mehr als ein angestelltes Spiel zu halten. Wie? Der Schrecken des Sizilianers, die Zuckungen, die Ohnmacht, der ganze klägliche Zustand dieses Menschen, der uns selbst Erbarmen einflößte – alles dieses wäre nur eine eingelernte Rolle gewesen? Zugegeben, daß sich das theatralische Gaukelspiel auch noch so weit treiben lasse, so kann die Kunst des Akteurs doch nicht über die Organe seines Leben gebieten.«

»Was das anbetrifft, Freund – Ich habe Richard den Dritten von Garrick gesehen – Und waren wir in diesem Augenblick kalt und müßig genug, um unbefangene Beobachter abzugeben? Konnten wir den Affekt dieses Menschen prüfen, da uns der unsrige übermeisterte? Überdies ist die entscheidende Krise, auch sogar eines Betrugs, für den Betrüger selbst eine so wichtige Angelegenheit, daß bei *ihm* die *Erwartung* gar leicht so gewaltsame Symptome erzeugen kann als die *Überraschung* bei dem *Betrogenen*. Rechnen Sie dazu noch die unvermutete Erscheinung der Häscher –«

»Eben diese, gnädigster Herr – Gut, daß Sie mich daran erinnern – Würde er es wohl gewagt haben, einen so gefährlichen Plan dem Auge der Gerechtigkeit bloßzustellen? Die Treue seiner Kreatur auf eine so bedenkliche Probe zu bringen? – Und zu welchem Ende?«

»Dafür lassen sie *ihn* sorgen, der seine Leute kennen muß. Wissen wir, was für geheime Verbrechen ihm für die Verschwiegenheit dieses Menschen haften? – Sie haben gehört, welches Amt er in Venedig bekleidet – Und lassen Sie auch dieses Vorgeben zu den übrigen Märchen gehören – wie viel wird es ihm wohl kosten, diesem Kerl durchzuhelfen, der keinen andern Ankläger hat als ihn?«

(Und in der Tat hat der Ausgang den Verdacht des Prinzen nur zu sehr gerechtfertigt. Als wir uns einige Tage darauf nach unserm Gefangenen erkundigen ließen, erhielten wir zur Antwort, daß er unsichtbar geworden sei.)

»Und zu welchem Ende, fragen Sie? Auf welchem andern Weg als auf diesem gewaltsamen konnte er dem Sizilianer eine so unwahrscheinliche und schimpfliche Beichte abfordern lassen, worauf es doch so wesentlich ankam? Wer als ein verzweifelter Mensch, der nichts mehr zu verlieren hat, wird sich entschließen können, so erniedrigende Aufschlüsse über sich selbst zu geben? Unter welchen andern Umständen hätten wir sie ihm geglaubt?«

»Alles zugegeben, gnädigster Prinz«, sagte ich endlich. »Beide Erscheinungen sollen Gaukelspiele gewesen sein; dieser Sizilianer soll uns meinethalben nur ein Märchen aufgeheftet haben, das ihm sein Prinzipal einlernen ließ; beide sollen zu *einem* Zweck, miteinander einverstanden, wirken, und aus diesem Einverständnis sollen alle jene wunderbaren Zufälle sich erklären lassen, die uns im Laufe dieser Begebenheit in Erstaunen gesetzt haben. Jene Prophezeiung auf dem Markusplatz, das erste Wunder, welches alle übrigen eröffnet hat, bleibt nichtsdestoweniger unerklärt; und was hilft uns der Schlüssel zu allen übrigen, wenn wir an der Auflösung dieses einzigen verzweifeln?«

»Kehren Sie es vielmehr um, lieber Graf«, gab mir der Prinz hierauf zur Antwort. »Sagen Sie, was beweisen alle jene Wunder, wenn ich herausbringe, daß auch nur ein einziges Taschenspiel darunter war? Jene Prophezeiung – ich bekenn es Ihnen – geht über meine Fassungskraft. Stände sie *einzeln* da, hätte der Armenier seine Rolle mit ihr beschlossen, wie er sie damit eröffnete – ich gestehe Ihnen, ich weiß nicht, wie weit sie mich noch hätte führen können. In dieser *niedrigen* Gesellschaft ist sie mir ein klein wenig verdächtig.« –

»Zugegeben, gnädigster Herr! Unbegreiflich bleibt sie aber doch, und ich fordre alle unsre Philosophen auf, mir einen Aufschluß darüber zu erteilen.«

»Sollte sie aber wirklich so unerklärbar sein?« fuhr der Prinz fort, nachdem er sich einige Augenblicke besonnen hatte. »Ich bin weit entfernt, auf den Namen eines Philosophen Ansprüche zu machen; und doch könnte ich mich versucht fühlen, auch zu diesem Wunder einen natürlichen Schlüssel aufzusuchen oder es lieber gar von allem Schein des Außerordentlichen zu entkleiden.«

»Wenn Sie *das* können mein Prinz, dann«, versetzte ich mit sehr ungläubigem Lächeln, »sollen *Sie* das einzige Wunder sein, das ich glaube.«

»Und zum Beweise«, fuhr er fort, »wie wenig wir berechtigt sind, zu übernatürlichen Kräften unsre Zuflucht zu nehmen, will ich Ihnen zwei verschiedene Auswege zeigen, auf welchen wir diese Begebenheit, ohne der Natur Zwang anzutun, vielleicht ergründen.«

»Zwei Schlüssel auf einmal! Sie machen mich in der Tat höchst neugierig.«

»Sie haben mit mir die nähern Nachrichten von der Krankheit meines verstorbenen Cousins gelesen. Es war in einem Anfall von kaltem Fieber, wo ihn ein Schlagfluß tötete. Das Außerordentliche dieses Todes, ich gestehe es, trieb mich an, das Urteil einiger Ärzte darüber zu vernehmen, und was ich bei dieser Gelegenheit in Erfahrung brachte, leitet mich auf die Spur dieses Zauberwerks. Die Krankheit des Verstorbenen, eine der seltensten und fürchterlichsten, hat dieses eigentümliche Symptom, daß sie während des Fieberfrostes den Kranken in einen tiefen unerwecklichen Schlaf versenkt, der ihn gewöhnlich bei der zweiten Wiederkehr des Paroxysmus apoplektisch tötet. Da diese Paroxysmen in der strengsten Ordnung und zur gesetzten Stunde zurückkehren, so ist der Arzt von demselben Augenblick an, als sich sein Urteil über das Geschlecht der Krankheit entschieden hat, auch in den Stand gesetzt, die Stunde des Todes anzugeben. Der dritte Paroxysm eines dreitägigen Wechselfiebers fällt aber bekanntlich in den fünften Tag der Krankheit – und gerade nur soviel Zeit bedarf ein Brief, um von ***, wo mein Cousin starb, nach Venedig zu gelangen. Setzen wir nun, daß unser Armenier einen wachsamen Korrespondenten unter dem Gefolge des Verstorbenen besitze, – daß er ein lebhaftes Interesse habe, Nachrichten von dorther zu erhalten, daß er auf mich selbst Absichten habe, die ihm der Glaube an das Wunderbare und der Schein übernatürlicher Kräfte bei mir befördern hilft –, so haben Sie einen natürlichen Aufschluß über jene Wahrsagung, die Ihnen so unbegreiflich deucht. Genug, Sie ersehen daraus die Möglichkeit, wie mir ein Dritter von einem Todesfall Nachricht geben kann, der sich in dem Augenblick, wo er ihn meldet, vierzig Meilen weit davon ereignet.«

»In der Tat, Prinz, Sie verbinden hier Dinge, die, einzeln genommen, zwar sehr natürlich lauten, aber nur durch etwas, was nicht besser ist als Zauberei, in diese Verbindung gebracht werden können.«

»Wie? Sie erschrecken also vor dem Wunderbaren weniger als vor dem *Gesuchten*, dem Ungewöhnlichen? Sobald wir dem Armenier einen wichtigen Plan, der mich entweder zum Zweck hat oder zum Mittel gebraucht, einräumen – und *müssen* wir das nicht, was wir auch immer von seiner Person urteilen? – so ist nichts unnatürlich, nichts gezwungen, was ihn auf dem kürzesten Wege zu seinem Ziele führt. Was für einen kürzern Weg gibt es aber, sich eines Menschen zu versichern, als das Kreditiv eines Wundertäters? Wer widersteht einem Manne, dem die Geister unterwürfig sind? Aber ich gebe Ihnen zu, daß meine Mutmaßung gekünstelt ist; ich gestehe, daß sie mich selbst nicht befriedigt. Ich bestehe nicht darauf, weil ich es nicht der Mühe wert halte, einen künstlichen und überlegten Entwurf zu Hülfe zu nehmen, wo man mit dem bloßen Zufall schon ausreicht.«

»Wie?« fiel ich ein, »es soll bloßer Zufall – –«

»Schwerlich etwas mehr!« fuhr der Prinz fort. »Der Armenier wußte von der Gefahr meines Cousins. Er traf uns auf dem St. Markusplatze. Die Gelegenheit lud ihn ein, eine Prophezeiung zu wagen, die, wenn sie fehlschlug, bloß ein verlornes Wort war – wenn sie eintraf, von den wichtigsten Folgen sein konnte. Der Erfolg begünstigte diesen Versuch – und jetzt erst mochte er darauf denken, das Geschenk des Ungefährs für einen zusammenhängenden Plan zu benutzen. – Die Zeit wird dieses Geheimnis aufklären oder auch nicht aufklären – aber glauben Sie mir, Freund (indem er seine Hand auf die meinige legte und eine sehr ernsthafte Miene annahm), ein Mensch, dem höhere Kräfte

zu Gebote stehen, wird keines Gaukelspiels bedürfen, oder er wird es verachten.«
So endigte sich eine Unterredung, die ich darum ganz hieher gesetzt habe, weil sie die Schwierigkeiten zeigt, die bei dem Prinzen zu besiegen waren, und weil sie, wie ich hoffe, sein Andenken von dem Vorwurfe reinigen wird, daß er sich blind und unbesonnen in die Schlinge gestürzt habe, die eine unerhörte Teufelei ihm bereitete. Nicht alle, – fährt der Graf von O** fort – die in dem Augenblicke, wo ich dieses schreibe, vielleicht mit Hohngelächter auf seine Schwachheit herabsehen und im stolzen Dünkel ihrer nie angefochtenen Vernunft sich für berechtigt halten, den Stab der Verdammung über ihn zu brechen, nicht alle, fürchte ich, würden diese erste Probe so männlich bestanden haben. Wenn man ihn nunmehr auch nach dieser glücklichen Vorbereitung dessenungeachtet fallen sieht; wenn man den schwarzen Anschlag, vor dessen entferntester Annäherung ihn sein guter Genius warnte, nichtsdestoweniger an ihm in Erfüllung gegangen findet, so wird man weniger über seine Torheit spotten als über die Größe des Bubenstücks erstaunen, dem eine so wohl verteidigte Vernunft erlag. Weltliche Rücksichten können an meinem Zeugnisse keinen Anteil haben; denn er, der es mir danken soll, ist nicht mehr. Sein schreckliches Schicksal ist geendigt; längst hat sich seine Seele am Thron der Wahrheit gereinigt, vor dem auch die meinige längst steht, wenn die Welt dieses lieset; aber – man verzeihe mir die Träne, die dem Andenken meines teuersten Freundes unfreiwillig fällt – aber zur Steuer der Gerechtigkeit schrieb ich es nieder: Er war ein edler Mensch, und gewiß wär er eine Zierde des Thrones geworden, den er durch ein Verbrechen ersteigen zu wollen sich betören ließ.

Zweites Buch

Nicht lange nach diesen letztern Begebenheiten – fährt der Graf von O** zu erzählen fort – fing ich an, in dem Gemüt des Prinzen eine wichtige Veränderung zu bemerken. Bis jetzt nämlich hatte der Prinz jede strengere Prüfung seines Glaubens vermieden und sich damit begnügt, die rohen und sinnlichen Religionsbegriffe, in denen er auferzogen worden, durch die bessern Ideen, die sich ihm nachher aufdrangen, zu reinigen, ohne die Fundamente seines Glaubens zu untersuchen. Religionsgegenstände überhaupt, gestand er mir mehrmals, seien ihm jederzeit wie ein bezaubertes Schloß vorgekommen, in das man nicht ohne Grauen seinen Fuß setze, und man tue weit besser, man gehe mit ehrerbietiger Resignation daran vorüber, ohne sich der Gefahr auszusetzen, sich in seinen Labyrinthen zu verirren. Dennoch zog ihn ein entgegengesetzter Hang unwiderstehlich zu Untersuchungen hin, die damit in Verbindung standen.

Eine bigotte, knechtische Erziehung war die Quelle dieser Furcht; diese hatte einem zarten Gehirne Schreckbilder eingedrückt, von denen er sich während seines ganzen Lebens nie ganz losmachen konnte. Religiöse Melancholie war eine Erbkrankheit in seiner Familie; die Erziehung, welche man ihm und seinen Brüdern geben ließ, war dieser Disposition angemessen, die Menschen, denen man ihn anvertraute, aus diesem Gesichtspunkte gewählt, also entweder Schwärmer oder Heuchler. Alle Lebhaftigkeit des Knaben in einem dumpfen Geisteszwange zu ersticken, war das zuverlässigste Mittel, sich der höchsten Zufriedenheit der fürstlichen Eltern zu versichern.

Diese schwarze nächtliche Gestalt hatte die ganze Jugendzeit unsers Prinzen; selbst aus seinen Spielen war die Freude verbannt. Alle seine Vorstellungen von Religion hatten etwas Fürchterliches an sich, und eben das Grauenvolle und Derbe war es, was sich seiner lebhaften Einbildungskraft zuerst bemächtigte und sich auch am längsten darin erhielt. Sein Gott war ein Schreckbild, ein strafendes Wesen; seine Gottesverehrung knechtisches Zittern oder blinde, alle Kraft und Kühnheit erstickende Ergebung. Allen seinen kindischen und jugendlichen Neigungen, denen ein derber Körper und eine blühende

Gesundheit um so kraftvollere Explosionen gab, stand die Religion im Wege; mit allem, woran sein jugendliches Herz sich hängte, lag sie im Streite; er lernte sie nie als eine Wohltat, nur als eine Geißel seiner Leidenschaften kennen. So entbrannte allmählich ein stiller Groll gegen sie in seinem Herzen, welcher mit einem respektvollen Glauben und blinder Furcht in seinem Kopf und Herzen die bizarreste Mischung machte – einen Widerwillen gegen einen Herrn, vor dem er in gleichem Grade Abscheu und Ehrfurcht fühlte.

Kein Wunder, daß er die erste Gelegenheit ergriff, einem so strengen Joche zu entfliehen – aber er entlief ihm wie ein leibeigener Sklave seinem harten Herrn, der auch mitten in der Freiheit das Gefühl seiner Knechtschaft herumträgt. Eben darum, weil er dem Glauben seiner Jugend nicht mit ruhiger Wahl entsagt; weil er nicht gewartet hatte, bis seine reifere Vernunft sich gemächlich davon abgelöst hatte; weil er ihm als ein Flüchtling entsprungen war, auf den die Eigentumsrechte seines Herrn immer noch fortdauern – so mußte er auch nach noch so großen Distraktionen immer wieder zu ihm zurückkehren. Er war mit der Kette entsprungen, und eben darum mußte er der Raub eines jeden Betrügers werden, der sie entdeckte und zu gebrauchen verstand. Daß sich ein solcher fand, wird, wenn man es noch nicht erraten hat, der Verfolg dieser Geschichte ausweisen.

Die Geständnisse des Sizilianers ließen in seinem Gemüt wichtigere Folgen zurück, als dieser ganze Gegenstand wert war, und der kleine Sieg, den seine Vernunft über diese schwache Täuschung davongetragen, hatte die Zuversicht zu seiner Vernunft überhaupt merklich erhöht. Die Leichtigkeit, mit der es ihm gelungen war, *diesen* Betrug aufzulösen, schien ihn selbst überrascht zu haben. In seinem Kopfe hatten sich Wahrheit und Irrtum noch nicht so genau voneinander gesondert, daß es ihm nicht oft begegnet wäre, die Stützen der einen mit den Stützen des andern zu verwechseln; daher kam es, daß der Schlag, der seinen Glauben an Wunder stürzte, das ganze Gebäude seines religiösen Glaubens zugleich zum Wanken brachte. Es erging ihm hier wie einem unerfahrnen Menschen, der in der Freundschaft oder Liebe hintergangen worden, weil er schlecht gewählt hatte, und der nun seinen Glauben an diese Empfindungen überhaupt sinken läßt, weil er bloße Zufälligkeiten für wesentliche Eigenschaften und Kennzeichen derselben aufnimmt. Ein entlarvter Betrug machte ihm auch die Wahrheit verdächtig, weil er sich die Wahrheit unglücklicherweise durch gleich schlechte Gründe bewiesen hatte.

Dieser vermeintliche Triumph gefiel ihm um so mehr, je schwerer der Druck gewesen, wovon er ihn zu befreien schien. Von diesem Zeitpunkt an regte sich eine Zweifelsucht in ihm, die auch das Ehrwürdigste nicht verschonte.

Es halfen mehrere Dinge zusammen, ihn in dieser Gemütslage zu erhalten und noch mehr darin zu befestigen. Die Einsamkeit, in der er bisher gelebt hatte, hörte jetzt auf und mußte einer zerstreuungsvollen Lebensart Platz machen. Sein Stand war entdeckt. Aufmerksamkeiten, die er erwidern mußte, Etikette, die er seinem Range schuldig war, rissen ihn unvermerkt in den Wirbel der großen Welt. Sein Stand sowohl als seine persönlichen Eigenschaften öffneten ihm die geistvollsten Zirkel in Venedig; bald sah er sich mit den hellsten Köpfen der Republik, Gelehrten sowohl als Staatsmännern, in Verbindung. Dies zwang ihn, den einförmigen, engen Kreis zu erweitern, in welchen sein Geist sich bisher eingeschlossen hatte. Er fing an, die Beschränktheit seiner Begriffe wahrzunehmen und das Bedürfnis höherer Bildung zu fühlen. Die altmodische Form seines Geistes, von so vielen Vorzügen sie auch sonst begleitet war, stand mit den gangbaren Begriffen der Gesellschaft in einem nachteiligen Kontrast, und seine Fremdheit in den bekanntesten Dingen setzte ihn zuweilen dem Lächerlichen aus; nichts fürchtete er so sehr als das Lächerliche. Das ungünstige Vorurteil, das auf seinem Geburtslande haftete, schien ihm eine Aufforderung zu sein, es in seiner Person zu widerlegen. Dazu kam noch die Sonderbarkeit in seinem Charakter, daß ihn jede Aufmerksamkeit verdroß, die er seinem Stande und nicht seinem persönlichen Werte danken zu müssen glaubte. Vorzüglich empfand er diese Demütigung in Gegenwart solcher Personen, die durch ihren Geist glänzten und durch persönliche Verdienste gleichsam über ihre Geburt triumphierten. In einer solchen Gesellschaft sich als Prinz unterschieden zu sehen, war jederzeit eine tiefe Beschämung für ihn, weil er unglücklicherweise glaubte, durch diesen Namen schon von jeder Konkurrenz ausgeschlossen zu sein. Alles dieses zusammengenommen überführte ihn von der Notwendigkeit, seinem Geist die Bildung zu geben, die er bisher verabsäumt hatte, um das Jahrfünftel der witzigen und denkenden Welt einzuholen, hinter welchem er so weit zurückgeblieben war.

Er wählte dazu die modernste Lektüre, der er sich mit allem dem Ernste hingab, womit er alles, was er vornahm, zu behandeln pflegte. Aber die schlimme Hand, die bei der Wahl dieser Schriften im Spiele war, ließ ihn unglücklicherweise immer auf solche stoßen, bei denen weder seine Vernunft noch sein Herz viel gebessert waren. Und auch hier waltete sein Lieblingshang vor, der ihn immer zu allem, was nicht begriffen werden soll, mit unwiderstehlichem Reize hinzog. Nur für dasjenige, was damit in Beziehung stand, hatte er Aufmerksamkeit und Gedächtnis; seine Vernunft und sein Herz blieben leer, während sich diese Fächer seines Gehirns mit verworrenen Begriffen anfüllten. Der blendende Stil des einen riß seine Imagination dahin, indem die Spitzfindigkeiten des andern seine Vernunft verstrickten. Beiden wurde es leicht, sich einen Geist zu unterjochen, der ein Raub eines jeden war, der sich ihm mit einer gewissen Dreistigkeit aufdrang.

Eine Lektüre, die länger als ein Jahr mit Leidenschaft fortgesetzt wurde, hatte ihn beinahe mit gar keinem wohltätigen Begriffe bereichert, wohl aber seinen Kopf mit Zweifeln angefüllt, die,

wie es bei diesem konsequenten Charakter unausbleiblich folgte, bald einen unglücklichen Weg zu seinem Herzen fanden. Daß ich es kurz sage – er hatte sich in dieses Labyrinth begeben als ein glaubensreicher Schwärmer, und er verließ es als Zweifler und zuletzt als ein ausgemachter Freigeist.
Unter den Zirkeln, in die man ihn zu ziehen gewußt hatte, war eine gewisse geschlossene Gesellschaft, der *Bucentauro* genannt, die unter dem äußerlichen Schein einer edeln vernünftigen Geistesfreiheit die zügelloseste Lizenz der Meinungen wie der Sitten begünstigte. Da sie unter ihren Mitgliedern viele Geistliche zählte und sogar die Namen einiger Kardinäle an ihrer Spitze trug, so wurde der Prinz um so leichter bewogen, sich darin einführen zu lassen. Gewisse gefährliche Wahrheiten der Vernunft, meinte er, könnten nirgends besser aufgehoben sein als in den Händen solcher Personen, die ihr Stand schon zur Mäßigung verpflichtete und die den Vorteil hätten, auch die Gegenpartei gehört und geprüft zu haben. Der Prinz vergaß hier, daß *Libertinage* des Geistes und der Sitten bei Personen dieses Standes eben darum weiter um sich greift, weil sie hier einen Zügel weniger findet und durch keinen Nimbus von Heiligkeit, der so oft profane Augen blendet, zurückgeschreckt wird. Und dieses war der Fall bei dem Bucentauro, dessen mehreste Mitglieder durch eine verdammliche Philosophie und durch Sitten, die einer solchen Führerin würdig waren, nicht ihren Stand allein, sondern selbst die Menschheit beschimpften.
Die Gesellschaft hatte ihre geheimen Grade, und ich will zur Ehre des Prinzen glauben, daß man ihn des innersten Heiligtums nie gewürdigt habe. Jeder, der in diese Gesellschaft eintrat, mußte, wenigstens so lange er ihr lebte, seinen Rang, seine Nation, seine Religionspartei, kurz alle konventionellen Unterscheidungszeichen ablegen und sich in einen gewissen Stand universeller Gleichheit begeben. Die Wahl der Mitglieder war in der Tat streng, weil nur Vorzüge des Geistes einen Weg dazu bahnten. Die Gesellschaft rühmte sich des feinsten Tons und

des ausgebildetsten Geschmacks, und in diesem Rufe stand sie auch wirklich in ganz Venedig. Dieses sowohl als der Schein von Gleichheit, der darin herrschte, zog den Prinzen unwiderstehlich an. Ein geistvoller, durch feinen Witz aufgeheiterter Umgang, unterrichtende Unterhaltungen, das Beste aus der gelehrten und politischen Welt, das hier, wie in seinem Mittelpunkte, zusammenfloß, verbargen ihm lange Zeit das Gefährliche dieser Verbindung. Wie ihm nach und nach der Geist des Instituts durch die Maske hindurch sichtbarer wurde, oder man es auch müde war, länger gegen ihn auf seiner Hut zu sein, war der Rückweg gefährlich, und falsche Scham sowohl als Sorge für seine Sicherheit zwangen ihn, sein inneres Mißfallen zu verbergen.

Aber schon durch die bloße Vertraulichkeit mit dieser Menschenklasse und ihren Gesinnungen, wenn sie ihn auch nicht zur Nachahmung hinrissen, ging die reine, schöne Einfalt seines Charakters und die Zartheit seiner moralischen Gefühle verloren. Sein durch so wenig gründliche Kenntnisse unterstützter Verstand konnte ohne fremde Beihülfe die feinen Trugschlüsse nicht lösen, womit man ihn hier verstrickt hatte, und unvermerkt hatte dieses schreckliche Korrosiv alles – beinahe alles verzehrt, worauf seine Moralität ruhen sollte. Die natürlichen Stützen seiner Glückseligkeit gab er für Sophismen hinweg, die ihn im entscheidenden Augenblick verließen und ihn dadurch zwangen, sich an den ersten besten willkürlichen zu halten, die man ihm zuwarf.

Vielleicht wäre es der Hand eines Freundes gelungen, ihn noch zur rechten Zeit von diesem Abgrund zurückzuziehen – aber, außerdem daß ich mit dem Innern des Bucentauro erst lange nachher bekannt worden bin, als das Übel schon geschehen war, so hatte mich schon zu Anfang dieser Periode ein dringender Vorfall aus Venedig abgerufen. Auch Mylord Seymour, eine schätzbare Bekanntschaft des Prinzen, dessen kalter Kopf jeder Art von Täuschung widerstand und der ihm unfehlbar zu einer sichern Stütze hätte dienen können, verließ uns zu dieser Zeit, um in sein Vaterland zurückzukehren. Diejenigen, in deren Händen ich den Prinzen ließ, waren zwar redliche, aber unerfahrne und in ihrer Religion äußerst beschränkte Menschen, denen es sowohl an der Einsicht in das Übel als an Ansehen bei dem Prinzen fehlte. Seinen verfänglichen Sophismen wußten sie nichts als die Machtsprüche eines blinden ungeprüften Glaubens entgegenzusetzen, die ihn entweder aufbrachten oder belustigten; er übersah sie gar zu leicht, und ein überlegner Verstand brachte diese schlechten Verteidiger der guten Sache bald zum Schweigen. Den andern, die sich in der Folge seines Vertrauens bemächtigten, war es vielmehr darum zu tun, ihn immer tiefer darein zu versenken. Als ich im folgenden Jahre wieder nach Venedig zurückkam – wie anders fand ich da schon alles!

Der Einfluß dieser neuen Philosophie zeigte sich bald in des Prinzen Leben. Je mehr er zusehends in Venedig Glück machte und neue Freunde sich erwarb, desto mehr fing er an, bei seinen ältern Freunden zu verlieren. Mir gefiel er von Tag zu Tag weniger, auch sahen wir uns seltener, und überhaupt war er weniger zu haben. Der Strom der großen Welt hatte ihn gefaßt. Nie wurde seine Schwelle leer, wenn er zu Hause war. Eine Lustbarkeit drängte die andre, ein Fest das andre, eine Glückseligkeit die andre. Er war die Schöne, um welche alles buhlte, der König und der Abgott aller Zirkel. So schwer er sich in der vorigen Stille seines beschränkten Lebens den großen Weltlauf gedacht hatte, so leicht fand er ihn nunmehr zu seinem Erstaunen. Es kam ihm alles so entgegen, alles war trefflich, was von seinen Lippen kam, und wenn er schwieg, so war es ein Raub an der Gesellschaft. Auch machte ihn dieses ihn überall verfolgende Glück, dieses allgemeine Gelingen wirklich zu etwas *mehr*, als er in der Tat war, weil es ihm Mut und Zuversicht zu ihm selbst gab. Die erhöhte Meinung, die er dadurch von seinem eignen Wert erlangte, gab ihm Glauben an die übertriebene und bei-

nahe abgöttische Verehrung, die man seinem Geiste widerfahren ließ, die ihm, ohne dieses vergrößerte und gewissermaßen gegründete Selbstgefühl, notwendig hätte verdächtig werden müssen. Jetzt aber war diese allgemeine Stimme nur die Bekräftigung dessen, was sein selbstzufriedener Stolz ihm im stillen sagte – ein Tribut, der ihm, wie er glaubte, von Rechts wegen gebührte. Unfehlbar würde er dieser Schlinge entgangen sein, hätte man ihn zu Atem kommen lassen, hätte man ihm nur ruhige Muße gegönnt, seinen eignen Wert mit dem Bilde zu vergleichen, das ihm in einem so lieblichen Spiegel vorgehalten wurde. Aber seine Existenz war ein fortdauernder Zustand von Trunkenheit, von schwebendem Taumel. Je höher man ihn gestellt hatte, desto mehr hatte er zu tun, sich auf dieser Höhe zu erhalten: diese immerwährende Anspannung verzehrte ihn langsam; selbst aus seinem Schlaf war die Ruhe geflohen. Man hatte seine Blößen durchschaut und die Leidenschaft gut berechnet, die man in ihm entzündet hatte.
Bald mußten es seine redlichen Kavaliers entgelten, daß ihr Herr zum großen Kopf geworden war. Ernsthafte Empfindungen und ehrwürdige Wahrheiten, an denen sein Herz sonst mit aller Wärme gehangen, fingen nun an, Gegenstände seines Spotts zu werden. An den Wahrheiten der Religion rächte er sich für den Druck, worunter ihn Wahnbegriffe so lange gehalten hatten; aber weil eine nicht zu verfälschende Stimme seines Herzens die Taumeleien seines Kopfes bekämpfte, so war mehr Bitterkeit als fröhlicher Mut in seinem Witze. Sein Naturell fing an, sich zu ändern, Launen stellten sich ein. Die schönste Zierde seines Charakters, seine Bescheidenheit, verschwand; Schmeichler hatten sein treffliches Herz vergiftet. Die schonende Delikatesse des Umgangs, die es seine Kavaliers sonst ganz vergessen gemacht hatte, daß er ihr Herr war, machte jetzt nicht selten einem gebieterischen entscheidenden Tone Platz, der um so empfindlicher schmerzte, weil er nicht auf den äußerlichen Abstand der Geburt, worüber man sich mit leichter

Mühe tröstet und den er selbst wenig achtete, sondern auf eine beleidigende Voraussetzung seiner persönlichen Erhabenheit gegründet war. Weil er zu Hause doch öfters Betrachtungen Raum gab, die ihn im Taumel der Gesellschaft nicht hatten angehen dürfen, so sahen ihn seine eigenen Leute selten anders als finster, mürrisch und unglücklich, während daß er fremde Zirkel mit einer erzwungenen Fröhlichkeit beseelte. Mit teilnehmendem Leiden sahen wir ihn auf dieser gefährlichen Bahn hinwandeln; aber in dem Tumult, durch den er geworfen wurde, hörte er die schwache Stimme der Freundschaft nicht mehr und war jetzt auch noch zu glücklich, um sie zu verstehen.

Schon in den ersten Zeiten dieser Epoche forderte mich eine wichtige Angelegenheit an den Hof meines Souveräns, die ich auch dem feurigsten Interesse der Freundschaft nicht nachsetzen durfte. Eine unsichtbare Hand, die sich mir erst lange nachher entdeckte, hatte Mittel gefunden, meine Angelegenheiten dort zu verwirren und Gerüchte von mir auszubreiten, die ich eilen mußte, durch meine persönliche Gegenwart zu widerlegen. Der Abschied vom Prinzen ward mir schwer, aber ihm war er desto leichter. Schon seit geraumer Zeit waren die Bande erschlafft, die ihn an mich gekettet hatten. Aber sein Schicksal hatte meine ganze Teilnehmung erweckt; ich ließ mir deswegen von dem Baron von F*** versprechen, mich durch schriftliche Nachrichten damit in Verbindung zu erhalten, was er auch aufs gewissenhafteste gehalten hat. Von jetzt an bin ich also auf lange Zeit kein Augenzeuge dieser Begebenheiten mehr: man erlaube mir, den Baron von F*** an meiner Statt aufzuführen und diese Lücke durch Auszüge aus seinen Briefen zu ergänzen. Ungeachtet die Vorstellungsart meines Freundes F*** nicht immer die meinige ist, so habe ich dennoch an seinen Worten nichts ändern wollen, aus denen der Leser die Wahrheit mit wenig Mühe herausfinden wird.

*Baron von F*** an den Grafen von O***
Erster Brief

Mai 17**.

Dank Ihnen, sehr verehrter Freund, daß Sie mir die Erlaubnis erteilt haben, auch abwesend den vertrauten Umgang mit Ihnen fortzusetzen, der während Ihres Hierseins meine beste Freude ausmachte. Hier, das wissen Sie, ist niemand, gegen den ich es wagen dürfte, mich über gewisse Dinge herauszulassen – was Sie mir auch dagegen sagen mögen, dieses Volk ist mir verhaßt. Seitdem der Prinz einer davon geworden ist, und seitdem vollends Sie uns entrisssen sind, bin ich mitten in dieser volkreichen Stadt verlassen. Z*** nimmt es leichter, und die Schönen in Venedig wissen ihm die Kränkungen vergessen zu machen, die er zu Hause mit mir teilen muß. Und was hätte *er* sich auch darüber zu grämen? Er sieht und verlangt in dem Prinzen nichts als einen Herrn, den er überall findet – aber ich! Sie wissen, wie nahe ich das Wohl und Weh unsers Prinzen an meinem Herzen fühle, und wie sehr ich Ursache dazu habe. Sechzehn Jahre sind's, daß ich um seine Person lebe, daß ich nur für ihn lebe. Als ein neunjähriger Knabe kam ich in seine Dienste, und seit dieser Zeit hat mich kein Schicksal von ihm getrennt. Unter seinen Augen bin ich geworden; ein langer Umgang hat mich ihm zugebildet; alle seine großen und kleinen Abenteuer hab ich mit ihm bestanden. Ich lebe in seiner Glückseligkeit. Bis auf dieses unglückliche Jahr hab ich nur meinen Freund, meinen ältern Bruder in ihm gesehen, wie in einem heitern Sonnenschein hab ich in seinen Augen gelebt – keine Wolke trübte mein Glück; und alles dies soll mir nun in diesem unseligen Venedig zu Trümmern gehen!

Seitdem Sie von uns sind, hat sich allerlei bei uns verändert. Der Prinz von **d** ist vorige Woche mit einer zahlreichen Suite hier angelangt und hat unserm Zirkel ein neues tumultuarisches Leben gegeben. Da er und unser Prinz so nahe verwandt sind und jetzt auf einem ziemlich guten Fuß zusammen stehen,

so werden sie sich während seines hiesigen Aufenthalts, der, wie ich höre, bis zum Himmelfahrtsfeste dauern soll, wenig voneinander trennen. Der Anfang ist schon bestens gemacht; seit zehn Tagen ist der Prinz kaum zu Atem gekommen. Der Prinz von **d** hat es gleich sehr hoch angefangen, und das mochte er immer, da er sich bald wieder entfernt; aber das Schlimme dabei ist, er hat unsern Prinzen damit angesteckt, weil der sich nicht wohl davon ausschließen konnte und bei dem besondern Verhältnis, das zwischen beiden Häusern obwaltet, dem bestrittenen Range des seinigen hier etwas schuldig zu sein glaubte. Dazu kommt, daß in wenigen Wochen auch unser Abschied von Venedig herannaht; wodurch er ohnehin überhoben wird, diesen außerordentlichen Aufwand in die Länge fortzuführen.
Der Prinz von **d**, wie man sagt, ist in Geschäften des ***Ordens hier, wobei er sich einbildet, eine wichtige Rolle zu spielen. Daß er von allen Bekanntschaften unsers Prinzen sogleich Besitz genommen haben werde, können Sie sich leicht einbilden. In den Bucentauro besonders ist er mit Pomp eingeführt worden, da es ihm seit einiger Zeit beliebt hat, den witzigen Kopf und den starken Geist zu spielen, wie er sich denn auch in seinen Korrespondenzen, deren er in allen Weltgegenden unterhält, nur den Prince philosophe nennen läßt. Ich weiß nicht, ob Sie je das Glück gehabt haben, ihn zu sehen. Ein vielversprechendes Äußere, beschäftigte Augen, eine Miene voll Kunstverständigkeit, viel Prunk von Lektüre, viel erworbene Natur (vergönnen Sie mir dieses Wort) und eine fürstliche Herablassung zu Menschengefühlen, dabei eine heroische Zuversicht auf sich selbst und eine alles niedersprechende Beredsamkeit. Wer könnte bei so glänzenden Eigenschaften einer K. H. seine Huldigung versagen? Wie indessen der stille, wortarme und gründliche Wert unsers Prinzen neben dieser schreienden Vortrefflichkeit auskommen wird, muß der Ausgang lehren.
In unsrer Einrichtung sind seit der Zeit viele und große Verän-

derungen geschehen. Wir haben ein neues prächtiges Haus, der neuen Prokuratie gegenüber, bezogen, weil es dem Prinzen im ›Mohren‹ zu eng wurde. Unsre Suite hat sich um zwölf Köpfe vermehrt, Pagen, Mohren, Heiducken u. d. m. – alles geht jetzt ins Große. Sie haben während Ihres Hierseins über Aufwand geklagt – jetzt sollten Sie erst sehen!

Unsre innern Verhältnisse sind noch die alten – außer daß der Prinz, der durch Ihre Gegenwart nicht mehr in Schranken gehalten wird, womöglich noch einsilbiger und frostiger gegen uns geworden ist, und daß wir ihn jetzt außer dem An- und Auskleiden wenig haben. Unter dem Vorwand, daß wir das Französische schlecht und das Italienische gar nicht reden, weiß er uns von seinen mehresten Gesellschaften auszuschließen, wodurch er mir für meine Person eben keine große Kränkung antut; aber ich glaube, das Wahre davon einzusehen: er schämt sich unserer – und das schmerzt mich, das haben wir nicht verdient.

Von unsern Leuten (weil Sie doch alle Kleinigkeiten wissen wollen) bedient er sich jetzt fast ganz allein des Biondello, den er, wie Sie wissen, nach Entweichung unsers Jägers in seine Dienste nahm und der ihm jetzt bei dieser neuen Lebensart ganz unentbehrlich geworden ist. Der Mensch kennt alles in Venedig, und alles weiß er zu gebrauchen. Es ist nicht anders, als wenn er tausend Augen hätte, tausend Hände in Bewegung setzen könnte. Er bewerkstelligte dieses mit Hülfe der Gondoliers, sagt er. Dem Prinzen kommt er dadurch ungemein zustatten, daß er ihn vorläufig mit allen neuen Gesichtern bekannt macht, die diesem in seinen Gesellschaften vorkommen; und die geheimen Notizen die er gibt, hat der Prinz immer richtig befunden. Dabei spricht und schreibt er das Italienische und das Französische vortrefflich, wodurch er sich auch bereits zum Sekretär des Prinzen aufgeschwungen hat. Einen Zug von uneigennütziger Treue muß ich Ihnen doch erzählen, der bei einem Menschen dieses Standes in der Tat selten ist. Neulich ließ ein angesehener Kaufmann aus Rimini bei dem Prinzen um Gehör ansuchen. Der Gegenstand war eine sonderbare Beschwerde über Biondello. Der Prokurator, sein voriger Herr, der ein wunderlicher Heiliger gewesen sein mochte, hatte mit seinen Verwandten in unversöhnlicher Feindschaft gelebt, die ihn auch, wo möglich, noch überleben sollte. Sein ganzes ausschließendes Vertrauen hatte Biondello, bei dem er alle Geheimnisse niederzulegen pflegte; dieser mußte ihm noch am Todbette angeloben, sie heilig zu bewahren und zum Vorteil der Verwandten niemals Gebrauch davon zu machen; ein ansehnliches Legat sollte ihn für diese Verschwiegenheit belohnen. Als man sein Testament eröffnete und seine Papiere durchsuchte, fanden sich große Lücken und Verwirrungen, worüber Biondello allein den Aufschluß geben konnte. Dieser leugnete hartnäckig, daß er etwas wisse, ließ den Erben das sehr beträchtliche Legat und behielt seine Geheimnisse. Große Erbietungen wurden ihm von seiten der Verwandten getan, aber alle vergeblich; endlich, um ihrem Zudringen zu entgehen, weil sie drohten, ihn rechtlich zu belangen, begab er sich bei dem Prinzen in Dienste. An diesen wandte sich nun der Haupterbe, dieser Kaufmann, und tat noch größere Erbietungen, als die schon geschehen waren, wenn Biondello seinen Sinn ändern wollte. Aber auch die Fürsprache des Prinzen war umsonst. Diesem gestand er zwar, daß ihm wirklich dergleichen Geheimnisse anvertraut wären, er leugnete auch nicht, daß der Verstorbene im Haß gegen seine Familie vielleicht zu weit gegangen sei; »aber«, setzte er hinzu, »er war mein guter Herr und mein Wohltäter, und im festen Vertrauen auf meine Redlichkeit starb er hin. Ich war der einzige Freund, den er auf der Welt verließ – um so weniger darf ich seine einzige Hoffnung hintergehen.« Zugleich ließ er merken, daß diese Eröffnungen dem Andenken seines verstorbenen Herrn nicht sehr zur Ehre gereichen dürften. Ist das nicht fein gedacht und edel? Auch können Sie leicht denken, daß der Prinz nicht sehr darauf beharrte, ihn in einer so löblichen Gesinnung

wankend zu machen. Diese seltene Treue, die er gegen seinen verstorbenen Herrn bewies, hat ihm das uneingeschränkte Vertrauen des lebenden gewonnen.
Leben Sie glücklich, liebster Freund. Wie sehne ich mich nach dem stillen Leben zurück, in welchem Sie uns hier fanden, und wofür Sie uns so angenehm entschädigten! Ich fürchte, meine guten Zeiten in Venedig sind vorbei, und Gewinn genug, wenn von dem Prinzen nicht das nämliche wahr ist. Das Element, worin er jetzt lebt, ist dasjenige nicht, worin er in die Länge glücklich sein kann, oder eine sechzehnjährige Erfahrung müßte mich betrügen. Leben Sie wohl.

*Baron von F*** an den Grafen von O***
Zweiter Brief

18. Mai.

Hätt ich doch nicht gedacht, daß unser Aufenthalt in Venedig noch zu irgend etwas gut sein würde! Er hat einem Menschen das Leben gerettet, ich bin mit ihm ausgesöhnt.
Der Prinz ließ sich neulich bei später Nacht aus dem Bucentauro nach Hause tragen, zwei Bediente, unter denen Biondello war, begleiteten ihn. Ich weiß nicht, wie es zugeht, die Sänfte, die man in der Eile aufgerafft hatte, zerbricht, und der Prinz sieht sich genötigt, den Rest des Weges zu Fuße zu machen. Biondello geht voran, der Weg führte durch einige dunkle abgelegene Straßen, und da es nicht weit mehr von Tages Anbruch war, so brannten die Lampen dunkel oder waren schon ausgegangen. Eine Viertelstunde mocht man gegangen sein, als Biondello die Entdeckung machte, daß er verirrt sei. Die Ähnlichkeit der Brücken hatte ihn getäuscht, und anstatt in St. Markus überzusetzen, befand man sich im Sestiere von Castello. Es war in einer der abgelegensten Gassen und nichts Lebendes weit und breit; man mußte umkehren, um sich in einer Hauptstraße zu orientieren. Sie sind nur wenige Schritte gegangen, als nicht weit von ihnen in einer Gasse ein Mordgeschrei erschallt.

Der Prinz, unbewaffnet wie er war, reißt einem Bedienten den Stock aus den Händen, und mit dem entschlossenen Mut, den Sie an ihm kennen, nach der Gegend zu, woher diese Stimme erschallte. Drei fürchterliche Kerls sind eben im Begriff, einen vierten niederzustoßen, der sich mit seinem Begleiter nur noch schwach verteidigt; der Prinz erscheint noch eben zu rechter Zeit, um den tödlichen Stich zu hindern. Sein und der Bedienten Rufen bestürzt die Mörder, die sich an einem so abgelegenen Ort auf keine Überraschung versehen hatten, daß sie nach einigen leichten Dolchstichen von ihrem Manne ablassen und die Flucht ergreifen. Halb ohnmächtig und vom Ringen erschöpft, sinkt der Verwundete in den Arm des Prinzen; sein Begleiter entdeckt diesem, daß er den Marchese von Civitella, den Neffen des Kardinals A***i, gerettet habe. Da der Marchese viel Blut verlor, so machte Biondello, so gut er konnte, in der Eile den Wundarzt, und der Prinz trug Sorge, daß er nach dem Palast seines Oheims geschafft wurde, der am nächsten gelegen war und wohin er ihn selbst begleitete. Hier verließ er ihn in der Stille und ohne sich zu erkennen gegeben zu haben.
Aber durch einen Bedienten, der Biondello erkannt hatte, ward er verraten. Gleich den folgenden Morgen erschien der Kardinal, eine alte Bekanntschaft aus dem Bucentauro. Der Besuch dauerte eine Stunde; der Kardinal war in großer Bewegung, als sie herauskamen, Tränen standen in seinen Augen, auch der Prinz war gerührt. Noch an demselben Abend wurde bei dem Kranken ein Besuch abgestattet, von dem der Wundarzt übrigens das Beste versichert. Der Mantel, in den er gehüllt war, hatte die Stöße unsicher gemacht und ihre Stärke gebrochen. Seit diesem Vorfall verstrich kein Tag, an welchem der Prinz nicht im Hause des Kardinals Besuche gegeben oder empfangen hätte, und eine starke Freundschaft fängt an, sich zwischen ihm und diesem Hause zu bilden.
Der Kardinal ist ein ehrwürdiger Sechziger, majestätisch von Ansehn, voll Heiterkeit und frischer Gesundheit. Man hält ihn

für einen der reichsten Prälaten im ganzen Gebiete der Republik. Sein unermeßliches Vermögen soll er noch sehr jugendlich verwalten und bei einer vernünftigen Sparsamkeit keine Weltfreude verschmähen. Dieser Neffe ist sein einziger Erbe, der aber mit seinem Oheim nicht immer im besten Vernehmen stehen soll. So wenig der Alte ein Feind des Vergnügens ist, so soll doch die Aufführung des Neffen auch die höchste Toleranz erschöpfen. Seine freien Grundsätze und seine zügellose Lebensart, unglücklicherweise durch alles unterstützt, was Laster schmücken und die Sinnlichkeit hinreißen kann, machen ihn zum Schrecken aller Väter und zum Fluch aller Ehemänner; auch diesen letzten Angriff soll er sich, wie man behauptet, durch eine Intrige zugezogen haben, die er mit der Gemahlin des **schen Gesandten angesponnen hatte; anderer schlimmen Händel nicht zu gedenken, woraus ihn das Ansehen und das Geld des Kardinals nur mit Mühe hat retten können. Dieses abgerechnet, wäre letzterer der beneidetste Mann in ganz Italien, weil er alles besitzt, was das Leben wünschenswürdig machen kann. Mit diesem einzigen Familienleiden nimmt das Glück alle seine Gaben zurück und vergällt ihm den Genuß seines Vermögens durch die immerwährende Furcht, keinen Erben dazu zu finden.
Alle diese Nachrichten habe ich von Biondello. In diesem Menschen hat der Prinz einen wahren Schatz erhalten. Mit jedem Tage macht er sich unentbehrlicher, mit jedem Tage entdecken wir irgendein neues Talent an ihm. Neulich hatte sich der Prinz erhitzt und konnte nicht einschlafen. Das Nachtlicht ward ausgelöscht, und kein Klingeln konnte den Kammerdiener erwekken, der außer dem Hause seinen Liebschaften nachgegangen war. Der Prinz entschließt sich also, selbst aufzustehen, um einen seiner Leute zu errufen. Er ist noch nicht weit gegangen, als ihm von ferne eine liebliche Musik entgegenschallt. Er geht wie bezaubert dem Schall nach und findet Biondello auf seinem Zimmer auf der Flöte blasend, seine Kameraden um ihn her. Er

will seinen Augen, seinen Ohren nicht trauen und befiehlt ihm fortzufahren. Mit einer bewundernswürdigen Leichtigkeit extemporiert dieser nun dasselbe schmelzende Adagio mit den glücklichsten Variationen und allen Feinheiten eines Virtuosen. Der Prinz, der ein Kenner ist, wie Sie wissen, behauptet, daß er sich getrost in der besten Kapelle hören lassen dürfte.
»Ich muß diesen Menschen entlassen«, sagte er mir den Morgen darauf; »ich bin unvermögend, ihn nach Verdienst zu belohnen.« Biondello, der diese Worte aufgefangen hatte, trat herzu.
»Gnädigster Herr«, sagte er, »wenn Sie das tun, so rauben Sie mir meine beste Belohnung.«
»Du bist zu etwas Besserm bestimmt, als zu dienen«, sagte mein Herr. »Ich darf dir nicht vor deinem Glücke sein.«
»Dringen Sie mir doch kein anderes Glück auf, gnädigster Herr, als das ich mir selbst gewählt habe.«
»Und ein solches Talent zu vernachlässigen – Nein! Ich darf es nicht zugeben.«
»So erlauben Sie mir, gnädigster Herr, daß ich es zuweilen in Ihrer Gegenwart übe.«
Und dazu wurden auch sogleich die Anstalten getroffen. Biondello erhielt ein Zimmer zunächst am Schlafgemach seines Herrn, wo er ihn mit Musik in den Schlummer wiegen und mit Musik daraus erwecken kann. Seinen Gehalt wollte der Prinz verdoppeln, welches er aber verbat, mit der Erklärung: der Prinz möchte ihm erlauben, diese zugedachte Gnade als ein Kapital bei ihm zu deponieren, welches er vielleicht in kurzer Zeit nötig haben würde zu erheben. Der Prinz erwartet nunmehr, daß er nächstens kommen werde, um etwas zu bitten; und was es auch sein möge, es ist ihm zum voraus gewährt. Leben Sie wohl, liebster Freund. Ich erwarte mit Ungeduld Nachrichten aus K***n.

*Baron von F*** an den Grafen von O***
Dritter Brief

4. Junius.

Der Marchese von Civitella, der von seinen Wunden nun ganz wiederhergestellt ist, hat sich vorige Woche durch seinen Onkel, den Kardinal, bei dem Prinzen einführen lassen, und seit diesem Tage folgt er ihm wie sein Schatten. Von diesem Marchese hat mir Biondello doch nicht die Wahrheit gesagt, wenigstens hat er sie weit übertrieben. Ein sehr liebenswürdiger Mensch von Ansehn und unwiderstehlich im Umgang. Es ist nicht möglich, ihm gram zu sein; der erste Anblick hat mich erobert. Denken Sie sich die bezauberndste Figur, mit Würde und Anmut getragen, ein Gesicht voll Geist und Seele, eine offne einladende Miene, einen einschmeichelnden Ton der Stimme, die fließendste Beredsamkeit, die blühendste Jugend mit allen Grazien der feinsten Erziehung vereinigt. Er hat gar nichts von dem geringschätzigen Stolz, von der feierlichen Steifheit, die uns an den übrigen Nobili so unerträglich fällt. Alles an ihm atmet jugendliche Frohherzigkeit, Wohlwollen, Wärme des Gefühls. Seine Ausschweifungen muß man mir weit übertrieben haben, nie sah ich ein vollkommneres, schöneres Bild der Gesundheit. Wenn er wirklich so schlimm ist, als mir Biondello sagt, so ist er eine Sirene, der kein Mensch widerstehen kann.

Gegen mich war er gleich sehr offen. Er gestand mir mit der angenehmsten Treuherzigkeit, daß er bei seinem Onkel, dem Kardinal, nicht am besten angeschrieben stehe und es auch wohl verdient haben möge. Er sei aber ernstlich entschlossen, sich zu bessern, und das Verdienst davon würde ganz dem Prinzen zufallen. Zugleich hoffe er, durch diesen mit seinem Onkel wieder ausgesöhnt zu werden, weil der Prinz alles über den Kardinal vermöge. Es habe ihm bis jetzt nur an einem Freunde und Führer gefehlt, und beides hoffe er sich in dem Prinzen zu erwerben.

Der Prinz bedient sich auch aller Rechte eines Führers gegen ihn und behandelt ihn mit der Wachsamkeit und Strenge eines Mentors. Aber eben dieses Verhältnis gibt auch ihm gewisse Rechte an den Prinzen, die er sehr gut geltend zu machen weiß. Er kommt ihm nicht mehr von der Seite, er ist bei allen Partien, an denen der Prinz teilnimmt; für den Bucentauro ist er – und das ist sein Glück! bis jetzt nur zu jung gewesen. Überall, wo er sich mit dem Prinzen einfindet, entführt er diesen der Gesellschaft, durch die feine Art, womit er ihn zu beschäftigen und auf sich zu ziehen weiß. Niemand, sagen sie, habe ihn bändigen können, und der Prinz verdiene eine Legende, wenn ihm dieses Riesenwerk gelänge. Ich fürchte aber sehr, das Blatt möchte sich vielmehr wenden und der Führer bei seinem Zögling in die Schule gehen, wozu sich auch bereits alle Umstände anzulassen scheinen.

Der Prinz von **d** ist nun abgereist und zwar zu unserm allerseitigen Vernügen, auch meinen Herrn nicht ausgenommen. Was ich vorausgesagt habe, liebster O**, ist auch richtig eingetroffen. Bei so entgegengesetzten Charakteren, bei so unvermeidlichen Kollisionen konnte dieses gute Vernehmen auf die Dauer nicht bestehen. Der Prinz von **d** war nicht lange in Venedig, so entstand ein bedenkliches *Schisma* in der spirituellen Welt, das unsern Prinzen in Gefahr setzte, die Hälfte seiner bisherigen Bewunderer zu verlieren. Wo er sich nur sehen ließ, fand er diesen Nebenbuhler in seinem Wege, der gerade die gehörige Dosis kleiner List und selbstgefälliger Eitelkeit besaß, um jeden noch so kleinen Vorteil geltend zu machen, den ihm der Prinz über sich gab. Weil ihm zugleich alle kleinliche Kunstgriffe zu Gebote standen, deren Gebrauch dem Prinzen ein edles Selbstgefühl untersagte, so konnte es nicht fehlen, daß er nicht in kurzer Zeit die Schwachköpfe auf seiner Seite hatte und an der Spitze eine Partie prangte, die seiner würdig war.*.

* Das harte Urteil, welches sich der Baron von F*** hier und in einigen Stellen des ersten Briefs über einen geistreichen Prinzen erlaubt, wird jeder, der das

Das Vernünftigste wäre freilich wohl gewesen, mit einem Gegner dieser Art sich in gar keinen Wettkampf einzulassen, und einige Monate früher wäre dies gewiß die Partie gewesen, welche der Prinz ergriffen hätte. Jetzt aber war er schon zu weit in den Strom gerissen, um das Ufer so schnell wieder erreichen zu können. Diese Nichtigkeiten hatten, wenn auch nur durch die Umstände, einen gewissen Wert bei ihm erlangt, und hätte er sie auch wirklich verachtet, so erlaubte ihm sein Stolz nicht, ihnen in einem Zeitpunkte zu entsagen, wo sein Nachgeben weniger für einen freiwilligen Entschluß als für ein Geständnis seiner Niederlage würde gegolten haben. Das unselige Hin- und Widerbringen schneidender Reden von beiden Seiten kam dazu, und der Geist von Rivalität, der seine Anhänger erhitzte, hatte auch ihn ergriffen. Um also seine Eroberungen zu bewahren, um sich auf dem schlüpfrigen Platze zu erhalten, den ihm die Meinung der Welt angewiesen hatte, glaubte er die Gelegenheiten häufen zu müssen, wo er glänzen und verbinden konnte, und dies konnte nur durch einen fürstlichen Aufwand erreicht werden; daher ewige Feste und Gelage, kostbare Konzerte, Präsente und hohes Spiel. Und weil sich diese seltsame Raserei bald auch der beiderseitigen Suite und Dienerschaft mitteilte, die, wie Sie wissen, über den Artikel der Ehre noch weit wachsamer zu halten pflegt als ihre Herrschaft, so mußte er dem guten Willen seiner Leute durch seine Freigebigkeit zu Hülfe kommen. Eine ganze lange Kette von Armseligkeiten, alles unvermeidliche Folgen einer einzigen ziemlich verzeihlichen Schwachheit, von der sich der Prinz in einem unglücklichen Augenblick überschleichen ließ!

Den Nebenbuhler sind wir zwar nun los, aber was er verdorben hat, ist nicht leicht wieder gutzumachen. Des Prinzen Schatulle ist erschöpft; was er durch eine weise Ökonomie seit Jahren er-

Glück hat, diesen Prinzen näher zu kennen, mit mir übertrieben finden und es dem eingenommenen Kopfe dieses jugendlichen Beurteilers zu gute halten. *Anm. des Grafen von O**.*

spart hat, ist dahin; wir müssen eilen, aus Venedig zu kommen, wenn er sich nicht in Schulden stürzen soll, wovor er sich bis jetzt auf das sorgfältigste gehütet hat. Die Abreise ist auch fest beschlossen, sobald nur erst frische Wechsel da sind.

Möchte indes aller dieser Aufwand gemacht sein, wenn mein Herr nur eine einzige Freude dabei gewonnen hätte! Aber nie war er weniger glücklich als jetzt! Er fühlt, daß er nicht ist, was er sonst war – er sucht sich selbst – er ist unzufrieden mit sich selbst und stürzt sich in neue Zerstreuungen, um den Folgen der alten zu entfliehen. Eine neue Bekanntschaft folgt auf die andre, die ihn immer tiefer hineinreißt. Ich sehe nicht, wie das noch werden soll. Wir müssen fort – hier ist keine andre Rettung – wir müssen fort aus Venedig.

Aber, liebster Freund, noch immer keine Zeile von Ihnen! Wie muß ich dieses lange hartnäckige Schweigen mir erklären?

*Baron von F*** an den Grafen von O***
Vierter Brief

12. Junius.

Haben Sie Dank, liebster Freund, für das Zeichen Ihres Andenkens, das mir der junge B***hl von Ihnen überbrachte. Aber was sprechen Sie darin von Briefen, die ich erhalten haben soll? Ich habe keinen Brief von Ihnen erhalten, nicht eine Zeile. Welchen weiten Umweg müssen die genommen haben! Künftig, liebster O**, wenn Sie mich mit Briefen beehren, senden Sie solche über Trient und unter der Adresse meines Herrn.

Endlich haben wir den Schritt doch tun müssen, liebster Freund, den wir bis jetzt so glücklich vermieden haben. – Die Wechsel sind ausgeblieben, jetzt in diesem dringendsten Bedürfnis zum erstenmal ausgeblieben, und wir waren in die Notwendigkeit gesetzt, unsre Zuflucht zu einem Wucherer zu nehmen, weil der Prinz das Geheimnis gern etwas teurer bezahlt. Das Schlimmste an diesem unangenehmen Vorfall ist, daß er unsre Abreise verzögert.

Bei dieser Gelegenheit kam es zu einigen Erläuterungen zwischen mir und dem Prinzen. Das ganze Geschäft war durch Biondellos Hände gegangen, und der Ebräer war da, eh ich etwas davon ahndete. Den Prinzen zu dieser Extremität gebracht zu sehen, preßte mir das Herz und machte alle Erinnerungen der Vergangenheit, alle Schrecken für die Zukunft in mir lebendig, daß ich freilich etwas grämlich und düster ausgesehen haben mochte, als der Wucherer hinaus war. Der Prinz, den der vorhergehende Auftritt ohnehin sehr reizbar gemacht hatte, ging mit Unmut im Zimmer auf und nieder, die Rollen lagen noch auf dem Tische, ich stand am Fenster und beschäftigte mich, die Scheiben in der Prokuratie zu zählen, es war eine lange Stille; endlich brach er los.

»F***!« fing er an. »Ich kann keine finstern Gesichter um mich leiden.«

Ich schwieg.

»Warum antworten Sie mir nicht? – Seh ich nicht, daß es Ihnen das Herz abdrücken will, Ihren Verdruß auszugießen? Und ich will haben, daß Sie reden. Sie dürfen sonst wunder glauben, was für weise Dinge Sie verschweigen.«

»Wenn ich finster bin, gnädigster Herr«, sagte ich, »so ist es nur, weil ich *Sie* nicht heiter sehe.«

»Ich weiß«, fuhr er fort, »daß ich Ihnen nicht recht bin – schon seit geraumer Zeit – daß alle meine Schritte mißbilligt werden – daß – Was schreibt der Graf von O**?«

»Der Graf von O** hat mir nichts geschrieben.«

»Nichts? Was wollen Sie es leugnen? Sie haben Herzensergießungen zusammen – Sie und der Graf! Ich weiß es recht gut. Aber gestehen Sie mir's immer. Ich werde mich nicht in Ihre Geheimnisse eindringen.«

»Der Graf von O**«, sagte ich, »hat mir von drei Briefen, die ich ihm schrieb, noch den ersten zu beantworten.«

»Ich habe Unrecht getan«, fuhr er fort. »Nicht wahr?« (eine Rolle ergreifend) – »Ich hätte das nicht tun sollen?«

»Ich sehe wohl ein, daß dies *notwendig* war.«
»Ich hätte mich nicht in die Notwendigkeit setzen sollen?«
Ich schwieg.
»Freilich! Ich hätte mich mit meinen Wünschen, nie über *das* hinauswagen sollen und darüber zum Greis werden, wie ich zum Mann geworden bin! Weil ich aus der traurigen Einförmigkeit meines bisherigen Lebens einmal herausgehe und herumschaue, ob sich nicht irgend anderswo eine Quelle des Genusses für mich öffnet – weil ich –«
»Wenn es ein Versuch war, gnädigster Herr, dann hab ich nichts mehr zu sagen – dann sind die Erfahrungen, die er Ihnen verschafft haben wird, mit noch dreimal so viel nicht zu teuer erkauft. Es tat mir weh, ich gesteh es, daß die Meinung der Welt über eine Frage, *wie* Sie glücklich sein sollen, zu entscheiden haben sollte.«
»Wohl Ihnen, daß Sie sie verachten können, die Meinung der Welt! Ich bin ihr Geschöpf, ich muß ihr Sklave sein. Was sind wir anders als Meinung? Alles an uns Fürsten ist Meinung. Die Meinung ist unsre Amme und Erzieherin in der Kindheit, unsre Gesetzgeberin und Geliebte in männlichen Jahren, unsre Krücke im Alter. Nehmen Sie uns, was wir von der Meinung haben, und der Schlechteste aus den übrigen Klassen ist besser daran als wir; denn sein Schicksal hat ihm doch zu einer Philosophie verholfen, welche ihn über dieses Schicksal tröstet. Ein Fürst, der die Meinung verlacht, hebt sich selbst auf, wie der Priester, der das Dasein eines Gottes leugnet.«
»Und dennoch, gnädigster Prinz –«
»Ich weiß, was Sie sagen wollen. Ich kann den Kreis überschreiten, den meine Geburt um mich gezogen hat – aber kann ich auch alle Wahnbegriffe aus meinem Gedächtnis herausreißen, die Erziehung und frühe Gewohnheit darein gepflanzt und hunderttausend Schwachköpfe unter euch immer fester und fester darin gegründet haben? Jeder will doch gern *ganz* sein, was *er ist*, und unsre Existenz ist nun einmal, *glücklich scheinen*. Weil

wir es nicht *sein* können auf eure Weise, sollen wir es darum gar nicht sein? Wenn wir die Freude aus ihrem reinen Quell unmittelbar nicht mehr schöpfen dürfen, sollen wir uns auch nicht mit einem künstlichen Genuß hintergehen, nicht von eben der Hand, die uns beraubte, eine schwache Entschädigung empfangen dürfen?«

»Sonst fanden Sie *diese* In Ihrem Herzen.«

»Wenn ich sie nun nicht mehr darin finde? – O wie kommen wir darauf? Warum mußten Sie diese Erinnerungen in mir aufwekken? – Wenn ich nun eben zu diesem Sinnentumult meine Zuflucht nahm, um eine innere Stimme zu betäuben, die das Unglück meines Lebens macht – um diese grübelnde Vernunft zur Ruhe zu bringen, die wie eine schneidende Sichel in meinem Gehirn hin- und herfährt und mit jeder neuen Forschung einen neuen Zweig meiner Glückseligkeit zerschneidet?«

»Mein bester Prinz!« – Er war aufgestanden und ging im Zimmer herum, in ungewöhnlicher Bewegung.

»Wenn alles vor mir und hinter mir versinkt – die Vergangenheit im traurigen Einerlei wie ein Reich der Versteinerung hinter mir liegt – wenn die Zukunft mir nichts bietet – wenn ich meines Daseins ganzen Kreis im schmalen Raume der Gegenwart beschlossen sehe – wer verargt es mir, daß ich dieses magre Geschenk der Zeit – den Augenblick – feurig und unersättlich wie einen Freund, den ich zum letzten Male sehe, in meine Arme schließe?«

»Gnädigster Herr, sonst glauben Sie an ein bleibenderes Gut –«

»O machen Sie, daß mir das Wolkenbild halte, und ich will meine glühenden Arme darum schlagen. Was für Freude kann es mir geben, Erscheinungen zu beglücken, die morgen dahin sein werden wie ich? – Ist nicht alles Flucht um mich herum? Alles stößt sich und drängt seinen Nachbar weg, aus dem Quell des Daseins einen Tropfen eilends zu trinken und lechzend davonzugehen. Jetzt in dem Augenblicke, wo ich meiner Kraft mich freue, ist schon ein werdendes Leben an meine Zerstörung angewiesen. Zeigen Sie mir etwas, das dauert, so will ich tugendhaft sein.«

»Was hat denn die wohltätigen Empfindungen verdrängt, die einst der Genuß und die Richtschnur Ihres Lebens waren? Saaten für die Zukunft zu pflanzen, einer hohen ewigen Ordnung zu dienen –«

»Zukunft! Ewige Ordnung! – Nehmen wir hinweg, was der Mensch aus seiner eigenen Brust genommen und seiner eingebildeten Gottheit als Zweck, der Natur als Gesetz untergeschoben hat – was bleibt uns dann übrig? – Was mir vorherging und was mir folgen wird, sehe ich als zwei schwarze und undurchdringliche Decken an, die an beiden Grenzen des menschlichen Lebens herunterhangen und welche noch kein Lebender aufgezogen hat. Schon viele hundert Generationen stehen mit der Fackel davor und raten, was etwa dahinter sein möchte. Viele sehen ihren eigenen Schatten, die Gestalten ihrer Leidenschaft, vergrößtert auf der Decke der Zukunft sich bewegen und fahren schaudernd vor ihrem eigenen Bilde zusammen. Dichter, Philosophen und Staatenstifter haben sie mit ihren Träumen bemalt, lachender oder finstrer, wie der Himmel über ihnen trüber oder heiterer war; und von weitem täuschte die Perspektive. Auch manche Gaukler nützten diese allgemeine Neugier und setzten durch seltsame Vermummungen die gespannten Phantasien in Erstaunen. Eine tiefe Stille herrscht hinter dieser Decke; keiner, der einmal dahinter ist, antwortet hinter ihr hervor; alles, was man hörte, war ein hohler Widerhall der Frage, als ob man in eine Gruft gerufen hätte. Hinter diese Decke müssen alle, und mit Schaudern fassen sie sie an, ungewiß, wer wohl dahinter stehe und sie in Empfang nehmen werde; quid sit id, quod tantum perituri vident. Freilich gab es auch Ungläubige darunter, die behaupteten, daß diese Decke die Menschen nur narre und daß man nichts beobachtet hätte, weil auch nichts dahinter sei; aber um sie zu überweisen, schickte man sie eilig dahinter.«

»Ein rascher Schluß war es immer, wenn sie keinen bessern Grund hatten, als weil sie nichts sahen.«

»Sehen Sie nun, lieber Freund, ich bescheide mich gern, nicht hinter diese Decke blicken zu wollen – und das Weiseste wird doch wohl sein, mich von aller Neugier zu entwöhnen. Aber indem ich diesen unüberschreitbaren Kreis um mich ziehe und mein ganzes Sein in die Schranken der Gegenwart einschließe, wird mir dieser kleine Fleck desto wichtiger, den ich schon über eiteln Eroberungsgedanken zu vernachlässigen in Gefahr war. Das, was Sie den Zeck meines Daseins nennen, geht mich jetzt nichts mehr an. Ich kann mich ihm nicht entziehen, ich kann ihm nicht nachhelfen; ich weiß aber und glaube fest, daß ich einen solchen Zweck erfüllen muß und erfülle. Ich bin einem Boten gleich, der einen versiegelten Brief an den Ort seiner Bestimmung trägt. Was er enthält, kann ihm einerlei sein – er hat nichts als sein Botenlohn dabei zu verdienen.«

»O wie arm lassen Sie mich stehn!«

»Aber wohin haben wir uns verirret?« rief jetzt der Prinz aus, indem er lächelnd auf den Tisch sah, wo die Rollen lagen. »Und doch nicht so sehr verirret!« setzte er hinzu – »denn vielleicht werden Sie mich jetzt in dieser neuen Lebensart wiederfinden. Auch ich konnte mich nicht so schnell von dem eingebildeten Reichtum entwöhnen, die Stützen meiner Moralität und meiner Glückseligkeit nicht so schnell von dem lieblichen Traume ablösen, mit welchem alles, was bis jetzt in mir gelebt hatte, so fest verschlungen war. Ich sehnte mich nach dem Leichtsinne, der das Dasein der mehresten Menschen um mich her erträglich macht. Alles, was mich mir selbst entführte, war mir willkommen. Soll ich es Ihnen gestehn? Ich wünschte zu *sinken*, um diese Quelle meines Leidens auch mit der Kraft dazu zu zerstören.«

Hier unterbrach uns ein Besuch – Künftig werde ich Sie von einer Neuigkeit unterhalten, die Sie wohl schwerlich auf ein Gespräch wie das heutige erwarten dürften. Leben Sie wohl.

*Baron von F*** an den Grafen von O***
Fünfter Brief

1. Julius.

Da unser Abschied von Venedig nunmehr mit starken Schritten herannahet, so sollte diese Woche noch dazu angewandt werden, alles Sehenswürdige an Gemälden und Gebäuden noch nachzuholen, was man bei einem langen Aufenthalt immer verschiebt. Besonders hatte man uns mit vieler Bewunderung von der Hochzeit zu Kana des Paul Veronese gesprochen, die auf der Insel St. Georg in einem dortigen Benediktinerkloster zu sehen ist. Erwarten Sie von mir keine Beschreibung dieses außerordentlichen Kunstwerks, das mir im ganzen zwar einen sehr überraschenden, aber nicht sehr genußreichen Anblick gegeben hat. Wir hätten so viele Stunden als Minuten gebraucht, um eine Komposition von hundertundzwanzig Figuren zu umfassen, die über dreißig Fuß in der Breite hat. Welches menschliche Auge kann ein so zusammengesetztes Ganze erreichen und die ganze Schönheit, die der Künstler darin verschwendet hat, in *einem* Eindruck genießen! Schade ist es indessen, daß ein Werk von diesem Gehalte, das an einem öffentlichen Orte glänzen und von jedermann genossen werden sollte, keine bessere Bestimmung hat, als eine Anzahl Mönche in ihrem Refektorium zu vergnügen. Auch die Kirche dieses Klosters verdient nicht weniger gesehen zu werden. Sie ist eine der schönsten in dieser Stadt.

Gegen Abend ließen wir uns in die Giudecca überfahren, um dort in den reizenden Gärten einen schönen Abend zu verleben. Die Gesellschaft, die nicht sehr groß war, zerstreute sich bald, und mich zog Civitella, der schon den ganzen Tag über Gelegenheit gesucht hatte, mich zu sprechen, mit sich in eine Boskage.

»Sie sind der Freund des Prinzen«, fing er an, »vor dem er keine Geheimnisse zu haben pflegt, wie ich von sehr guter Hand weiß. Als ich heute in sein Hotel trat, kam ein Mann heraus, dessen Gewerbe mir bekannt ist – und auf des Prinzen Stirne standen Wolken, als ich zu ihm hereintrat.« – Ich wollte ihn unterbrechen – »Sie können es nicht leugnen«, fuhr er fort, »ich kannte meinen Mann, ich hab ihn sehr gut ins Auge gefaßt – Und wär es möglich? Der Prinz hätte Freunde in Venedig, Freunde, die ihm mit Blut und Leben verpflichtet sind, und sollte dahin gebracht sein, in einem dringenden Falle sich solcher Kreaturen zu bedienen? Seien Sie aufrichtig, Baron! – Ist der Prinz in Verlegenheit? – Sie bemühen sich umsonst, es zu verbergen. Was ich von Ihnen nicht erfahre, ist mir bei meinem Manne gewiß, dem jedes Geheimnis feil ist.«

»Herr Marchese –«

»Verzeihen Sie. Ich muß indiskret scheinen, um nicht ein Undankbarer zu werden. Dem Prinzen dank ich Leben und, was mir weit über das Leben geht, einen vernünftigen Gebrauch des Lebens. Ich sollte den Prinzen Schritte tun sehen, die ihm kosten, die unter seiner Würde sind; es stände in meiner Macht, sie ihm zu ersparen, und ich sollte mich leidend dabei verhalten?«

»Der Prinz ist nicht in Verlegenheit«, sagte ich. »Einige Wechsel, die wir über Trient erwarteten, sind uns unvermutet ausgeblieben. Zufällig ohne Zweifel – oder weil man, in Ungewißheit wegen seiner Abreise, noch eine nähere Weisung von ihm erwartete. Dies ist nun geschehen, und bis dahin –«

Er schüttelte den Kopf. »Verkennen Sie meine Absicht nicht«, sagte er. »Es kann hier nicht davon die Rede sein, meine Verbindlichkeit gegen den Prinzen dadurch zu vermindern – würden alle Reichtümer meines Onkels dazu hinreichen? Die Rede ist davon, ihm einen einzigen unangenehmen Augenblick zu ersparen. Mein Oheim besitzt ein großes Vermögen, worüber ich so gut als über mein Eigentum disponieren kann. Ein glücklicher Zufall führt mir den einzigen möglichen Fall entgegen, daß dem Prinzen von allem, was in meiner Gewalt stehet, etwas nützlich werden kann. Ich weiß«, fuhr er fort, »was die Delikatesse dem Prinzen auflegt – aber sie ist auch gegenseitig – und es wäre großmütig von dem Prinzen gehandelt, mir diese kleine Genugtuung zu gönnen, geschäh es auch nur zum Scheine – um mir die Last von Verbindlichkeit, die mich niederdrückt, weniger fühlbar zu machen.«

Er ließ nicht nach, bis ich ihm versprochen hatte, mein möglichstes dabei zu tun; ich kannte den Prinzen und hoffte darum wenig. Alle Bedingungen wollte er sich von dem letztern gefallen lassen, wiewohl er gestand, daß es ihn empfindlich kränken würde, wenn ihn der Prinz auf dem Fuß eines Fremden behandelte.

Wir hatten uns in der Hitze des Gesprächs weit von der übrigen Gesellschaft verloren und waren eben auf dem Rückweg, als Z*** uns entgegenkam.

»Ich suche den Prinzen bei Ihnen – ist er nicht hier?«

»Eben wollen wir zu ihm. Wir vermuteten, ihn bei der übrigen Gesellschaft zu finden –«

»Die Gesellschaft ist beisammen, aber *er* ist nirgends anzutreffen. Ich weiß gar nicht, wie er uns aus den Augen gekommen ist.«

Hier erinnerte sich Civitella, daß ihm vielleicht eingefallen sein könnte, die anstoßende Kirche zu besuchen, auf die er ihn kurz vorher sehr aufmerksam gemacht hatte. Wir machten uns sogleich auf den Weg, ihn dort aufzusuchen. Schon von weitem entdeckten wir Biondello, der am Eingang der Kirche wartete. Als wir näher kamen, trat der Prinz etwas hastig aus einer Seitentüre; sein Gesicht glühte, seine Augen suchten Biondello, den er herbeirief. Er schien ihm etwas sehr angelegentlich zu befehlen, wobei er immer die Augen auf die Türe richtete, die offen geblieben war. Biondello eilte schnell von ihm in die Kirche – der Prinz, ohne uns gewahr zu werden, drückte sich an uns vorbei, durch die Menge, und eilte zur Gesellschaft zurück, wo er noch vor uns anlangte.

Es wurde beschlossen, in einem offenen Pavillon dieses Gartens das Souper einzunehmen, wozu der Marchese ohne unser Wissen ein kleines Konzert veranstaltet hatte, das ganz auserlesen war. Besonders ließ sich eine junge Sängerin dabei hören, die uns alle durch ihre liebliche Stimme wie durch ihre reizende Figur entzückte. Auf den Prinzen schien nichts Eindruck zu machen; er sprach wenig und antwortete zerstreut, seine Augen waren unruhig nach der Gegend gekehrt, woher Biondello kommen mußte; eine große Bewegung schien in seinem Innern vorzugehen. Civitella fragte, wie ihm die Kirche gefallen hätte; er wußte nichts davon zu sagen. Man sprach von einigen vorzüglichen Gemälden, die sie merkwürdig machten; er hatte keine Gemälde gesehen. Wir merkten, daß unsere Fragen ihn belästigten, und schwiegen. Eine Stunde verging nach der andern, und Biondello kam noch immer nicht. Des Prinzen Ungeduld stieg aufs höchste; er hob die Tafel frühzeitig auf und ging in einer abgelegenen Allee ganz allein mit starken Schritten auf und nieder. Niemand begriff, was ihm begegnet sein mochte. Ich wagte es nicht, ihn um die Ursache einer so seltsamen Veränderung zu befragen; es ist schon lange, daß ich mir die vorigen Vertraulichkeiten nicht mehr bei ihm herausnehme. Mit desto mehr Ungeduld erwartete ich Biondellos Zurückkunft, der mir dieses Rätsel aufklären sollte.

Es war nach zehn Uhr, als der wiederkam. Die Nachrichten, die er dem Prinzen mitbrachte, trugen nichts dazu bei, diesen gesprächiger zu machen. Mißmutig trat er zur Gesellschaft, die Gondel wurde bestellt, und bald darauf fuhren wir nach Hause.

Den ganzen Abend konnte ich keine Gelegenheit finden, Biondello zu sprechen; ich mußte mich also mit meiner unbefriedigten Neugier schlafen legen. Der Prinz hatte uns frühzeitig entlassen; aber tausend Gedanken, die mir durch den Kopf gingen, erhielten mich munter. Lange hört ich ihn über meinem Schlafzimmer auf und nieder gehen; endlich überwältigte mich der Schlaf. Spät nach Mitternacht erweckte mich eine Stimme –

eine Hand fuhr über mein Gesicht; wie ich aufsah, war es der Prinz, der, ein Licht in der Hand, vor meinem Bette stand. Er könne nicht einschlafen, sagte er und bat mich, ihm die Nacht verkürzen zu helfen. Ich wollte mich in meine Kleider werfen – er befahl mir zu bleiben, und setzte sich zu mir vor das Bette.

»Es ist mir heute etwas vorgekommen«, fing er an, »davon der Eindruck aus meinem Gemüte nie mehr verlöschen wird. Ich ging von Ihnen, wie Sie wissen, in die ***Kirche, worauf mich Civitella neugierig gemacht, und die schon von ferne meine Augen auf sich gezogen hatte. Weil weder Sie noch er mir gleich zur Hand waren, so machte ich die wenigen Schritte allein; Biondello ließ ich am Eingange auf mich warten. Die Kirche war ganz leer – eine schaurigkühle Dunkelheit umfing mich, als ich aus dem schwülen, blendenden Tageslicht hineintrat. Ich sah mich einsam in dem weiten Gewölbe, worin eine feierliche Grabstille herrschte. Ich stellte mich in die Mitte des Doms und überließ mich der ganzen Fülle dieses Eindrucks; allmählich traten die großen Verhältnisse dieses majestätischen Baues meinen Augen bemerkbarer hervor, ich verlor mich in ernster ergetzender Betrachtung. Die Abendglocke tönte über mir, ihr Ton verhallte sanft in diesem Gewölbe wie in meiner Seele. Einige Altarstücke hatten von weitem meine Aufmerksamkeit erweckt; ich trat näher, sie zu betrachten; unvermerkt hatte ich diese ganze Seite der Kirche bis zum entgegenstehenden Ende durchwandert. Hier lenkt man um einen Pfeiler einige Treppen hinauf in eine Nebenkapelle, worin mehrere kleinere Altäre und Statuen von Heiligen in Nischen angebracht stehen. Wie ich in die Kapelle zur Rechten hineintrete – höre ich nahe an mir ein zartes Wispern, wie wenn jemand leise spricht – ich wende mich nach dem Tone, und – zwei Schritte von mir fällt mir eine weibliche Gestalt in die Augen – – Nein! ich kann sie nicht nachschildern, diese Gestalt! – Schrecken war meine erste Empfindung, die aber bald dem süßesten Hinstaunen Platz machte.«

»Und diese Gestalt, gnädigster Herr – wissen Sie auch gewiß, daß sie etwas Lebendiges war, etwas Wirkliches, kein bloßes Gemälde, kein Gesicht Ihrer Phantasie?«

»Hören Sie weiter – Es war eine Dame – Nein! Ich hatte bis auf diesen Augenblick dies Geschlecht nie gesehen! – Alles war düster ringsherum, nur durch ein einziges Fenster fiel der untergehende Tag in die Kapelle, die Sonne war nirgends mehr als auf dieser Gestalt. Mit unaussprechlicher Anmut – halb knieend, halb liegend – war sie vor einem Altar hingegossen – der gewagteste, lieblichste, gelungenste Umriß, einzig und unnachahmlich, die schönste Linie in der Natur. Schwarz war ihr Gewand, das sich spannend um den reizendsten Leib, um die niedlichsten Arme schloß und in weiten Falten, wie eine spanische Robe, um sie breitete; ihr langes, lichtblondes Haar, in zwei breite Flechten geschlungen, die durch ihre Schwere losgegangen und unter dem Schleier hervorgedrungen waren, floß in reizender Unordnung weit über den Rücken hinab – eine Hand lag an dem Kruzifixe, und sanft hinsinkend ruhte sie auf der andern. Aber wo finde ich Worte, Ihnen das himmlisch schöne Angesicht zu beschreiben, wo eine Engelseele, wie auf ihrem Thronensitz, die ganze Fülle ihrer Reize ausbreitete? Die Abendsonne spielte darauf, und ihr luftiges Gold schien es mit einer künstlichen Glorie zu umgeben. Können Sie sich die Madonna unsers Florentiners zurückrufen? – Hier war sie ganz, ganz bis auf die unregelmäßigen Eigenheiten, die ich an jenem Bilde so anziehend, so unwiderstehlich fand.«

Mit der Madonna, von der der Prinz hier spricht, verhält es sich so. Kurz nachdem Sie abgereist waren, lernte er einen florentinischen Maler hier kennen, der nach Venedig berufen worden war, um für eine Kirche, deren ich mich nicht mehr entsinne, ein Altarblatt zu malen. Er hatte drei andere Gemälde mitgebracht, die er für die Galerie im Cornarischen Palaste bestimmt hatte. Die Gemälde waren eine Madonna, eine Heloise und eine fast ganz unbekleidete Venus – alle drei von ausnehmender

T. Von Holst, del. W. Chevalier, sculp.

Aus der englischen Ausgabe ›The Ghost-Seer!‹ von 1831

Schönheit und am Werte einander so gleich, daß es beinahe unmöglich war, sich für eines von den dreien ausschließend zu entscheiden. Nur der Prinz blieb nicht einen Augenblick unschlüssig; man hatte sie kaum vor ihm aufgestellt, als das Madonnastück seine ganze Aufmerksamkeit an sich zog; in den beiden übrigen wurde das Genie des Künstlers bewundert, bei diesem vergaß er den Künstler und seine Kunst, um ganz im Anschauen seines Werks zu leben. Er war ganz wunderbar davon gerührt; er konnte sich von dem Stücke kaum losreißen. Der Künstler, dem man wohl ansah, daß er das Urteil des Prinzen im Herzen bekräftige, hatte den Eigensinn, die drei Stücke nicht trennen zu wollen, und forderte 1500 Zechinen für alle. Die Hälfte bot ihm der Prinz für dieses einzige an – der Künstler bestand auf seiner Bedingung, und wer weiß, was noch geschehen wäre, wenn sich nicht ein entschlossener Käufer gefunden hätte. Zwei Stunden darauf waren alle drei Stücke weg; wir haben sie nicht mehr gesehen. Dieses Gemälde kam dem Prinzen jetzt in Erinnerung.

»Ich stand«, fuhr er fort, »ich stand in ihrem Anblick verloren. Sie bemerkte mich nicht, sie ließ sich durch meine Dazwischenkunft nicht stören, so ganz war sie in ihrer Andacht vertieft. Sie betete zu ihrer Gottheit, und ich betete zu ihr – Ja, ich betete sie an – Alle diese Bilder der Heiligen, diese Altäre, diese brennenden Kerzen hatten mich nicht daran erinnert; jetzt zum erstenmal ergriff mich's, als ob ich in einem Heiligtum wäre. Soll ich es Ihnen gestehen? Ich glaubte in diesem Augenblick felsenfest an den, den ihre schöne Hand umfaßt hielt. Ich las ja seine Antwort in ihren Augen. Dank ihrer reizenden Andacht! Sie machte mir ihn wirklich – ich folgte ihr nach durch alle seine Himmel.

Sie stand auf, und jetzt erst kam ich wieder zu mir selbst. Mit schüchterner Verwirrung wich ich auf die Seite; das Geräusch, das ich machte, entdeckte mich ihr. Die unvermutete Nähe eines Mannes mußte sie überraschen, meine Dreistigkeit konnte sie beleidigen; keines von beiden war in dem Blicke, womit sie mich ansah. Ruhe, unaussprechliche Ruhe war darin, und ein gütiges Lächeln spielte um ihre Wangen. Sie kam aus ihrem Himmel – und ich war das erste glückliche Geschöpf, das sich ihrem Wohlwollen anbot. Sie schwebte noch auf der letzten Sprosse des Gebets – sie hatte die Erde noch nicht berührt.

In einer andern Ecke der Kapelle regte es sich nun auch. Eine ältliche Dame war es, die dicht hinter mir von einem Kirchstuhle aufstand. Ich hatte sie bis jetzt nicht wahrgenommen. Sie war nur wenige Schritte von mir, sie hatte alle meine Bewegungen gesehen. Dies bestürzte mich – ich schlug die Augen zu Boden, und man rauschte an mir vorüber.

Ich sah sie den langen Kirchgang hinuntergehen. Die schöne Gestalt ist aufgerichtet – Welche liebliche Majestät! Welcher Adel im Gange! Das vorige Wesen ist es nicht mehr – neue Grazien – eine ganz neue Erscheinung. Langsam gehen sie hinab. Ich folge von weitem und schüchtern, ungewiß, ob ich es wagen soll, sie einzuholen? ob ich es nicht soll? – Wird sie mir keinen Blick mehr schenken? Schenkte sie mir einen Blick, da sie an mir vorüberging und ich die Augen nicht zu ihr aufschlagen konnte? – O wie marterte mich dieser Zweifel!

Sie stehen stille, und ich – kann keinen Fuß von der Stelle setzen. Die ältliche Dame, ihre Mutter oder was sie ihr sonst war, bemerkt die Unordnung in den schönen Haaren und ist geschäftig, sie zu verbessern, indem sie ihr den Sonnenschirm zu halten gibt. O wie viel Unordnung wünschte ich diesen Haaren, wie viel Ungeschicklichkeit diesen Händen!

Die Toilette ist gemacht, und man nähert sich der Türe. Ich beschleunige meine Schritte – Eine Hälfte der Gestalt verschwindet – und wieder eine – nur noch der Schatten ihres zurückfliegenden Kleides – Sie ist weg – Nein, sie kommt wieder. Eine Blume entfiel ihr, sie bückt sich nieder, sie aufzuheben – sie sieht noch einmal zurück und – nach mir? Wen sonst kann ihr Auge in diesen toten Mauern suchen? Also war ich ihr kein

fremdes Wesen mehr – auch mich hat sie zurückgelassen, wie ihre Blume – Lieber F***, ich schäme mich, es Ihnen zu sagen, wie kindisch ich diesen Blick auslegte, der – vielleicht nicht einmal mein war!«
Über das letzte glaubte ich den Prinzen beruhigen zu können.
»Sonderbar«, fuhr der Prinz nach einem tiefen Stillschweigen fort, »kann man etwas nie gekannt, nie vermißt haben und einige Augenblicke später nur in diesem einzigen leben? Kann ein einziger Moment den Menschen in zwei so ungleichartige Wesen zertrennen? Es wäre mir ebenso unmöglich, zu den Freuden und Wünschen des gestrigen Morgens als zu den Spielen meiner Kindheit zurückzukehren, seit ich *das* sah, seitdem dieses Bild hier wohnet – dieses lebendige, mächtige Gefühl in mir: Du kannst nichts mehr lieben als *das*, und in dieser Welt wird nichts anders mehr auf dich wirken.«
»Denken Sie nach, gnädigster Herr, in welcher reizbaren Stimmung Sie waren, als diese Erscheinung Sie überraschte, und wie vieles zusammenkam, Ihre Einbildungskraft zu spannen. Aus dem hellen blendenden Tageslicht, aus dem Gewühle der Straße plötzlich in diese stille Dunkelheit versetzt – ganz den Empfindungen hingegeben, die, wie Sie selbst gestehen, die Stille, die Majestät dieses Orts in Ihnen rege machte – durch Betrachtung schöner Kunstwerke für Schönheit überhaupt empfänglicher gemacht – zugleich allein und einsam Ihrer Meinung nach – und nun auf einmal – in der Nähe – von einer Mädchengestalt überrascht, wo Sie sich keines Zeugen versahen – von einer Schönheit, wie ich Ihnen gerne zugebe, die durch eine vorteilhafte Beleuchtung, eine glückliche Stellung, einen Ausdruck begeisterter Andacht noch mehr erhoben ward – was war natürlicher, als daß Ihre entzündete Phantasie sich etwas Idealisches, etwas überirdisch Vollkommenes daraus zusammensetzte?«
»Kann die Phantasie etwas geben, was sie nie empfangen hat? – und im ganzen Gebiete meiner Darstellung ist nichts, was ich mit diesem Bilde zusammenstellen könnte. Ganz und unverän-

dert, wie im Augenblicke des Schauens, liegt es in meiner Erinnerung; ich habe nichts als dieses Bild – aber Sie könnten mir eine Welt dafür bieten!«

»Gnädigster Prinz, das ist Liebe.«

»Muß es denn notwendig ein Name sein, unter welchem ich glücklich bin? Liebe! – Erniedrigen Sie meine Empfindung nicht mit einem Namen, den tausend schwache Seelen mißbrauchen! Welcher andere hat gefühlt, was ich fühle? Ein solches Wesen war noch nicht vorhanden – wie kann der Name früher da sein als die Empfindung? Es ist ein neues, einziges Gefühl, neu entstanden mit diesem neuen einzigen Wesen, und für dieses Wesen nur möglich! – Liebe! Vor der Liebe bin ich sicher!«

»Sie verschickten Biondello – ohne Zweifel, um die Spur Ihrer Unbekannten zu verfolgen, um Erkundigungen von Ihr einzuziehen? Was für Nachrichten brachte er Ihnen zurück?«

»Biondello hat nichts entdeckt – so viel als gar nichts. Er fand sie noch an der Kirchentüre. Ein bejahrter anständig gekleideter Mann, der eher einem hiesigen Bürger als einem Bedienten gleich sah, erschien, sie nach der Gondel zu begleiten. Eine Anzahl Armer stellte sich in Reihen, wie sie vorüberging, und verließ sie mit sehr vergnügter Miene. Bei dieser Gelegenheit, sagt Biondello, wurde eine Hand sichtbar, woran einige kostbare Steine blitzten. Mit ihrer Begleiterin sprach sie einiges, das Biondello nicht verstand; er behauptete, es sei Griechisch gewesen. Da sie eine ziemliche Strecke nach dem Kanal zu gehen hatten, so fing schon etwas Volk an, sich zu sammeln; das Außerordentliche des Anblicks brachte alle Vorübergehende zum Stehen. Niemand kannte sie – Aber die Schönheit ist eine geborne Königin. Alles machte ihr ehrerbietig Platz. Sie ließ einen schwarzen Schleier über das Gesicht fallen, der das halbe Gewand bedeckte, und eilte in die Gondel. Längs dem ganzen Kanal der Giudecca behielt Biondello das Fahrzeug im Gesicht, aber es weiter zu verfolgen, hinderte ihn das Gedränge.«

»Aber den Gondolier hat er sich doch gemerkt, um diesen wenigstens wiederzuerkennen?«

»Den Gondolier getraut er sich ausfündig zu machen; doch ist es keiner von denen, mit denen er Verkehr hat. Die Armen, die er ausfragte, konnten ihm weiter keinen Bescheid geben, als daß Signora sich schon seit einigen Wochen und immer Sonnabends hier zeige und noch allemal ein Goldstück unter sie verteilt habe. Es war ein holländischer Dukaten, den er eingewechselt und mir überbracht hat.«

»Eine Griechin also, und von Stande, wie es scheint, von Vermögen wenigstens, und wohltätig. Das wäre fürs erste genug, gnädigster Herr – genug und fast zu viel! Aber eine Griechin und in einer katholischen Kirche!«

»Warum nicht? Sie kann ihren Glauben verlassen haben. Überdies – etwas Geheimnisvolles ist es immer. – Warum die Woche nur einmal? Warum nur Sonnabends in dieser Kirche, wo diese gewöhnlich verlassen sein soll, wie mir Biondello sagt? – Spätestens der kommende Sonnabend muß dies entscheiden. Aber bis dahin, lieber Freund, helfen Sie mir, diese Kluft von Zeit überspringen! Aber umsonst! Tage und Stunden gehen ihren gelassenen Schritt und mein Verlangen hat Flügel.«

»Und wenn dieser Tag nun erscheint – was dann, gnädigster Herr? Was soll dann geschehen?«

»Was geschehen soll? – Ich werde sie sehen. Ich werde ihren Aufenthalt erforschen. Ich werde erfahren, wer sie ist. – Wer sie ist? – Was kann mich dieses bekümmern? Was *ich sah*, machte mich glücklich, also weiß ich ja schon alles, was mich glücklich machen kann!«

»Und unsere Abreise aus Venedig, die auf den Anfang kommenden Monats festgesetzt ist?«

»Konnte ich im voraus wissen, daß Venedig noch einen solchen Schatz für mich einschließe? – Sie fragen mich aus meinem gestrigen Leben. Ich sage Ihnen, daß ich nur von heute an bin und sein will.«

Jetzt glaubte ich, die Gelegenheit gefunden zu haben, dem Marchese Wort zu halten. Ich machte dem Prinzen begreiflich, daß sein längeres Bleiben in Venedig mit dem geschwächten Zustande seiner Kasse durchaus nicht bestehen könne, und daß, im Fall er seinen Aufenthalt über den zugestandenen Termin verlängerte, auch von seinem Hofe nicht sehr auf Unterstützung würde zu rechnen sein. Bei dieser Gelegenheit erfuhr ich, was mir bis jetzt ein Geheimnis gewesen, daß ihm von seiner Schwester, der regierenden *** von ***, ausschließend vor seinen übrigen Brüdern und heimlich, ansehnliche Zuschüsse bezahlt werden, die sie gerne bereit sei zu verdoppeln, wenn sein Hof ihn im Stiche ließe. Diese Schwester, eine fromme Schwärmerin, wie Sie wissen, glaubt die großen Ersparnisse, die sie bei einem sehr eingeschränkten Hof macht, nirgends besser aufgehoben als bei einem Bruder, dessen weise Wohltätigkeit sie kennt und den sie enthusiastisch verehrt. Ich wußte zwar schon längst, daß zwischen beiden ein sehr genaues Verhältnis stattfindet, auch viele Briefe gewechselt werden; aber weil sich der bisherige Aufwand des Prinzen aus den bekannten Quellen hinlänglich bestreiten ließ, so war ich auf diese verborgene Hülfsquelle nie gefallen. Es ist also klar, daß der Prinz Ausgaben gehabt hat, die mir ein Geheimnis waren und es noch jetzt sind; und wenn ich aus seinem übrigen Charakter schließen darf, so sind es gewiß keine andere, als die ihm zur Ehre gereichen. Und ich konnte mir einbilden, ihn ergründet zu haben? – Um so weniger glaubte ich nach dieser Entdeckung anstehen zu dürfen, ihm das Anerbieten der Marchese zu offenbaren – welches zu meiner nicht geringen Verwunderung ohne alle Schwierigkeit angenommen wurde. Er gab mir Vollmacht, diese Sache mit dem Marchese auf die Art, welche ich für die beste hielt, abzutun und dann sogleich mit dem Wucherer aufzuheben. An seine Schwester sollte unverzüglich geschrieben werden.

Es war Morgen, als wir auseinander gingen. So unangenehm

mir dieser Vorfall aus mehr als einer Ursache ist und sein muß, so ist doch das Allerverdrüßlichste daran, daß er unsern Aufenthalt in Venedig zu verlängern droht. Von dieser anfangenden Leidenschaft erwarte ich viel mehr Gutes als Schlimmes. Sie ist vielleicht das kräftigste Mittel, den Prinzen von seinen metaphysischen Träumereien wieder zur ordinären Menschheit herabzuziehen: sie wird, hoffe ich, die gewöhnliche Krise haben und, wie eine künstliche Krankheit, auch die alte mit sich hinwegnehmen.
Leben Sie wohl, liebster Freund. Ich habe Ihnen alles dies nach frischer Tat hingeschrieben. Die Post geht sogleich; Sie werden diesen Brief mit dem vorhergehenden an *einem* Tage erhalten.

*Baron von F*** an den Grafen von O***
Sechster Brief

20. Julius.

Dieser Civitella ist doch der dienstfertigste Mensch von der Welt. Der Prinz hatte mich neulich kaum verlassen, als schon ein Billet von dem Marchese erschien, worin mir die Sache aufs dringendste empfohlen wurde. Ich schickte ihm sogleich eine Verschreibung in des Prinzen Namen auf 6000 Zechinen; in weniger als einer halben Stunde folgte sie zurück nebst der doppelten Summe, in Wechseln sowohl als barem Gelde. In diese Erhöhung der Summe willigte endlich auch der Prinz; die Verschreibung aber, die nur auf sechs Wochen gestellt war, mußte angenommen werden.
Diese ganze Woche ging in Erkundigungen nach der geheimnisvollen Griechin hin. Biondello setzte alle seine Maschinen in Bewegung, bis jetzt aber war alles vergeblich. Den Gondolier machte er zwar ausfündig; aus diesem war aber nichts weiter herauszubringen, als daß er beide Damen auf der Insel Murano ausgesetzt habe, wo zwei Sänften auf sie gewartet hätten, in die sie gestiegen seien. Er machte sie zu Engländerinnen, weil sie eine fremde Sprache gesprochen und ihn mit Gold bezahlt hät-

ten. Auch ihren Begleiter kenne er nicht; er komme ihm vor wie ein Spiegelfabrikant aus Murano. Nun wußten wir wenigstens, daß wir sie nicht in der Giudecca zu suchen hätten und daß sie aller Wahrscheinlichkeit nach auf der Insel Murano zu Hause sei; aber das Unglück war, daß die Beschreibung, welche der Prinz von ihr machte, schlechterdings nicht dazu taugte, sie einem Dritten kenntlich zu machen. Gerade die leidenschaftliche Aufmerksamkeit, womit er ihren Anblick gleichsam verschlang, hatte ihn gehindert, sie zu *sehen*; für alles das, worauf andere Menschen ihr Augenmerk vorzüglich würden gerichtet haben, war er ganz blind gewesen; nach seiner Schilderung war man eher versucht, sie im Ariost oder Tasso als auf einer venezianischen Insel zu suchen. Außerdem mußte die Nachfrage mit größter Vorsicht geschehen, um kein anstößiges Aufsehen zu erregen. Weil Biondello außer dem Prinzen der einzige war, der sie, durch den Schleier wenigstens, gesehen hatte und also wiedererkennen konnte, so suchte er, wo möglich an allen Orten, wo sie vermutet werden konnte, zu gleicher Zeit zu sein; das Leben des armen Menschen war diese ganze Woche über nichts als ein beständiges Rennen durch alle Straßen von Venedig. In der griechischen Kirche besonders wurde keine Nachforschung gespart, aber alles mit gleich schlechtem Erfolge; und der Prinz, dessen Ungeduld mit jeder fehlgeschlagenen Erwartung stieg, mußte sich endlich doch noch auf den nächsten Sonnabend vertrösten.

Seine Unruhe war schrecklich. Nichts zerstreute ihn, nichts vermochte ihn zu fesseln. Sein ganzes Wesen war in fieberischer Bewegung, für alle Gesellschaft war er verloren, und das Übel wuchs in der Einsamkeit. Nun wurde er gerade nie mehr von Besuchen belagert als eben in dieser Woche. Sein naher Abschied war angekündigt, alles drängte sich herbei. Man mußte diese Menschen beschäftigen, um ihre argwöhnische Aufmerksamkeit von ihm abzuziehen; man mußte *ihn* beschäftigen, um seinen Geist zu zerstreuen. In diesem Bedrängnis verfiel Civitella auf das Spiel, und um die Menge wenigstens zu entfernen, sollte hoch gespielt werden. Zugleich hoffte er, bei dem Prinzen einen vorübergehenden Geschmack an dem Spiele zu erwekken, der diesen romanhaften Schwung seiner Leidenschaften bald ersticken, und den man immer in der Gewalt haben würde, ihm wieder zu benehmen. »Die Karten«, sagte Civitella, »haben mich vor mancher Torheit bewahrt, die ich im Begriff war zu begehen, manche wieder gut gemacht, die schon begangen war. Die Ruhe, die Vernunft, um die mich ein Paar schöne Augen brachten, habe ich oft am Pharotisch wiedergefunden, und nie hatten die Weiber mehr Gewalt über mich, als wenn mir's an Geld gebrach, um zu spielen.«

Ich lasse dahingestellt sein, inwieweit Civitella Recht hatte – aber das Mittel, worauf wir gefallen waren, fing bald an, noch gefährlicher zu werden als das Übel, dem es abhelfen sollte. Der Prinz, der dem Spiel nur allein durch hohes Wagen einen flüchtigen Reiz zu geben wußte, fand bald keine Grenzen mehr darin. Er war einmal aus seiner Ordnung. Alles, was er tat, nahm eine leidenschaftliche Gestalt an; alles geschah mit der ungeduldigen Heftigkeit, die jetzt in ihm herrschte. Sie kennen seine Gleichgültigkeit gegen das Geld; hier wurde sie zur gänzlichen Unempfindlichkeit. Goldstücke zerrannen wie Wassertropfen in seinen Händen. Er verlor fast ununterbrochen, weil er ganz und gar ohne Aufmerksamkeit spielte. Er verlor ungeheure Summen, weil er wie ein verzweifelter Spieler wagte. – Liebster O**, mit Herzklopfen schreib ich es nieder – in vier Tagen waren die 12 000 Zechinen – und noch darüber verloren.

Machen Sie mir keine Vorwürfe. Ich klage mich selbst genug an. Aber konnt ich es hindern? Hörte mich der Prinz? Konnte ich etwas anders als ihm Vorstellungen tun? Ich tat, was in meinem Vermögen stand. Ich kann mich nicht schuldig finden.

Auch Civitella verlor beträchtlich; ich gewann gegen sechshundert Zechinen. Das beispiellose Unglück des Prinzen machte Aufsehen; um so weniger konnte er jetzt das Spiel verlassen. Civitella, dem man die Freude ansieht, ihn zu verbinden, streckte ihm sogleich die nämliche Summe vor. Die Lücke ist zugestopft; aber der Prinz ist dem Marchese 24 000 Zechinen schuldig. O wie sehne ich mich nach dem Spargelde der frommen Schwester! – Sind alle Fürsten so, liebster Freund? Der Prinz beträgt sich nicht anders, als wenn er dem Marchese noch eine große Ehre erwiesen hätte, und dieser – spielt seine Rolle wenigstens gut.

Civitella suchte mich damit zu beruhigen, daß gerade diese Übertreibung das kräftigste Mittel sei, den Prinzen wieder zur Vernunft zu bringen. Mit dem Gelde habe es keine Not. Er selbst fühle diese Lücke gar nicht und stehe dem Prinzen jeden Augenblick mit noch dreimal so viel zu Diensten. Auch der Kardinal gab mir die Versicherung, daß die Gesinnung seines Neffen aufrichtig sei und daß er selbst bereitstehe, für ihn zu gewähren.

Das Traurigste war, daß diese ungeheuern Aufopferungen ihre Wirkung nicht einmal erreichten. Man sollte meinen, der Prinz habe wenigstens mit Teilnehmung gespielt. Nichts weniger. Seine Gedanken waren weit weg, und die Leidenschaft, die wir unterdrücken wollten, schien von seinem Unglück im Spiele nur mehr Nahrung zu erhalten. Wenn ein entscheidender Streich geschehen sollte und alles sich voll Erwartung um seinen Spieltisch herumdrängte, suchten seine Augen Biondello, um ihm die Neuigkeit, die er etwa mitbrächte, von dem Angesicht zu stehlen. Biondello brachte immer nichts – und das Blatt verlor immer.

Das Geld kam übrigens in sehr bedürftige Hände. Einige Exzellenza, die, wie die böse Welt ihnen nachsagt, ihr frugales Mittagsmahl in der Senatormütze selbst von dem Markte nach Hause tragen, traten als Bettler in unser Haus und verließen es als wohlhabende Leute. Civitella zeigte sie mir. »Sehen Sie«, sagte er, »wie vielen armen Teufeln es zugute kommt, daß es einem gescheuten Kopf einfällt, nicht bei sich selbst zu sein! Aber das gefällt mir. Das ist fürstlich und königlich! Ein großer Mensch muß auch in seinen Verirrungen noch Glückliche machen und wie ein übertretender Strom die benachbarten Felder befruchten.«

Civitella denkt brav und edel – aber der Prinz ist ihm 24 000 Zechinen schuldig!

Der so sehnlich erwartete Sonnabend erschien endlich, und mein Herr ließ sich nicht abhalten, sich gleich nach Mittag in der ***Kirche einzufinden. Der Platz wurde in eben der Kapelle genommen, wo er seine Unbekannte das erste Mal gesehen hatte, doch so, daß er ihr nicht sogleich in die Augen fallen konnte. Biondello hatte Befehl, an der Kirchtüre Wache zu stehen und dort mit dem Begleiter der Dame Bekanntschaft anzuknüpfen. Ich hatte auf mich genommen, als ein unverdächtiger Vorübergehender bei der Rückfahrt in derselben Gondel Platz zu nehmen, um die Spur der Unbekannten weiter zu verfolgen, wenn das übrige mißlingen sollte. An demselben Orte, wo sie sich nach des Gondoliers Aussage das vorige Mal hatte aussetzen lassen, wurden zwei Sänften gemietet; zum Überfluß hieß der Prinz noch den Kammerjunker von Z*** in einer besondern Gondel nachfolgen. Der Prinz selbst wollte ganz ihrem Anblick leben und, wenn es anginge, sein Glück in der Kirche versuchen. Civitella blieb ganz weg, weil er bei dem Frauenzimmer in Venedig in zu üblem Rufe steht, um durch seine Einmischung die Dame nicht mißtrauisch zu machen. Sie sehen, liebster Graf, daß es an unsern Anstalten nicht lag, wenn die schöne Unbekannte uns entging.

Nie sind wohl in einer Kirche wärmere Wünsche getan worden als in dieser, und nie wurden sie grausamer getäuscht. Bis nach Sonnenuntergang harrte der Prinz aus, von jedem Geräusche, das seiner Kapelle nahekam, von jedem Knarren der Kirchtüre in Erwartung gesetzt – sieben volle Stunden – und keine Griechin. Ich sage Ihnen nichts von seiner Gemütslage. Sie wissen, was eine fehlgeschlagene Hoffnung ist – und eine Hoffnung, von der man sieben Tage und sieben Nächte fast einzig gelebt hat.

*Baron von F*** an den Grafen von O***
Siebenter Brief

Julius.

Die geheimnisvolle Unbekannte des Prinzen erinnerte den Marchese Civitella an eine romantische Erscheinung, die ihm selbst vor einiger Zeit vorgekommen war, und um den Prinzen zu zerstreuen, ließ er sich bereit finden, sie uns mitzuteilen. Ich erzähle sie Ihnen mit seinen eignen Worten. Aber der muntre Geist, womit er alles, was er spricht, zu beleben weiß, geht freilich in meinem Vortrage verloren.

»Voriges Frühjahr«, erzählte Civitella, »hatte ich das Unglück, den spanischen Ambassadeur gegen mich aufzubringen, der in seinem siebenzigsten Jahr die Torheit begangen hatte, eine achtzehnjährige Römerin für sich allein heiraten zu wollen. Seine Rache verfolgte mich, und meine Freunde rieten mir an, mich durch eine zeitige Flucht den Wirkungen derselben zu entziehen, bis mich entweder die Hand der Natur oder eine gütliche Beilegung von diesem gefährlichen Feind befreit haben würden. Weil es mir aber doch zu schwer fiel, Venedig ganz zu entsagen, so nahm ich meinen Aufenthalt in einem entlegenen Quartier von *Murano*, wo ich unter einem fremden Namen ein einsames Haus bewohnte, den Tag über mich verborgen hielt und die Nacht meinen Freunden und dem Vergnügen lebte.

Meine Fenster wiesen auf einen Garten, der von der Abendseite an die Ringmauer eines Klosters stieß, gegen Morgen aber wie eine kleine Halbinsel in die Laguna hineinlag. Der Garten hatte die reizendste Anlage, ward aber wenig besucht. Des Morgens, wenn mich meine Freunde verließen, hatte ich die Gewohnheit, ehe ich mich schlafen legte, noch einige Augenblicke am Fenster zuzubringen, die Sonne über dem Golf aufsteigen zu sehen und ihr dann gute Nacht zu sagen. Wenn Sie sich diese Lust noch nicht gemacht haben, gnädigster Prinz, so empfehle ich Ihnen diesen Standort, den ausgesuchtesten vielleicht in ganz Venedig, diese herrliche Erscheinung zu genießen. Eine purpurne Nacht liegt über der Tiefe, und ein goldener Rauch verkündigt sie von fern am Saum der Laguna. Erwartungsvoll ruhen Himmel und Meer. Zwei Winke, so steht sie da, ganz und vollkommen, und alle Wellen brennen – es ist ein entzückendes Schauspiel!

Eine Morgens, als ich mich nach Gewohnheit der Lust dieses Anblicks überlasse, entdecke ich auf einmal, daß ich nicht der einzige Zeuge desselben bin. Ich glaube, Menschenstimmen im Garten zu vernehmen, und als ich mich nach dem Schall wende, nehme ich eine Gondel wahr, die an der Wasserseite landet. Wenige Augenblicke, so sehe ich Menschen im Garten hervorkommen und mit langsamen Schritten, Spaziergehenden gleich, die Allee herauf wandeln. Ich erkenne, daß es eine Mannsperson und ein Frauenzimmer ist, die einen kleinen Neger bei sich haben. Das Frauenzimmer ist weiß gekleidet, und ein Brillant spielt an ihrem Finger; mehr läßt mich die Dämmerung noch nicht unterscheiden.

Meine Neugier wird rege. Ganz gewiß ein Rendezvous und ein liebendes Paar – aber an diesem Ort und zu einer so ganz ungewöhnlichen Stunde! – denn kaum war es drei Uhr, und alles lag noch in trübe Dämmerung verschleiert. Der Einfall schien mir neu und zu einem Roman die Anlage gemacht. Ich wollte das Ende erwarten.

In den Laubgewölben des Gartens verlier ich sie bald aus dem Gesicht, und es wird lange, bis sie wieder erscheinen. Ein angenehmer Gesang erfüllt unterdessen die Gegend. Er kam von dem Gondolier, der sich auf diese Weise die Zeit in seiner Gondel verkürzte und dem von einem Kameraden aus der Nachbarschaft geantwortet wurde. Es waren Stanzen aus dem Tasso; Zeit und Ort stimmten harmonisch dazu, und die Melodie verklang lieblich in der allgemeinen Stille.

Mittlerweile war der Tag angebrochen, und die Gegenstände ließen sich deutlicher erkennen. Ich suche meine Leute. Hand in Hand gehen sie jetzt eine breite Allee hinauf und bleiben öfters stehen, aber sie haben den Rücken gegen mich gekehrt, und ihr Weg entfernt sich von meiner Wohnung. Der Anstand ihres Ganges läßt mich auf einen vornehmen Stand, und ein edler engelschöner Wuchs auf eine ungewöhnliche Schönheit schließen. Sie sprachen wenig, wie mir schien, die Dame jedoch mehr als ihr Begleiter. An dem Schauspiel des Sonnenaufgangs, das sich jetzt eben in höchster Pracht über ihnen verbreitete, schienen sie gar keinen Anteil zu nehmen.
Indem ich meinen Tubus herbeihole und richte, um mir diese sonderbare Erscheinung so nahe zu bringen als möglich, verschwinden sie plötzlich wieder in einem Seitenweg, und eine lange Zeit vergeht, ehe ich sie wieder erblicke. Die Sonne ist nun ganz aufgegangen, sie kommen dicht unter mir vor und sehen mir gerade entgegen. – – – Welche himmlische Gestalt erblicke ich! – War es das Spiel meiner Einbildung, war es die Magie der Beleuchtung? Ich glaubte, ein überirdisches Wesen zu sehen, und mein Auge floh zurück, geschlagen von dem blendenden Licht. – So viel Anmut bei so viel Majestät! So viel Geist und Adel bei so viel blühender Jugend! – Umsonst versuch ich, es Ihnen zu beschreiben. Ich kannte keine Schönheit vor diesem Augenblick.
Das Interesse des Gesprächs verweilt sie in meiner Nähe, und ich habe volle Muße, mich in dem wundervollen Anblick zu verlieren. Kaum aber sind meine Blicke auf ihren Begleiter gefallen, so ist selbst diese Schönheit nicht mehr imstande, sie zurückzurufen. Er schien mir ein Mann zu sein in seinen besten Jahren, etwas hager und von großer edler Statur – aber von keiner Menschenstirne strahlte mir noch so viel Geist, so viel Hohes, so viel Göttliches entgegen. Ich selbst, obgleich vor aller Entdeckung gesichert, vermochte es nicht, dem durchbohrenden Blick standzuhalten, der unter den finstern Augenbraunen

blitzewerfend hervorschoß. Um seine Augen lag eine stille rührende Traurigkeit, und ein Zug des Wohlwollens um die Lippen milderte den trüben Ernst, der das ganze Gesicht überschattete. Aber ein gewisser Schnitt des Gesichts, der nicht europäisch war, verbunden mit einer Kleidung, die aus den verschiedensten Trachten, aber mit einem Geschmacke, den niemand ihm nachahmen wird, kühn und glücklich gewählt war, gaben ihm eine Miene von Sonderbarkeit, die den außerordentlichen Eindruck seines ganzen Wesens nicht wenig erhöhte. Etwas Irres in seinem Blicke konnte einen Schwärmer vermuten lassen, aber Gebärden und äußrer Anstand verkündigten einen Mann, den die Welt ausgebildet hat.«

Z***, der, wie Sie wissen, alles heraussagen muß, was er denkt, konnte hier nicht länger an sich halten. »Unser Armenier!« rief er aus. »Unser ganzer Armenier, niemand anders!«

»Was für ein Armenier, wenn man fragen darf?« sagte Civitella.

»Hat man Ihnen die Farce noch nicht erzählt?« sagte der Prinz. »Aber keine Unterbrechung! Ich fange an, mich für Ihren Mann zu interessieren. Fahren Sie fort in Ihrer Erzählung.«

»Etwas Unbegreifliches war in seinem Betragen. Seine Blicke ruhten mit Bedeutung, mit Leidenschaft auf ihr, wenn sie wegsah, und sie fielen zu Boden, wenn sie auf die ihrigen trafen. Ist dieser Mensch von Sinnen? dachte ich. Eine Ewigkeit wollt ich stehen und nichts anders betrachten.

Das Gebüsche raubte sie mir wieder. Ich wartete lange, lange, sie wieder hervorkommen zu sehen, aber vergebens. Aus einem andern Fenster endlich entdeck ich sie aufs neue.

Vor einem Bassin standen sie, in einer gewissen Entfernung voneinander, beide in tiefes Schweigen verloren. Sie mochten schon ziemlich lange in dieser Stellung gestanden haben. Ihr offnes, seelenvolles Auge ruhte forschend auf ihm und schien jeden aufkeimenden Gedanken von seiner Stirne zu nehmen. Er, als ob er nicht Mut genug in sich fühlte, es aus der ersten

Hand zu empfangen, suchte verstohlen ihr Bild in der spiegelnden Flut, oder blickte starr auf den Delphin, der das Wasser in das Becken spritzte. Wer weiß, wie lange dieses stumme Spiel noch gedauert haben würde, wenn die Dame es hätte aushalten können? Mit der liebenswürdigsten Holdseligkeit ging das schöne Geschöpf auf ihn zu, faßte, den Arm um seinen Nacken flechtend, eine seiner Hände und führte sie zum Munde. Gelassen ließ der kalte Mensch es geschehen, und ihre Liebkosung blieb unerwidert.

Aber es war etwas an diesem Auftritt, was mich rührte. Der Mann war es, was mich rührte. Ein heftiger Affekt schien in seiner Brust zu arbeiten, eine unwiderstehliche Gewalt ihn zu ihr hinzuziehen, ein verborgener Arm ihn zurückzureißen. Still, aber schmerzhaft war dieser Kampf, und die Gefahr so schön an seiner Seite. Nein, dachte ich, er unternimmt zu viel. Er wird, er muß unterliegen.

Auf einen heimlichen Wink von ihm verschwindet der kleine Neger. Ich erwarte nun einen Auftritt von empfindsamer Art, eine kniende Abbitte, eine mit tausend Küssen besiegelte Versöhnung. Nichts von dem allen. Der unbegreifliche Mensch nimmt aus einem Portefeuille ein versiegeltes Paket und gibt es in die Hände der Dame. Trauer überzieht ihr Gesicht, da sie es ansieht, und eine Träne schimmert in ihrem Auge.

Nach einem kurzen Stillschweigen brechen sie auf. Aus einer Seitenallee tritt eine bejahrte Dame zu ihnen, die sich die ganze Zeit über entfernt gehalten hatte und die ich jetzt erst entdeckte. Langsam gehen sie hinab, beide Frauenzimmer in Gespräch miteinander, während dessen er der Gelegenheit wahrnimmt, unvermerkt hinter ihnen zurückzubleiben. Unschlüssig und mit starrem Blick nach ihr hingewendet, steht er und geht und steht wieder. Auf einmal ist er weg im Gebüsche.

Vorn sieht man sich endlich um. Man scheint unruhig, ihn nicht mehr zu finden, und steht stille, wie es scheint, ihn zu erwarten. Er kommt nicht. Die Blicke irren ängstlich umher, die

Schritte verdoppeln sich. Meine Augen helfen den ganzen Garten durchsuchen. Er bleibt aus. Er ist nirgends.
Auf einmal hör ich am Kanal etwas rauschen, und eine Gondel stößt vom Ufer. Er ist's, und mit Mühe enthalt ich mich, es ihr zuzuschreien. Jetzt also war's am Tage – es war eine Abschiedsszene.
Sie schien zu *ahnden*, was ich *wußte*. Schneller, als die andre ihr folgen kann, eilt sie nach dem Ufer. Zu spät. Pfeilschnell fliegt die Gondel dahin, und nur ein weißes Tuch flattert noch fern in den Lüften. Bald darauf seh ich auch die Frauenzimmer überfahren.
Als ich von einem kurzen Schlummer erwachte, mußte ich über meine Verblendung lachen. Meine Phantasie hatte diese Begebenheit im Traum fortgesetzt, und nun wurde mir auch die Wahrheit zum Traume. Ein Mädchen, reizend wie eine Houri, die vor Tagesanbruch in einem abgelegenen Garten vor meinem Fenster mit ihrem Liebhaber lustwandelt, ein Liebhaber, der von einer solchen Stunde keinen bessern Gebrauch zu machen weiß, dies schien mir eine Komposition zu sein, welche höchstens die Phantasie eines Träumenden wagen und entschuldigen konnte. Aber der Traum war zu schön gewesen, um ihn nicht so oft als möglich zu erneuern, und auch der Garten war mir jetzt lieber geworden, seitdem ihn meine Phantasie mit so reizenden Gestalten bevölkert hatte. Einige unfreundliche Tage, die auf diesen Morgen folgten, verscheuchten mich von dem Fenster, aber der erste heitre Abend zog mich unwillkürlich dahin. Urteilen Sie von meinem Erstaunen, als mir nach kurzem Suchen das weiße Gewand meiner Unbekannten entgegenschimmerte. Sie war es selbst. Sie war wirklich. Ich hatte nicht bloß geträumt.
Die vorige Matrone war bei ihr, die einen kleinen Knaben führte; sie selbst aber ging in sich gekehrt und seitwärts. Alle Plätze wurden besucht, der ihr noch vom vorigen Male her durch ihren Begleiter merkwürdig waren. Besonders lange verweilte sie an

dem Bassin, und ihr starr hingeheftetes Auge schien das geliebte Bild vergebens zu suchen.
Hatte mich diese hohe Schönheit das erste Mal hingerissen, so wirkte sie heute mit einer sanftern Gewalt auf mich, die nicht weniger stark war. Ich hatte jetzt vollkommene Freiheit, das himmlische Bild zu betrachten; das Erstaunen des ersten Anblicks machte unvermerkt einer süßen Empfindung Platz. Die Glorie um sie verschwindet, und ich sehe in ihr nichts mehr als das schönste aller Weiber, das meine Sinne in Glut setzt. In diesem Augenblick ist es beschlossen. Sie muß mein sein.
Indem ich bei mir selbst überlege, ob ich hinuntergehe und mich ihr nähere, oder, eh ich dieses wagte, erst Erkundigungen von ihr einziehe, öffnet sich eine kleine Pforte an der Klostermauer, und ein Karmelitermönch tritt aus derselben. Auf das Geräusch, das er macht, verläßt die Dame ihren Platz, und ich sehe sie mit lebhaften Schritten auf ihn zugehen. Er zieht ein Papier aus dem Busen, wornach sie begierig hascht, und eine lebhafte Freude scheint in ihr Angesicht zu fliegen.
In eben diesem Augenblick treibt mich mein gewöhnlicher Abendbesuch von dem Fenster. Ich vermeide es sorgfältig, weil ich keinem andern diese Eroberung gönne. Eine ganze Stunde muß ich in dieser peinlichen Ungeduld aushalten, bis es mir endlich gelingt, diesen Überlästigen zu entfernen. Ich eile an mein Fenster zurück, aber verschwunden ist alles!
Der Garten ist ganz leer, als ich hinuntergehe. Kein Fahrzeug mehr im Kanal. Nirgends eine Spur von Menschen. Ich weiß weder, aus welcher Gegend sie kam, noch wohin sie gegangen ist. Indem ich, die Augen aller Orten herum gewandt, vor mich hinwandle, schimmert mir von fern etwas Weißes im Sand entgegen. Wie ich hinzutrete, ist es ein Papier, in Form eines Briefs geschlagen. Was konnte es anders sein als der Brief, den der Karmeliter ihr überbracht hatte? ›Glücklicher Fund‹, rief ich aus. ›Dieser Brief wird mir das ganze Geheimnis aufschließen, er wird mich zum Herrn ihres Schicksals machen.‹

Der Brief war mit einer Sphinx gesiegelt, ohne Überschrift und in Chiffern verfaßt; dies schreckte mich aber nicht ab, weil ich mich auf das Dechiffrieren verstehe. Ich kopiere ihn geschwind, denn es war zu erwarten, daß sie ihn bald vermissen und zurückkommen würde, ihn zu suchen. Fand sie ihn nicht mehr, so mußte ihr dies ein Beweis sein, daß der Garten von mehrern Menschen besucht würde, und diese Entdeckung konnte sie leicht auf immer daraus verscheuchen. Was konnte meiner Hoffnung Schlimmers begegnen?

Was ich vermutet hatte, geschah. Ich war mit meiner Kopie kaum zu Ende, so erschien sie wieder mit ihrer vorigen Begleiterin, beide ängstlich suchend. Ich befestigte den Brief an einem Schiefer, den ich vom Dache los mache, und lasse ihn an einen Ort herabfallen, an dem sie vorbei muß. Ihre schöne Freude, als sie ihn findet, belohnt mich für meine Großmut. Mit scharfem prüfendem Blick, als wolle sie die unheilige Hand daran ausspähen, die ihn berührt haben konnte, musterte sie ihn von allen Seiten; aber die zufriedene Miene, mit der sie ihn einsteckte, bewies, daß sie ganz ohne Arges war. Sie ging, und ein zurückfallender Blick ihres Auges nahm einen dankbaren Abschied von den Schutzgöttern des Gartens, die das Geheimnis ihres Herzens so treu gehütet hatten.

Jetzt eilte ich, den Brief zu entziffern. Ich versuchte es mit mehrern Sprachen; endlich gelang es mir mit der englischen. Sein Inhalt war mir so merkwürdig, daß ich ihn auswendig behalten habe.« –

Ich werde unterbrochen. Den Schluß ein andermal.

*Baron von F*** an den Grafen von O***
Achter Brief

August.

Nein, liebster Freund. Sie tun dem guten Biondello Unrecht. Gewiß, Sie hegen einen falschen Verdacht. Ich gebe Ihnen alle Italiener preis, aber dieser ist ehrlich.

Sie finden es sonderbar, daß ein Mensch von so glänzenden Talenten und einer so exemplarischen Aufführung sich zum Dienen herabsetze, wenn er nicht geheime Absichten dabei habe; und daraus ziehen Sie den Schluß, daß diese Absichten verdächtig sein müssen. Wie? Ist es denn so etwas Neues, daß ein Mensch von Kopf und Verdiensten sich einem Fürsten gefällig zu machen sucht, der es in der Gewalt hat, sein Glück zu machen? Ist es etwa entehrend, ihm zu dienen? Läßt Biondello nicht deutlich genug merken, daß seine Anhänglichkeit an den Prinzen persönlich sei? Er hat ihm ja gestanden, daß er eine Bitte an ihn auf dem Herzen habe. Diese Bitte wird uns ohne Zweifel das ganze Geheimnis erklären. Geheime Absichten mag er immer haben; aber können diese nicht unschuldig sein?

Es befremdet Sie, daß dieser Biondello in den ersten Monaten, und das waren die, in denen Sie uns Ihre Gegenwart noch schenkten, alle die großen Talente, die er jetzt an den Tag kommen lasse, verborgen gehalten und durch gar nichts die Aufmerksamkeit auf sich gezogen habe. Das ist wahr; aber wo hätte er damals die Gelegenheit gehabt, sich auszuzeichnen? Der Prinz bedurfte seiner ja noch nicht, und seine übrigen Talente mußte der Zufall uns entdecken.

Aber er hat uns ganz kürzlich einen Beweis seiner Ergebenheit und Redlichkeit gegeben, der alle Ihre Zweifel zu Boden schlagen wird. Man beobachtet den Prinzen. Man sucht geheime Erkundigungen von seiner Lebensart, von seinen Bekanntschaften und Verhältnissen einzuziehen. Ich weiß nicht, wer diese Neugierde hat. Aber hören Sie an.

Es ist hier in St. Georg ein öffentliches Haus, wo Biondello öfters aus- und eingeht; er mag da etwas Liebes haben, ich weiß es nicht. Vor einigen Tagen ist er auch da; er findet eine Gesellschaft beisammen, Advokaten und Offizianten der Regierung, lustige Brüder und Bekannte von sich. Man verwundert sich, man ist erfreut, ihn wieder zu sehen. Die alte Bekanntschaft wird erneuert, jeder erzählt seine Geschichte bis auf diesen Augenblick, Biondello soll auch die seinige zum besten geben. Er tut es in wenig Worten. Man wünscht ihm Glück zu seinem neuen Etablissement, man hat von der glänzenden Lebensart des Prinzen von *** schon erzählen hören, von seiner Freigebigkeit gegen Leute besonders, die ein Geheimnis zu bewahren wissen; seine Verbindung mit dem Kardinal A***i ist weltbekannt, er liebt das Spiel, usw. Biondello stutzt – Man scherzt mit ihm, daß er den Geheimnisvollen mache, man wisse doch, daß er der Geschäftsträger des Prinzen von *** sei; die beiden Advokaten nehmen ihn in die Mitte; die Flasche leert sich fleißig – man nötigt ihn zu trinken; er entschuldigt sich, weil er keinen Wein vertrage, trinkt aber doch, um sich zum Schein zu betrinken.

»Ja«, sagte endlich der eine Advokat, »Biondello versteht sein Handwerk; aber ausgelernt hat er noch nicht, er ist nur ein Halber.«

»Was fehlt mir noch?« fragte Biondello.

»Er versteht die Kunst«, sagte der andere, »ein Geheimnis bei sich zu behalten, aber die andere noch nicht, es mit Vorteil wieder loszuwerden.«

»Sollte sich ein Käufer dazu finden?« fragte Biondello.

Die übrigen Gäste zogen sich hier aus dem Zimmer, er blieb tête à tête mit seinen beiden Leuten, die nun mit der Sprache herausgingen. Daß ich es kurz mache, er sollte ihnen über den Umgang des Prinzen mit dem Kardinal und seinem Neffen Aufschlüsse verschaffen, ihnen die Quelle angeben, woraus der Prinz Geld schöpfe, und ihnen die Briefe, die an den Grafen von O** geschrieben würden, in die Hände spielen. Biondello beschied sie auf ein andermal; aber wer sie angestellt habe, konnte er nicht aus ihnen herausbringen. Nach den glänzenden Anerbietungen, die ihm gemacht wurden, zu schließen, mußte die Nachfrage von einem sehr reichen Manne herrühren.

Gestern Abend entdeckte er meinem Herrn den ganzen Vorfall.

Dieser war anfangs willens, die Unterhändler kurz und gut beim Kopf nehmen zu lassen; aber Biondello machte Einwendungen. Auf freien Fuß würde man sie doch wieder stellen müssen, und dann habe er seinen ganzen Kredit unter dieser Klasse, vielleicht sein Leben selbst in Gefahr gesetzt. Alle dieses Volk hange unter sich zusammen, alle stehen für einen; er wolle lieber den hohen Rat in Venedig zum Feinde haben, als unter ihnen für einen Verräter verschrieen werden; er würde dem Prinzen auch nicht mehr nützlich sein können, wenn er das Vertrauen dieser Volksklasse verloren hätte.

Wir haben hin und her geraten, von wem dies wohl kommen möchte. Wer ist in Venedig, dem daran liegen kann, zu wissen was mein Herr einnimmt und ausgibt, was er mit dem Kardinal A***i zu tun hat und was ich Ihnen schreibe? Sollte es gar noch ein Vermächtnis von dem Prinzen von **d** sein? Oder regt sich etwa der Armenier wieder?

*Baron von F*** an den Grafen von O***

Neunter Brief

August.

Der Prinz schwimmt in Wonne und Liebe. Er hat seine Griechin wieder. Hören Sie, wie dies zugegangen ist.

Ein Fremder, der über Chiozza gekommen war und von der schönen Lage dieser Stadt am Golf viel zu erzählen wußte, machte den Prinzen neugierig, sie zu sehen. Gestern wurde dies ausgeführt, und um allen Zwang und Aufwand zu vermeiden, sollte niemand ihn begleiten als Z*** und ich nebst Biondello, und mein Herr wollte unbekannt bleiben. Wir fanden ein Fahrzeug, das eben dahin abging, und mieteten uns darauf ein. Die Gesellschaft war sehr gemischt, aber unbedeutend, und die Hinreise hatte nichts Merkwürdiges.

Chiozza ist auf eingerammten Pfählen gebaut, wie Venedig, und soll gegen vierzigtausend Einwohner zählen. Adel findet man wenig, aber bei jedem Tritt stößt man auf Fischer oder Matrosen. Wer eine Perücke und einen Mantel trägt, heißt ein Reicher; Mütze und Überschlag sind das Zeichen eines Armen. Die Lage der Stadt ist schön, doch darf man Venedig nicht gesehen haben.

Wir verweilten uns nicht lange. Der Patron, der noch mehr Passagiers hatte, mußte zeitig wieder in Venedig sein, und den Prinzen fesselte nichts in Chiozza. Alles hatte seinen Platz schon im Schiffe genommen, als wir ankamen. Weil sich die Gesellschaft auf der Herfahrt so beschwerlich gemacht hatte, so nahmen wir diesmal ein Zimmer für uns allein. Der Prinz erkundigte sich, wer noch mehr da sei? Ein Dominikaner, war die Antwort, und einige Damen, die retour nach Venedig gingen. Mein Herr war nicht neugierig, sie zu sehen, und nahm sogleich sein Zimmer ein.

Die Griechin war der Gegenstand unsers Gesprächs auf der Herfahrt gewesen, und sie war es auch auf der Rückfahrt. Der Prinz wiederholte sich ihre Erscheinung in der Kirche mit Feuer; Plane wurden gemacht und verworfen; die Zeit verstrich wie ein Augenblick; ehe wir es uns versahen, lag Venedig vor uns. Einige von den Passagiers stiegen aus, der Dominikaner war unter diesen. Der Patron ging zu den Damen, die, wie wir jetzt erst erfuhren, nur durch ein dünnes Brett von uns geschieden waren, und fragte sie, wo er anlegen sollte. »Auf der Insel Murano«, war die Antwort, und das Haus wurde genannt. – »Insel Murano!« rief der Prinz, und ein Schauer der Ahndung schien durch seine Seele zu fliegen. Eh ich ihm antworten konnte, stürzte Biondello herein. »Wissen Sie auch, in welcher Gesellschaft wir reisen?« – Der Prinz sprang auf – »Sie ist hier! Sie selbst!« fuhr Biondello fort. »Ich komme eben von ihrem Begleiter.«

Der Prinz drang hinaus. Das Zimmer ward ihm zu enge, die ganze Welt wär es ihm in diesem Augenblick gewesen. Tausend Empfindungen stürmten in ihm, seine Knie zitterten, Röte und Blässe wechselten in seinem Gesichte. Ich zitterte erwartungsvoll mit ihm. Ich kann Ihnen diesen Zustand nicht beschreiben.

In Murano ward angehalten. Der Prinz sprang ans Ufer. Sie kam. Ich las im Gesicht des Prinzen, daß sie's war. Ihr Anblick ließ mir keinen Zweifel übrig. Eine schönere Gestalt hab ich nie gesehen; alle Beschreibungen des Prinzen waren unter der Wirklichkeit geblieben. Eine glühende Röte überzog ihr Gesicht, als sie den Prinzen ansichtig wurde. Sie hatte unser ganzes Gespräch hören müssen, sie konnte auch nicht zweifeln, daß sie der Gegenstand desselben gewesen sei. Mit einem bedeutenden Blicke sah sie ihre Begleiterin an, als wollte sie sagen: das ist er! und mit Verwirrung schlug sie ihre Augen nieder. Ein schmales Brett ward vom Schiff an das Ufer gelegt, über welches sie zu gehen hatte. Sie schien ängstlich, es zu betreten – aber weniger, wie mir vorkam, weil sie auszugleiten fürchtete, als weil sie es ohne fremde Hülfe nicht konnte und der Prinz schon den Arm ausstreckte, ihr beizustehen. Die Not siegte über diese Bedenklichkeit. Sie nahm seine Hand an und war am Ufer. Die heftige Gemütsbewegung, in der der Prinz war, machte ihn unhöflich; die andere Dame, die auf den nämlichen Dienst wartete, vergaß er – was hätte er in diesem Augenblick nicht vergessen? Ich erwies ihr endlich diesen Dienst, und dies brachte mich um das Vorspiel einer Unterredung, die sich zwischen meinem Herrn und der Dame angefangen hatte.

Er hielt noch immer ihre Hand in der seinigen – aus Zerstreuung, denke ich, und ohne daß er es selbst wußte.

»Es ist nicht das erste Mal, Signora, daß – – daß« Er konnte es nicht heraussagen.

»Ich sollte mich erinnern«, lispelte sie –

»In der ***Kirche«, sagte er –

»In der ***Kirche war es«, sagte sie –

»Und konnte ich mir heute vermuten – – Ihnen so nahe –«

Hier zog sie ihre Hand leise aus der seinigen – Er verwirrte sich

augenscheinlich. Biondello, der indes mit dem Bedienten gesprochen hatte, kam ihm zu Hülfe.
»Signor«, fing er an, »die Damen haben Sänften hieher bestellt; aber wir sind früher zurückgekommen, als sie sich's vermuteten. Es ist hier ein Garten in der Nähe, wo Sie so lange eintreten können, um dem Gedränge auszuweichen.«
Der Vorschlag ward angenommen, und Sie können denken, mit welcher Bereitwilligkeit von seiten des Prinzen. Man blieb in dem Garten, bis es Abend wurde. Es gelang uns, Z*** und mir, die Matrone zu beschäftigen, daß der Prinz sich mit der jungen Dame ungestört unterhalten konnte. Daß er diese Augenblicke gut zu benutzen gewußt habe, können Sie daraus abnehmen, daß er die Erlaubnis empfangen hat, sie zu besuchen. Eben jetzt, da ich Ihnen schreibe, ist er dort. Wenn er zurückkommt, werde ich mehr erfahren.
Gestern, als wir nach Hause kamen, fanden wir auch die erwarteten Wechsel von unserm Hofe, aber von einem Briefe begleitet, der meinen Herrn sehr in Flammen setzte. Man ruft ihn zurück, und in einem Tone, wie er ihn gar nicht gewohnt ist. Er hat sogleich in einem ähnlichen geantwortet und wird bleiben. Die Wechsel sind eben hinreichend, um die Zinsen von dem Kapitale zu bezahlen, das er schuldig ist. Einer Antwort von seiner Schwester sehen wir mit Verlangen entgegen.

*Baron von F*** an den Grafen von O***
Zehnter Brief

September.

Der Prinz ist mit seinem Hofe zerfallen, alle unsere Ressourcen von daher abgeschnitten.
Die sechs Wochen, nach deren Verfluß mein Herr den Marchese bezahlen sollte, waren schon um einige Tage verstrichen, und noch keine Wechsel weder von seinem Cousin, von dem er aufs neue und aufs dringendste Vorschuß verlangt hatte, noch von seiner Schwester. Sie können wohl denken, daß Civitella

nicht mahnte; ein desto treueres Gedächtnis aber hatte der Prinz. Gestern Mittag kam eine Antwort vom regierenden Hofe.

Wir hatten kurz vorher einen neuen Kontrakt unsers Hotels wegen abgeschlossen, und der Prinz hatte sein längeres Bleiben schon öffentlich deklariert. Ohne ein Wort zu sagen, gab mir mein Herr den Brief. Seine Augen funkelten, ich las den Inhalt schon auf seiner Stirne.

Können Sie sich vorstellen, lieber O**? Man ist in *** von allen hiesigen Verhältnissen meines Herrn unterrichtet, und die Verleumdung hat ein abscheuliches Gewebe von Lügen daraus gesponnen. Man habe mißfällig vernommen, heißt es unter andern, daß der Prinz seit einiger Zeit angefangen habe, seinen vorigen Charakter zu verleugnen und ein Betragen anzunehmen, das seiner bisherigen lobenswürdigen Art zu denken ganz entgegengesetzt sei. Man wisse, daß er sich dem Frauenzimmer und dem Spiel aufs ausschweifendste ergebe, sich in Schulden stürze, Visionärs und Geisterbannern sein Ohr leihe, mit katholischen Prälaten in verdächtigen Verhältnissen stehe und einen Hofstaat führe, der seinen Rang sowohl als seine Einkünfte überschreite. Es heiße sogar, daß er im Begriff stehe, dieses höchst anstößige Betragen durch eine Apostasie zur römischen Kirche vollkommen zu machen. Um sich von der letztern Beschuldigung zu reinigen, erwarte man von ihm eine ungesäumte Zurückkunft. Ein Bankier in Venedig, dem er den Etat seiner Schulden übergeben solle, habe Anweisung, *sogleich nach seiner Abreise* seine Gläubiger zu befriedigen; denn unter diesen Umständen finde man nicht für gut, das Geld in seine Hände zu geben.

Was für Beschuldigungen und in welchem Tone! Ich nahm den Brief, durchlas ihn noch einmal, ich wollte etwas darin aufsuchen, das ihn mildern könnte; ich fand nichts, es war mir ganz unbegreiflich.

Z*** erinnerte mich jetzt an die geheime Nachfrage, die vor einiger Zeit an Biondello ergangen war. Die Zeit, der Inhalt, alle Umstände kamen überein. Wir hatten sie fälschlich dem Armenier zugeschrieben. Jetzt war's am Tage, von wem sie herrührte. Apostasie! – Aber wessen Interesse kann es sein, meinen Herrn so abscheulich und so platt zu verleumden? Ich fürchte, es ist ein Stückchen von dem Prinzen von **d**, der es durchsetzen will, unsern Herrn aus Venedig zu entfernen.

Dieser schwieg noch immer, die Augen starr vor sich hingeworfen. Sein Stillschweigen ängstigte mich. Ich warf mich zu seinen Füßen. »Um Gottes willen, gnädigster Prinz«, rief ich aus, »beschließen Sie nichts Gewaltsames. Sie sollen, Sie werden die vollständigste Genugtuung haben. Überlassen Sie *mir* diese Sache. Senden Sie mich hin. Es ist unter Ihrer Würde, sich gegen solche Beschuldigungen zu verantworten; aber *mir* erlauben Sie, es zu tun. Der Verleumder muß genannt und dem *** die Augen geöffnet werden.«

In dieser Lage fand uns Civitella, der sich mit Erstaunen nach der Ursache unserer Bestürzung erkundigte. Z** und ich schwiegen. Der Prinz aber, der zwischen ihm und uns schon lange keinen Unterschied mehr zu machen gewohnt ist, auch noch in zu heftiger Wallung war, um in diesem Augenblick der Klugheit Gehör zu geben, befahl uns, ihm den Brief mitzuteilen. Ich wollte zögern, aber der Prinz riß ihn mir aus der Hand und gab ihn selbst dem Marchese.

»Ich bin Ihr Schuldner, Herr Marchese«, fing der Prinz an, nachdem dieser den Brief mit Erstaunen durchlesen hatte, »aber lassen Sie sich das keine Unruhe machen. Geben Sie mir nur noch zwanzig Tage Frist, und Sie sollen befriedigt werden.«

»Gnädigster Prinz«, rief Civitella heftig bewegt, »verdien ich dieses?«

»Sie haben mich nicht erinnern wollen; ich erkenne Ihre Delikatesse und danke Ihnen. In zwanzig Tagen, wie gesagt, sollen Sie völlig befriedigt werden.«

»Was ist das?« fragte Civitella mich voll Bestürzung. »Wie hängt dies zusammen? Ich faß es nicht.«
Wir erklärten ihm, was wir wußten. Er kam außer sich. Der Prinz, sagte er, müsse auf Genugtuung dringen; die Beleidigung sei unerhört. Unterdessen beschwöre er ihn, sich seines ganzen Vermögens und Kredits unumschränkt zu bedienen.
Der Marchese hatte uns verlassen und der Prinz noch immer kein Wort gesprochen. Er ging mit starken Schritten im Zimmer auf und nieder; etwas Außerordentliches arbeitete in ihm. Endlich stand er still und murmelte vor sich zwischen den Zähnen: »Wünschen Sie sich Glück – sagte er – Um neun Uhr ist er gestorben.«
Wir sahen ihn erschrocken an.
»Wünschen Sie sich Glück«, fuhr er fort; »Glück – Ich soll mir Glück wünschen – Sagte er nicht so? Was wollte er damit sagen?«
»Wie kommen Sie jetzt darauf?« rief ich. »Was soll das hier?«
»Ich habe damals nicht verstanden, was der Mensch wollte. Jetzt verstehe ich ihn. – O es ist unerträglich hart, einen Herrn über sich haben!«
»Mein teuerster Prinz!«
»Der es uns fühlen lassen kann! – Ha! Es muß süß sein!«
Er hielt wieder inne. Seine Miene erschreckte mich. Ich hatte sie nie an ihm gesehen.
»Der Elendeste unter dem Volk«, fing er wieder an, »oder der nächste Prinz am Throne! Das ist ganz dasselbe. Es gibt nur *einen* Unterschied unter den Menschen – Gehorchen oder Herrschen!«
Er sah noch einmal in den Brief.
»Sie haben den Menschen gesehen«, fuhr er fort, »der sich unterstehen darf, mir dieses zu schreiben. Würden Sie ihn auf der Straße grüßen, wenn ihn das Schicksal nicht zu Ihrem Herrn gemacht hätte? Bei Gott! Es ist etwas Großes um die Krone!«
In diesem Ton ging es weiter, und es fielen Reden, die ich kei-

nem Brief anvertrauen darf. Aber bei dieser Gelegenheit entdeckte mir der Prinz einen Umstand, der mich in nicht geringes Erstaunen und Schrecken setzte und der die gefährlichsten Folgen haben kann. Über die Familienverhältnisse am ***Hofe sind wir bisher in einem großen Irrtum gewesen.
Der Prinz beantwortete den Brief auf der Stelle, so sehr ich mich dagegen setzte, und die Art, wie er es getan hat, läßt keine gütliche Beilegung mehr hoffen.
Sie werden nun auch begierig sein, liebster O**, von der Griechin endlich etwas Positives zu erfahren; aber eben dies ist es, worüber ich Ihnen noch immer keinen befriedigenden Aufschluß geben kann. Aus dem Prinzen ist nichts herauszubringen, weil er in das Geheimnis gezogen ist und sich, wie ich vermute, hat verpflichten müssen, es zu bewahren. Daß sie aber die Griechin *nicht* ist, für die wir sie hielten, ist heraus. Sie ist eine Deutsche und von der edelsten Abkunft. Ein gewisses Gerücht, dem ich auf die Spur gekommen bin, gibt ihr eine sehr hohe Mutter und macht sie zu der Frucht einer unglücklichen Liebe, wovon in Europa viel gesprochen worden ist. Heimliche Nachstellungen von mächtiger Hand haben sie, laut dieser Sage, gezwungen, in Venedig Schutz zu suchen, und eben diese sind auch die Ursache ihrer Verborgenheit, die es dem Prinzen unmöglich gemacht hat, ihren Aufenthalt zu erforschen. Die Ehrerbietung, womit der Prinz von ihr spricht, und gewisse Rücksichten, die er gegen sie beobachtet, scheinen dieser Vermutung Kraft zu geben.
Er ist mit einer fürchterlichen Leidenschaft an sie gebunden, die mit jedem Tage wächst. In der ersten Zeit wurden die Besuche sparsam zugestanden; doch schon in der zweiten Woche verkürzte man die Trennungen, und jetzt vergeht kein Tag, wo der Prinz nicht dort wäre. Ganze Abende verschwinden, ohne daß wir ihn zu Gesicht bekommen; und ist er auch nicht in ihrer Gesellschaft, so ist *sie* es doch allein, was ihn beschäftigt. Sein ganzes Wesen scheint verwandelt. Er geht wie ein Träumender

umher, und nichts von allem, was ihn sonst interessiert hatte, kann ihm jetzt nur eine flüchtige Aufmerksamkeit abgewinnen.

Wohin wird das noch kommen, liebster Freund? Ich zittre für die Zukunft. Der Bruch mit seinem Hofe hat meinen Herrn in eine erniedrigende Abhängigkeit von einem einzigen Menschen, von dem Marchese Civitella, gesetzt. Dieser ist jetzt Herr unsrer Geheimnisse, unsers ganzen Schicksals. Wird er immer so edel denken, als er sich uns jetzo noch zeigt? Wird dieses gute Vernehmen auf die Dauer bestehen, und ist es wohl getan, einem Menschen, auch dem vortrefflichsten, so viel Wichtigkeit und Macht einzuräumen?

An die Schwester des Prinzen ist ein neuer Brief abgegangen. Den Erfolg hoffe ich Ihnen in meinem nächsten Brief melden zu können.

Der Graf von O** zur Fortsetzung

Aber dieser nächste Brief blieb aus. Drei ganze Monate vergingen, ehe ich Nachricht aus Venedig erhielt – eine Unterbrechung, deren Ursache sich in der Folge nur zu sehr aufklärte. Alle Briefe meines Freundes an mich waren zurückbehalten und unterdrückt worden. Man urteile von meiner Bestürzung, als ich endlich im Dezember dieses Jahrs folgendes Schreiben erhielt, das bloß ein glücklicher Zufall (weil Biondello, der es zu bestellen hatte, plötzlich krank wurde) in meine Hände brachte.

›Sie schreiben nicht. Sie antworten nicht – Kommen Sie – o kommen Sie auf Flügeln der Freundschaft. Unsre Hoffnung ist dahin. Lesen Sie diesen Entschluß. Alle unsre Hoffnung ist dahin.

Die Wunde des Marchese soll tödlich sein. Der Kardinal brütet Rache, und seine Meuchelmörder suchen den Prinzen. Mein Herr – o mein unglücklicher Herr! – Ist es dahin gekommen? Unwürdiges, entsetzliches Schicksal! Wie Nichtswürdige müssen wir uns vor Mördern und Gläubigern verbergen.

Ich schreibe Ihnen aus dem ***Kloster, wo der Prinz eine Zuflucht gefunden hat. Eben ruht er auf einem harten Lager neben mir und schläft – ach den Schlummer der tödlichsten Erschöpfung, der ihn nur zu neuem Gefühl seiner Leiden stärken wird. Die zehen Tage, daß sie krank war, kam kein Schlaf in seine Augen. Ich war bei der Leichenöffnung. Man fand Spuren von Vergiftung. Heute wird man sie begraben.

Ach liebster O**, mein Herz ist zerrissen. Ich habe einen Auftritt erlebt, der nie aus meinem Gedächtnis verlöschen wird. Ich stand vor ihrem Sterbebette. Wie eine Heilige schied sie dahin, und ihre letzte sterbende Beredsamkeit erschöpfte sich, ihren Geliebten auf den Weg zu leiten, den sie zum Himmel wandelte – Alle unsere Standhaftigkeit war erschüttert, der Prinz allein stand fest, und ob er gleich ihren Tod dreifach miterlitt, so behielt er doch Stärke des Geistes genug, der frommen Schwärmerin ihre letzte Bitte zu verweigern.‹

In diesem Brief lag folgender Entschluß:

*An den Prinzen von *** von seiner Schwester.*

›Die allein seligmachende Kirche, die an dem Prinzen von *** eine so glänzende Eroberung gemacht hat, wird es ihm auch nicht an Mitteln fehlen lassen, die Lebensart fortzusetzen, der sie diese Eroberung verdankt. Ich habe Tränen und Gebet für einen Verirrten, aber keine Wohltaten mehr für einen Unwürdigen.

*Henriette****.‹

Ich nahm sogleich Post, reiste Tag und Nacht, und in der dritten Woche war ich in Venedig. Meine Eilfertigkeit nützte mir nichts mehr. Ich war gekommen, einem Unglücklichen Trost und Hülfe zu bringen; ich fand einen Glücklichen, der meines schwachen Beistandes nicht mehr benötigt war. F*** lag krank und war nicht zu sprechen, als ich anlangte; folgendes Billet überbrachte man mir von seiner Hand. ›Reisen Sie zurück, liebster O**, wo Sie hergekommen sind. Der Prinz bedarf Ihrer nicht mehr, auch nicht meiner. Seine Schulden sind bezahlt, der Kardinal versöhnt, der Marchese wieder hergestellt. Erinnern Sie sich des Armeniers, der uns voriges Jahr so zu verwirren wußte? In *seinen* Armen finden Sie den Prinzen, der seit fünf Tagen – die erste Messe hörte.‹

Ich drängte mich nichtsdestoweniger zum Prinzen, ward aber abgewiesen. An dem Bette meines Freundes erfuhr ich endlich die unerhörte Geschichte.

Ende des ersten Teils.

Das philosophische Gespräch aus dem Geisterseher

»Ich hätte mich mit meinen Wünschen nie über *das* hinauswagen sollen und darüber zum Greis werden, wie ich zum Mann geworden bin! Weil ich aus der traurigen Einförmigkeit meines bisherigen Lebens einmal herausgehe und herumschaue, ob nicht irgend anderswo eine Quelle des Genusses für mich springt – weil ich –«

›Wenn es ein Versuch war, gnädigster Herr, dann hab ich nichts mehr zu sagen – dann sind die Erfahrungen, die er Ihnen verschafft haben wird, noch mit dreimal so viel nicht zu teuer erkauft. Es tat mir wehe, ich gestehe es, daß die Meinung der Welt über eine Frage, die nur für Ihr eigenes Herz gehört, die Frage, *wie* Sie glücklich sein sollen, zu entscheiden haben sollte.‹

»Wohl Ihnen, daß *Sie* verachten können die Meinung der Welt! Ich bin ihr Geschöpf, ich muß ihr Sklave sein. Was sind wir anders als Meinung? Alles an uns Fürsten ist Meinung. Die Meinung ist unsre Amme und Erzieherin in der Kindheit, unsre Gesetzgeberin und Geliebte in männlichen Jahren, unsre Krücke im Alter. Nehmen Sie uns, was wir von der Meinung haben, und der Schlechteste aus den untersten Klassen ist besser daran als wir, denn sein Schicksal hat ihm doch eine Philosophie seines Schicksals geschaffen. Ein Fürst, der die Meinung verlacht, hebt sich selbst auf, wie der Priester, der das Dasein eines Gottes leugnet.«

›Und dennoch, gnädigster Prinz –‹

»Ich weiß, was Sie sagen wollen. Ich kann den Kreis überschreiten, den meine Geburt um mich gezogen hat – aber kann ich auch alle Wahnbegriffe aus meinem Gedächtnis herausreißen, die Erziehung und frühe Gewohnheit darin gepflanzt und hunderttausend Toren von euch immer fester und fester darin gegründet haben? Jeder will doch gerne *ganz* sein, was er ist, und unsre Existenz ist nun einmal, *glücklich scheinen*. Weil wir es nicht *sein* können auf eure Weise, sollen wir es darum gar nicht sein? Wenn wir die Freude aus ihrem reinen Quell unmittelbar nicht mehr schöpfen dürfen, sollen wir uns auch nicht mit einem künstlichen Genuß hintergehen, nicht von eben der Hand, die uns beraubte, eine schwache Entschädigung empfangen dürfen?«

›Sonst fanden Sie diese in Ihrem Herzen.‹

»Wenn ich sie nun nicht mehr darin finde? – O wie kommen wir darauf? Warum mußten Sie diese Erinnerungen in mir aufwekken? – Wenn ich nun eben zu diesem Sinnentumult meine Zuflucht nahm, um eine innere Stimme zu betäuben, die das Unglück meines Lebens macht – um diese grübelnde Vernunft zur Ruhe zu bringen, die wie eine schneidende Sichel in meinem Gehirn hin und her fährt und mit jeder neuen Forschung einen neuen Zweig meiner Glückseligkeit zerschneidet?«

›Mein bester Prinz!‹ – Er war aufgestanden und ging im Zimmer herum, in ungewöhnlicher Bewegung.

»Wenn alles vor mir und hinter mir versinkt – die Vergangenheit im traurigen Einerlei wie ein Reich der Versteinerung hinter mir liegt – wenn die Zukunft mir nichts bietet – wenn ich meines Daseins ganzen Kreis im schmalen Raume der *Gegenwart* beschlossen sehe – wer verargt es mir, daß ich dieses magre Geschenk der Zeit, feurig und unersättlich wie einen Freund, den ich zum letzten Male sehe, in meine Arme schließe? Wenn ich mit diesem flüchtigen Gute zu wuchern eile, wie der achtzigjährige Greis mit seiner Tiare? – O ich hab ihn schätzen lernen, den

Augenblick! Der Augenblick ist unsre Mutter, und wie eine Mutter laßt ihn uns lieben!«

›Gnädigster Herr, sonst glaubten Sie an ein bleibenderes Gut –‹

»O machen Sie, daß mir das Wolkenbild halte, und ich will meine glühenden Arme darum schlagen. Was für Freude kann es mir geben, Erscheinungen zu beglücken, die morgen dahin sein werden wie ich? – Ist nicht alles Flucht um mich herum? Alles stößt sich und drängt seinen Nachbar weg, aus dem Quell des Daseins einen Tropfen eilends zu trinken und lechzend davonzugehn. Jetzt in dem Augenblick, wo ich meiner Kraft mich freue, ist schon ein werdendes Leben an meine Verwesung angewiesen. Zeigen Sie mir ein Wesen, das dauert, so will ich tugendhaft sein.«

›Was hat denn die wohltätigen Empfindungen verdrängt, die einst der Genuß und die Richtschnur Ihres Lebens waren? Saaten für die Zukunft zu pflanzen, einer hohen, ewigen Ordnung zu dienen –‹

»Dienen! Dienen gewiß, so gewiß als der unbedeutendste Mauerstein der Symmetrie des Palastes, die auf ihm ruhet! Aber auch als mitbefragtes, mitgenießendes Wesen? Lieblicher, gutherziger Wahn des Menschen! Deine Kräfte willst du ihr widmen? Kannst du sie ihr denn weigern? Was du bist und was du besitzest, bist du ja nur, besitzest du nur für sie. Hast du gegeben, was du geben kannst, und was du allein ihr geben konntest, so bist du auch nicht mehr, deine Gebrechlichkeit spricht dir das Urteil, und sie ist es auch, die es vollziehet. Aber wer ist denn diese Natur, diese Ordnung, wider welche ich klage? Immerhin! Möchte sie, wie der Griechen Saturn, ihre eigenen Kinder verzehren, *wäre* sie selbst nur, überlebte sie auch nur die vergangne Sekunde! – Ein unermeßlicher Baum steht sie da im unermeßlichen Raume. Die Weisheit und die Tugend ganzer Generationen rinnen wie Säfte in seinen Röhren, Jahrtausende und die Nationen, die darin Geräusch machten, fallen wie welke Blüten, wie verdorrte Blätter von seinen Zweigen, die er mit innrer, unvergänglicher Zeugungskraft aus dem Stamme treibt. Kannst du von ihr verlangen, was sie selbst nicht besitzet? Du eine Furche, die der Wind in die Meeresfläche bläst, deines Daseins Spur darin zu sichern verlangen?«

›Diese trostlose Behauptung widerlegt schon die Weltgeschichte. Die Namen Lykurg, Sokrates, Aristides haben ihre Werke überdauert.‹

»Und der nützliche Mann, der den Pflug zusammensetzte – wie hieß er? Trauen Sie einer Belohnerin, die nicht *gerecht* ist? Sie leben in der Geschichte, wie Mumien in Balsam, um mit ihrer Geschichte etwas später zu vergehen.«

›Und dieser Trieb zur ewigen Fortdauer? Kann oder darf ihre Notwendigkeit *verschwenden*? Durfte in der Kraft *etwas* sein, dem nichts in der Wirkung entspräche?‹

»O in dieser Wirkung eben liegt alles. Verschwenden? Steigt nicht auch der Wasserstrahl in der Kaskade mit einer Kraft in die Höhe, die ihn durch einen unendlichen Raum schleudern könnte? Aber schon im ersten Moment seines Aufsprunges zieht die Schwerkraft an ihm, drücken tausend Luftsäulen auf ihn, die ihn, früher oder später, in einem höhern oder niedrigern Bogen zur mütterlichen Erde zurücktreiben? Um so *spät* zu fallen, mußte er mit dieser üppigen Kraft aufsteigen – gerade eine elastische Kraft, wie der Trieb zur Unsterblichkeit, gehörte dazu, wenn sich die Menschenerscheinung gegen die herandrückende Notwendigkeit Raum machen sollte. Ich gebe mich überwunden, liebster Freund, wenn Sie mir dartun, daß dieser Trieb zur Unsterblichkeit im Menschen nicht ebenso vollkommen mit dem zeitlichen Zweck seines Daseins aufgehe, als seine sinnlichsten Triebe. Freilich verführt uns unser Stolz, Kräfte, die wir nur *für*, nur *durch* die Notwendigkeit haben, gegen sie selbst anzuwenden, aber hätten wir wohl diesen Stolz, wenn sie nicht auch von *ihm* Vorteile zöge? Wäre sie ein *vernünftiges* Wesen, sie müßte sich unsrer Philosophien ohngefähr ebenso freuen, wie sich ein weiser Feldherr an dem Mutwillen seiner kriegerischen Jugend ergötzet, der ihm Helden im Gefechte verspricht.«

›Der Gedanke diente nur der Bewegung? Das Ganze wäre tot und die Teile lebten? Der Zweck wäre so *gemein* und die Mittel so *edel*?‹

»*Zweck* überhaupt hätten wir nie sagen sollen. Um in Ihre Vorstellungsart einzutreten, entlehne ich diesen Begriff von der moralischen Welt, weil wir hier gewohnt sind, die Folgen einer Handlung ihren Zweck zu nennen. In der Seele selbst geht zwar der Zweck dem Mittel voran; wenn ihre innern Wirkungen aber in äußre übergehen, so kehrt sich diese Ordnung um, und das Mittel verhält sich zu dem Zwecke wie die Ursache zu ihrer Wirkung. In diesem letzten Sinne durfte ich mich uneigentlich dieses Ausdrucks bedienen, der aber auf unsere jetzige Untersuchung keinen störenden Einfluß haben darf. Setzen Sie statt Mittel und Zweck, Ursache und Wirkung – wo bleibt der Unterschied von *gemein* und *edel*? Was kann an der Ursache edel sein, als daß sie ihre Wirkung erfüllet? Edel und gemein bezeichnen nur das Verhältnis, in welchem ein Gegenstand gegen ein *gewisses Prinzipium in unserer Seele* stehet – es ist also ein Begriff, der nur innerhalb unsrer Seele, nicht außerhalb derselben anzuwenden ist. Sehen Sie aber, wie Sie schon als erwiesen annehmen, was wir erst durch unsre Schlüsse herausbringen sollen? Warum anders nennen Sie den *Gedanken* im Gegensatz von der *Bewegung* edel, als weil Sie das denkende Wesen schon als den Mittelpunkt voraussetzen, dem Sie die Folgenreihe der Dinge unterordnen? Treten Sie in *meine* Gedankenreihe, so wird diese Rangordnung verschwinden, der Gedanke ist Wirkung und Ursache der Bewegung und ein Glied der Notwendigkeit, wie der Pulsschlag, der ihn begleitet.«

›Nimmermehr werden Sie diesen paradoxen, unnatürlichen Satz durchsetzen. Beinahe überall können wir mit unserm Verstande den Zweck der physischen Natur bis in den Menschen verfolgen. Wo sehen wir sie auch nur einmal diese Ordnung umkehren und den Zweck des Menschen der physischen Welt unterwerfen? Und wie wollen Sie diese *auswärtige* Bestimmung mit dem Glückseligkeitstriebe vereinigen, der alle seine Bestrebungen *einwärts* gegen ihn selbst richtet?‹

»Lassen Sie uns doch versuchen. Um mich kürzer zu fassen, muß ich mich wieder Ihrer Sprache bedienen. Setzen wir also, daß moralische Erscheinungen nötig waren, wie Licht und Schall nötig waren, so mußten Wesen vorhanden sein, die diesem besondern Geschäfte zugebildet waren, so wie Äther und Luft gerade so und nicht anders beschaffen sein mußten, um derjenigen Anzahl von Schwingungen fähig zu sein, die uns die Vorstellung von Farbe und Wohlklang geben. Es mußten also Wesen existieren, die sich selbst in Bewegung setzen, weil die moralische Erscheinung auf der Freiheit beruhet; was also bei Luft und Äther, bei dem Mineral und der Pflanze die ursprüngliche Form leistet, mußte hier von einem *innern* Prinzipium erhalten werden, gegen welches sich die Beweggründe oder die bewegenden Kräfte dieses Wesens ohngefähr ebenso verhielten, als die bewegenden Kräfte der Pflanze gegen den beständigen Typus ihres Baues. Wie sie das bloß organische Wesen durch eine unveränderliche Mechanik lenkt, so mußte sie das denkend-empfindende Wesen durch Schmerz und Vergnügen bewegen.«

›Ganz richtig.‹

»Wir sehen sie also in der moralischen Welt ihre bisherige Ordnung verlassen, ja sogar mit sich selbst in einen anscheinenden Streit geraten. In jedem moralischen Wesen legt sie ein neues Zentrum an, einen Staat im Staate, gleichsam als hätte sie ihren allgemeinen Zweck ganz aus den Augen verloren. Gegen dieses Zentrum müssen sich alle Tätigkeiten dieses Wesens mit einem Zwange neigen, wie sie ihn in der physischen Welt durch die Schwerkraft ausübt. Dieses Wesen ist auf die Art in sich selbst gegründet, ein wahres und wirkliches Ganze, durch diesen Fall

zu seinem Zentrum dazu gebildet, ebenso wie der Planet der Erde durch die Schwerkraft zur Kugel ward, und als Kugel fortdauret. Bis hieher scheint sie sich selbst ganz vergessen zu haben.
Aber wir haben gehört, daß dieses Wesen nur vorhanden ist, um die moralischen Erscheinungen hervorzubringen, deren sie bedurfte; die Freiheit dieses Wesens, oder sein Vermögen, sich selbst zu bewegen, mußte also dem Zweck unterworfen werden, zu welchem sie es bestimmte. Wollte sie also über die Wirkungen Meister bleiben, die es leistete, so mußte sie sich des Prinzipiums bemächtigen, wornach sich das moralische Wesen beweget. Was konnte sie daher anders tun, als *ihren* Zweck mit diesem Wesen an das Prinzipium anschließen, wodurch es regiert wird, oder mit andern Worten, seine zweckmäßige Tätigkeit zur notwendigen Bedingung seiner Glückseligkeit machen?«
›Das begreif ich.‹
»Erfüllt also das moralische Wesen die Bedingungen seiner Glückseligkeit, so tritt es ebendadurch wieder in den Plan der Natur ein, dem es durch diesen abgesonderten Plan entzogen zu sein schien, ebenso wie der Erdkörper durch den Fall seiner Teile zu ihrem Zentrum fähig gemacht wird, die Ekliptik zu beschreiben. Durch Schmerz und Vergnügen erfährt also das moralische Wesen jedesmal nur die Verhältnisse seines gegenwärtigen Zustandes zu dem Zustande seiner höchsten Vollkommenheit, welcher einerlei ist mit dem Zwecke der Natur. Diesen Weiser hat und bedarf das organische Wesen nicht, weil es sich durch sich selbst dem Zustand seiner Vollkommenheit weder nähern noch von ihm entfernen kann. Jenes also hat vor diesem den Genuß seiner Vollkommenheit, d. i. Glückseligkeit, voraus, mit dieser aber auch die Warnung, wenn es davon abweicht, oder das Leiden. Hätte eine elastische Kugel das Bewußtsein ihres Zustandes, so würde der Fingerdruck, der ihr eine flache Form aufdringt, sie schmerzen, so würde sie mit ei-

nem Gefühle von Wollust zu ihrer schönsten Ründung zurückkehren.«

›Ihre elastische Kraft dient ihr statt jenes Gefühles.‹

»Aber ebensowenig Ähnlichkeit die schnelle Bewegung, die wir Feuer nennen, mit der Empfindung des Brennens oder die kubische Form eines Salzes mit seinem bittern Geschmacke hat, ebensowenig Ähnlichkeit hat das Gefühl, das wir Glückseligkeit nennen, mit dem Zustand unsrer innern Vollkommenheit, den es begleitet, oder mit dem Zweck der Natur, dem es dienet. Beide, möchte man sagen, seien durch eine ebenso willkürliche Koexistenz miteinander verbunden, wie der Lorbeerkranz mit einem Siege, wie ein Brandmal mit einer ehrlosen Handlung.«

›So scheint es.‹

»Der Mensch also brauchte kein *Mitwisser* des Zwecks zu sein, den die Natur durch ihn ausführt. Mochte er immerhin von keinem andern Prinzipium wissen, als dem, wodurch er in seiner kleinen Welt sich regiert, mochte er sogar im lieblichen, selbstgefälligen Wahn die Verhältnisse dieser seiner kleinen Welt der großen Natur als Gesetze unterlegen – dadurch daß er seiner Struktur dienet, sind ihre Zwecke mit ihm gesichert.«

›Und kann etwas vortrefflicher sein, als daß alle Teile des großen Ganzen nur dadurch den Zweck der Natur befördern, daß sie ihrem eigenen getreu bleiben, daß sie nicht zu der Harmonie beitragen *wollen* dürfen, sondern daß sie es *müssen*. Diese Vorstellung ist so schön, so hinreißend, daß man schon dadurch allein bewogen wird –‹

»sie einem Geiste zu gönnen, wollen Sie sagen? weil der selbstsüchtige Mensch seinem Geschlechte gern alles Gute und Schöne zutragen möchte, weil er den Schöpfer so gern in seiner Familie haben möchte. Geben Sie dem Kristalle das Vermögen der Vorstellung, sein höchster Weltplan wird Kristallisation, seine Gottheit die schönste Form von Kristall sein. Und mußte dies nicht so sein? Hielt nicht jede einzelne Wasserkugel so getreu und fest an ihrem Mittelpunkte, so würde sich nie ein Weltmeer bewegt haben.«

›Aber wissen Sie auch, gnädigster Prinz, daß Sie bisher nur gegen sich selbst bewiesen haben? Wenn es wahr ist, wie Sie sagen, daß der Mensch nicht aus seinem Mittelpunkte weichen kann, woher Ihre eigene Anmaßung, den Gang der Natur zu bestimmen? Wie können Sie es dann unternehmen, die Regel festsetzen zu wollen, nach der sie handelt?‹

»Nichts weniger. Ich bestimme nichts, ich nehme ja nur hinweg, was die Menschen mit *ihr* verwechselt haben, was sie aus ihrer eignen Brust genommen und durch prahlerische Titel aufgeschmünkt haben. Was mir vorherging und was mir folgen wird, sehe ich als zwei schwarze undurchdringliche Decken an, die an beiden Grenzen des menschlichen Lebens herunterhängen und welche noch kein Lebender aufgezogen hat. Schon viele hundert Generationen stehen mit der Fackel davor und raten und raten, was etwa dahinter sein möchte. Viele sehen ihren eigenen Schatten, die Gestalten ihrer Leidenschaft, vergrößert auf der Decke der Zukunft sich bewegen und fahren schaudernd vor ihrem eigenen Bilde zusammen. Dichter, Philosophen und Staatenstifter haben sie mit ihren Träumen bemalt, lachender oder finstrer, wie der Himmel über ihnen trüber oder heiterer war; und von weitem täuschte die Perspektive. Auch manche Gaukler nutzten diese allgemeine Neugier und setzten durch seltsame Vermummungen die gespannten Phantasien in Erstaunen. Eine tiefe Stille herrscht hinter diese Decke, keiner, der einmal dahinter ist, antwortet hinter ihr hervor; alles was man hörte, war ein hohler Widerhall der Frage, als ob man in eine Gruft gerufen hätte. Hinter diese Decke müssen alle, und mit Schaudern fassen sie sie an, ungewiß, wer wohl dahinter stehe und sie in Empfang nehmen werde; quid sit id, quod tantum morituri vident. Freilich gab es auch Ungläubige darunter, die behaupteten, daß diese Decke die Menschen nur narre, und daß man nichts beobachtet hätte, weil auch nichts dahinter sei; aber um sie zu überweisen, schickte man sie eilig dahinter.«

›Ein rascher Schluß war es immer, wenn sie keinen bessern Grund hatten, als weil sie nichts sahen.‹

»Sehen Sie nun, lieber Freund, ich bescheide mich gern, nicht hinter diese Decke blicken zu wollen – und das Weiseste wird doch wohl sein, mich von aller Neugier zu entwöhnen. Aber indem ich diesen unüberschreitbaren Kreis um mich ziehe und mein ganzes Sein in die Schranken der Gegenwart einschließe, wird mir dieser kleine Fleck desto wichtiger, den ich schon über eiteln Eroberungsgedanken zu vernachlässigen in Gefahr war. Das, was Sie den Zweck meines Daseins nennen, geht mich jetzt nichts mehr an. Ich kann mich ihm nicht entziehen, ich kann ihm nichts nachhelfen, ich weiß aber und glaube fest, daß ich einen solchen Zweck erfüllen muß und erfülle. Aber das Mittel, das Ihre Natur erwählt hat, um ihren Zweck mit mir zu erfüllen, ist mir desto heiliger – es ist alles, was mein ist, meine Moralität nämlich, meine Glückseligkeit. Alles übrige werde ich niemals erfahren. Ich bin einem Boten gleich, der einen versiegelten Brief an den Ort seiner Bestimmung trägt. Was er enthält, kann ihm einerlei sein – er hat nichts als sein Botenlohn dabei zu verdienen.«

›O wie arm lassen Sie mich stehn!‹

»Aber wohin haben wir uns verirret?« rief jetzt der Prinz aus, indem er lächelnd auf den Tisch sah, wo die Rollen lagen. »Und doch nicht so sehr verirret!« setzte er hinzu – »denn vielleicht werden Sie mich jetzt in dieser neuen Lebensart wiederfinden. Auch ich konnte mich nicht so schnell von dem eingebildeten Reichtum entwöhnen, die Stützen meiner Moralität und meiner Glückseligkeit nicht so schnell von dem lieblichen Traume ablösen, mit welchem alles, was bis jetzt in mir gelebt hatte, so fest verschlungen war. Ich sehnte mich nach dem Leichtsinne, der das Dasein der mehresten Menschen um mich her so erträglich macht. Alles, was mich mir selbst enführte, war mir willkommen. Soll ich es Ihnen gestehen? Ich wünschte zu *sinken*, um diese Quelle meines Leidens auch mit der Kraft dazu zu zerstören.«

Ich konnte das Gespräch noch nicht abgebrochen sehen.

›Gnädigster Prinz‹, fing ich von neuem an, ›hab ich Sie auch recht verstanden? Der letzte Zweck des Menschen ist nicht im Menschen, sondern außer ihm? Er ist nur um seiner Folgen willen vorhanden.‹

»Lassen Sie uns diesen Ausdruck vermeiden, der uns irre führt. Sagen Sie, er ist da, weil die Ursachen seines Daseins da waren und weil seine Wirkungen existieren, oder, welches ebensoviel sagt, weil die Ursachen, die ihm vorhergingen, eine Wirkung haben mußten, und die Wirkungen, die er hervorbringt, eine Ursache haben müssen.«

›Wenn ich ihm also einen Wert beilegen will, so kann ich diesen nur nach der Menge und Wichtigkeit der Wirkungen abwägen, deren Ursache er ist.‹

»Nach der *Menge* seiner Wirkungen. Wichtig nennen wir eine Wirkung bloß, weil sie eine größre Menge von Wirkungen nach sich ziehet. Der Mensch hat keinen andern Wert als seine Wirkungen.«

›Derjenige Mensch also, in welchem der Grund mehrerer Wirkungen enthalten ist, wäre der vortrefflichere Mensch?‹

»Unwidersprechlich.«

›Wie? So ist zwischen dem Guten und Schlimmen kein Unterschied mehr! So ist die moralische Schönheit verloren!‹

»Das fürcht ich nicht. Wäre das, so wollte ich sogleich gegen Sie verloren geben. Das Gefühl des moralischen Unterschiedes ist mir eine weit wichtigere Instanz als meine Vernunft – und nur alsdann fing ich an, an die letztere zu glauben, da ich sie mit jenem unvertilgbarem Gefühl übereinstimmend fand. Ihre Moralität bedarf einer Stütze, die meinige ruht auf ihrer eigenen Achse.«

›Lehrt uns nicht die Erfahrung, daß oft die wichtigsten Rollen durch die mittelmäßigsten Spieler gespielt werden, daß die Natur die heilsamsten Revolutionen durch die schädlichsten Subjekte vollbringt? Ein Mahomed, ein Attila, ein Aurangzeb sind so wirksame Diener des Universums als Gewitter, Erdbeben, Vulkane kostbare Werkzeuge der physischen Natur. Ein Despot auf dem Thron, der jede Stunde seiner Regierung mit Blut und Elend bezeichnet, wäre also ein weit würdigeres Glied ihrer Schöpfung, als der Feldbauer in seinen Ländern, weil er ein wirksameres ist – ja was das Traurigste ist, er wäre eben durch *das* vortrefflicher, was ihn zum Gegenstande unsers Abscheues macht, durch die größre Summe seiner Taten, die alle fluchwürdig sind – er hätte in eben dem Grade einen größern Anspruch auf den Namen eines vortrefflichen Menschen, als er unter die Menschheit herabsinkt. Laster und Tugend –‹

»Sehen Sie«, rief der Prinz mit Verdrusse, »wie Sie sich von der Oberfläche hintergehen lassen, und wie leicht Sie mir gewonnen geben! Wie können Sie behaupten, daß ein *verwüstendes* Leben ein *tätiges* Leben sei? Der Despot ist das unnützlichste Geschöpf in seinen Staaten, weil er durch Furcht und Sorge die tätigsten Kräfte bindet und die schöpferische Freude erstickt. Sein ganzes Dasein ist eine fürchterliche Negative; und wenn er gar an das edelste, heiligste Leben greift und die Freiheit des Denkens zerstöret – hunderttausend tätige Menschen ersetzen in einem Jahrhundert nicht, was *ein* Hildebrand, *ein* Philipp von Spanien in wenig Jahren verwüsteten. Wie können Sie diese Geschöpfe und Schöpfer der Verwesung durch Vergleichung mit jenen wohltätigen Werkzeugen des Lebens und der Fruchtbarkeit ehren!«

›Ich gestehe die Schwäche meines Einwurfs – aber setzen wir anstatt eines Philipps einen Peter den Großen auf den Thron, so können Sie doch nicht leugnen, daß dieser in seiner Monarchie wirksamer sei, als der Privatmann bei dem nämlichen Maß von Kräften und aller Tätigkeit, deren er fähig ist. Das Glück ist es also doch, was nach Ihrem Systeme die Grade der Vortrefflichkeit bestimmt, weil es die Gelegenheiten zum Wirken verteilet!‹

»Der Thron wäre also nach Ihrer Meinung vorzugsweise eine solche Gelegenheit? Sagen Sie mir doch – wenn der König regieret, was tut der Philosoph in seinen Reichen?«

›Er denkt.‹

»Und was tut der König, wenn er regieret?«

›Er denkt.‹

»Und wenn der wachsame Philosoph schläft, was tut der wachsame König?«

›Er schläft.‹

»Nehmen Sie zwei brennende Kerzen, eine davon stehe in einer Bauerstube, die andre soll in einem prächtigen Saale einer fröhlichen Gesellschaft leuchten. Was werden sie beide?«

›Sie werden leuchten. Aber eben das spricht für mich – Beide Kerzen, nehmen wir an, brennen gleich lang und gleich helle, und verwechselte man ihre Bestimmung, so würde niemand einen Unterschied merken. Warum soll die eine darum vortrefflicher sein, weil der Zufall sie begünstigte, in einem glänzenden Saal Pracht und Schönheit zu zeigen, warum soll die andre schlechter sein, weil der Zufall sie dazu verdammte, in einer Bauernhütte Armut und Kummer sichtbar zu machen? Und doch folgte dies notwendig aus Ihrer Behauptung?‹

»Beide sind gleich vortrefflich, aber beide haben auch *gleichviel* geleistet?«

›Wie ist das möglich? Da die in dem weiten Saale soviel mehr Licht ausgegossen hat als die andre? Da sie soviel mehr Vergnügen verbreitet hat als die andre?‹

»Erwägen Sie nur, daß hier nur von der ersten Wirkung die Rede ist, nicht von der ganzen Kette. Nur die nächstfolgende Wirkung gehört der nächstvorhergegangenen Ursache; nur so viele Teile der Lichtmaterie, als sie unmittelbar berührte, setzte die brennende Kerze in Schwung. Und was sollte nun die eine vor der andern voraushaben? Können Sie aus einem jeden Zentralpunkt nicht gleich viel Strahlen ziehen? Ebensoviel aus Ihrem Augensterne als aus dem Mittelpunkt der Erde? Entwöhnen Sie sich doch, die großen Massen, die der Verstand nur als solche Ganze zusammenfaßt, in der wirklichen Welt auch als solche existierende Ganze vorauszusetzen. Der Feuerfunke, der in ein Pulvermagazin fällt, einen Turm in die Luft sprengt und hundert Häuser verschüttet, hat darum doch nur ein einziges Körnchen gezündet.«

›Sehr gut, aber –‹

»Wenden wir dieses auf moralische Handlungen an. Wir gehen spazieren, und zwei Bettler sollen uns begegnen. Ich gebe dem einen ein Stück Geld, Sie dem andern ein gleiches; der meinige betrinkt sich von dem Gelde und begeht in diesem Zustande eine Mordtat, der Ihrige kauft einem sterbenden Vater eine Stärkung und fristet ihm damit das Leben. Ich hätte also durch eben *die* Handlung, wodurch *Sie* das Leben gaben, Leben geraubet? – Nichts weniger. Die Wirkung meiner Tat hört mit ihrer Unmittelbarkeit, so wie die Ihrige, auf, *meine* Wirkung zu sein.«

›Wenn aber mein Verstand diese Folgenreihe übersieht und nur diese Übersicht mich zu der Tat bestimmt – wenn ich dem Bettler dieses Geld gab, um einem sterbenden Vater das Leben damit zu fristen, so sind doch alle diese Folgen mein, wenn sie so eintreffen, wie ich sie mir dachte.‹

»Nichts weniger. Vergessen Sie nur nie, daß *eine* Ursache nur *eine* Wirkung haben kann. Die ganze Wirkung, die Sie hervorbrachten, war, das Geldstück aus Ihrer Hand in die Hand des Bettlers zu bringen. Dies ist von dieser ganzen langen Kette von Wirkungen die einzige, die auf Ihre Rechnung kommt. Die Arznei wirkte als Arznei u.s.f. – Sie scheinen verwundert. Sie glauben, daß ich Paradoxe behaupte, ein einziges Wort könnte uns vielleicht miteinander verständigen, aber wir wollen es lieber durch unsre Schlüsse finden.«

›Aus dem Bisherigen, sehe ich wohl, folgt, daß eine gute Tat an ihrer schlimmen Wirkung nicht schuld ist und eine schlimme Tat nicht an ihrer vortrefflichen. Aber zugleich folgt auch daraus, daß weder die gute an ihrer guten Wirkung, noch die schlimme an ihrer schlimmen schuld ist, und daß also beide in ihren Wirkungen ganz gleich sind. – Sie müßten denn die seltenen Fälle ausnehmen wollen, wo die unmittelbare Wirkung zugleich auch die abgezweckte ist.‹

»Eine solche unmittelbare gibt es gar nicht, denn zwischen jede Wirkung, die der Mensch außer sich hervorbringt, und deren innre Ursache oder den Willen, wird sich eine Reihe gleichgültiger einschieben, wenn es auch nichts als Muskularbewegung wäre. Sagen Sie also dreist, daß beide in ihren Wirkungen durchaus moralisch einerlei, d. i. gleichgültig sind. – Und wer wird dieses läugnen wollen? Der Dolchstich, der das Leben eines Heinrichs IV. und eines Domitians endigt, sind beide ganz die nämliche Handlung.«

›Recht, aber die Motive –‹

»Die Motive also bestimmen die moralische Handlung. Und woraus bestehen die Motive?«

›Aus Vorstellungen.‹

»Und was nennen Sie Vorstellungen?«

›Innre Handlungen oder Tätigkeiten des denkenden Wesens, die äußern Tätigkeiten korrespondieren.‹

»Eine moralische Handlung ist also die Folge innrer Tätigkeiten, welche äußern Veränderungen korrespondieren?«

›Ganz richtig.‹

»Wenn ich also sage, die Begebenheit ABC ist eine moralische Handlung, so heißt dies soviel, als der Reihe äußrer Veränderungen, welche diese Begebenheit ABC ausmachen, ist eine Reihe innrer Veränderungen abc vorhergegangen?«

›So ist es.‹

»Die Handlungen abc waren also bereits beschlossen, als die Handlungen ABC anfingen.«

›Notwendig.‹

»Wenn also ABC auch nicht angefangen hätte, so wäre abc darum nicht weniger gewesen. War nun die Moralität in abc erhalten, so blieb sie auch, wenn wir ABC ganz vertilgen.«

›Ich verstehe Sie, gnädigster Herr – und so wäre dasjenige, was ich für das erste Glied in der Kette gehalten, das letzte darin gewesen. Als ich dem Bettler das Geld gab, war meine moralische Handlung schon ganz vorbei, schon ihr ganzer Wert oder Unwert entschieden.‹

»So mein ich's. Trafen die Folgen ein, wie Sie sie dachten, d. i. folgte ABC auf abc, so war es nichts weiter als eine *gelungene* gute Handlung. In diesem äußeren Strome hat der Mensch nichts mehr zu sagen, ihm gehört nichts als seine eigene Seele. Sie sehen daraus aufs neue, daß der Monarch nichts dem Privatmanne voraus hat, denn auch er ist so wenig Herr jenes Stromes als dieser; auch bei ihm ist das ganze Gebiet seiner Wirksamkeit bloß innerhalb seiner eigenen Seele.«

›Aber dadurch wird nichts verändert, gnädigster Herr; denn auch die böse Handlung hat ihre Motive wie die gute, d. i. ihre innern Tätigkeiten, und nur um dieser Motive willen nennen wir sie ja böse. Setzen Sie also den Zweck und den Wert des Menschen in die Summe seiner Tätigkeiten, so sehe ich immer noch nicht, wie Sie die Moralität aus seinem Zwecke herausbringen, und meine vorigen Einwürfe kehren zurück.‹

»Lassen Sie uns hören. *Schlimm* oder *gut*, sind wir übereingekommen, seien Prädikate, die eine Handlung erst in der Seele erlange.«

›Das ist erwiesen.‹

»Lassen wir also zwischen die äußere Welt und das denkende Wesen eine Scheidewand fallen, so erscheint uns die nämliche Handlung außerhalb derselben gleichgültig, innerhalb derselben nennen wir sie schlimm oder gut.«

›Richtig.‹

»Moralität ist also eine Beziehung, die nur innerhalb der Seele, außer ihr nie gedacht werden kann, so wie z. B. die Ehre eine Beziehung ist, die dem Menschen nur innerhalb der bürgerlichen Gesellschaft zukommen kann.«

›Ganz recht.‹

»Sobald wir uns eine Handlung als in der Seele vorhanden denken, so erscheint sie uns als die Bürgerin einer ganz andern Welt, und nach ganz andern Gesetzen müssen wir sie richten. Sie gehört einem eigenen Ganzen zu, das seinen Mittelpunkt in sich selbst hat, aus welchem alles fließt, was es gibt, gegen welchen alles strömt, was es empfänget. Dieser Mittelpunkt oder dieses Prinzipium ist, wie wir vorhin übereingekommen sind, nichts anders als der inwohnende Trieb, alle seine Kräfte zum Wirken zu bringen, oder, was ebensoviel sagt, zur höchsten Kundmachung seiner Existenz zu gelangen. In diesen Zustand setzen wir die Vollkommenheit des moralischen Wesens, so wie wir eine Uhr vollkommen nennen, wenn alle Teile, woraus der Künstler sie zusammensetzte, der Wirkung entsprechen, um derentwillen er sie zusammensetzte, wir wir ein musikalisches Instrument vollkommen nennen, wenn alle Teile desselben an seiner höchsten Wirkung den höchsten Anteil nehmen, dessen sie fähig und um dessentwillen sie vereinigt sind. Das Verhältnis nun, in welchem die Tätigkeiten des moralischen Wesens zu diesem Prinzipium stehen, bezeichnen wir mit dem Namen der *Moralität*; und eine Handlung ist moralisch gut oder moralisch böse, je nachdem sie sich jenem nähert oder von ihm entfernet, es befördert oder hindert. Sind wir darüber einig?«

›Vollkommen.‹

»Da nun jenes Prinzipium kein andres ist als die vollständigste Tätigkeit aller Kräfte im Menschen, so ist eine gute Handlung, wobei mehr Kräfte tätig waren, eine schlimme, wobei weniger tätig waren?«

›Hier, gnädigster Herr, lassen Sie uns innehalten. Diesem nach käme eine kleine Wohltat, die ich reiche, in der moralischen Rangordnung sehr tief unter das jahrlange Komplott der Bartholomäusnacht zu stehen oder die Verschwörung des Cueva gegen Venedig.‹

Der Prinz verlor hier die Geduld. »Wann werd ich Ihnen doch begreiflich machen können«, fing er an, »daß die Natur kein Ganzes kenne? Stellen Sie zusammen, was zusammen gehört. War jenes Komplott *eine* Handlung oder nicht vielmehr eine Kette von hunderttausenden? – und von hunderttausend *mangelhaften*, gegen welche Ihre kleine Wohltat noch immer im Vorteile stehet. Der Trieb der Menschenliebe schlief bei allen, der bei der Ihrigen tätig war. Aber wir kommen ab. Wo blieb ich?«

›Eine gute Handlung sei, wobei mehr Kräfte tätig waren, und umgekehrt.‹

»Und dadurch also, daß weniger Kräfte bei ihr tätig waren, wird eine schlimme Handlung schlimm, und so umgekehrt?«

›Ganz begreiflich.‹

»Bei einer schlimmen Handlung wird also nur *verneinet*, was bei einer guten *bejahet* wird?«

›So ist's.‹

»Ich kann also nicht sagen, es gehörte ein böses Herz dazu, diese Tat zu begehen, so wenig als ich sagen kann, es gehörte ein Kind und nicht ein Mann dazu, diesen Stein aufzuheben?«

›Sehr wahr. Ich sollte vielmehr sagen, es mußte soviel gutes Herz fehlen, um diese Tat zu begehen.‹

»Laster ist also nur die Abwesenheit von Tugend, Torheit die Abwesenheit von Verstand, ein Begriff ohngefähr wie Schatten oder Stille?«

›Ganz richtig.‹

»Sowenig also, als man logisch-richtig sagen kann, es ist Leere, Stille, Finsternis vorhanden, sowenig gibt es ein Laster im Menschen und überhaupt also in der ganzen moralischen Welt?«

›Das ist einleuchtend.‹

»Wenn es also kein Laster im Menschen gibt, so ist alles, was in ihm tätig ist, Tugend, d. i. es ist gut, ebenso wie alles tönt, was nicht still ist, alles Licht hat, was nicht im Schatten steht?«

›Das folgt.‹

»Jede Handlung also, die der Mensch begeht, ist also dadurch, daß es eine Handlung ist, etwas Gutes?«

›Nach allem Vorhergegangenen.‹

»Und wenn wir eine schlimme Handlung von einem Menschen sehen, so ist diese Handlung gerade das einzige Gute, was wir in diesem Augenblick an ihm bemerken.«

›Das klingt sonderbar.‹

»Lassen Sie uns ein Gleichnis zu Hülfe nehmen. Warum nennen wir einen trüben, neblichten Wintertag einen traurigen Anblick? Ist es darum, weil wir eine Schneelandschaft an sich selbst widrig finden? Nichts weniger, könnte man sie in den Sommer verpflanzen, sie würde seine Schönheit erheben. Wir nennen ihn traurig, weil dieser Schnee und dieser Nebelduft nicht dasein könnten, wenn eine Sonne geschienen hätte, sie zu zerteilen, weil sie mit den ungleich größern Reizen des Sommers unvereinbar sind. Der Winter ist uns also ein Übel, nicht weil ihm alle Genüsse mangeln, sondern weil er größere ausschließt.«

›Vollkommen anschaulich.‹

»Ebenso mit moralischen Wesen. Wir verachten einen Menschen, der aus dem Treffen fliehet und dem Tode dadurch entgeht, nicht, weil uns der wirksame Trieb der Selbsterhaltung mißfiele, sondern weil er diesem Triebe weniger würde nachgegeben haben, wenn er die herrliche Eigenschaft des *Mutes* besessen hätte. Ich kann die Herzhaftigkeit, die List des Räubers bewundern, der mich bestiehlt, aber ihn selbst nenne ich lasterhaft, weil ihm die ungleich schönere Eigenschaft der *Gerechtigkeit* mangelt. So kann mich eine Unternehmung in Erstaunen setzen, die der Ausbruch einer jahrlang verhaltenen tätigen Rachsucht ist, aber ich nenne sie verabscheuungswürdig, weil sie mir einen Menschen zeigt, der ganze Jahre leben konnte, ohne seinen Mitmenschen zu lieben. Ich schreite mit Unwillen über ein Schlachtfeld hinweg, nicht weil so viele Leben hier verwesen – Pest und Erdbeben hätten noch mehr tun können, ohne mich gegen sich aufzubringen – auch nicht weil ich die Kraft, die Kunst, den Heldenmut nicht vortrefflich fände, die diese Krieger zu Boden streckten – sondern weil mir dieser Anblick so viele tausend Menschen ins Gedächtnis bringt, denen die Menschlichkeit fehlte.«

›Vortrefflich.‹

»Dasselbe gilt von den *Graden* der Moralität. Eine sehr künstliche, sehr fein ersonnene, mit Beharrlichkeit verfolgte, mit Mut ausgeführte Bosheit hat etwas Glänzendes an sich, das schwache Seelen oft zur Nachahmung reizt, weil man so viele große und schöne Kräfte in ihrer ganzen Fülle dabei wirksam findet. Und doch nennen wir diese Handlung schlimmer als eine ähnliche bei einem geringeren Maß von Geist, und strafen sie strenger, weil sie uns jenen Mangel der Gerechtigkeit in ihrer größern Motivenreihe häufiger erkennen läßt. Wird sie vollends noch an einem Wohltäter verübt, so empört sie darum unser ganzes Gefühl, weil die Gelegenheiten, den Trieb der Liebe in Bewegung zu setzen, in diesem Falle häufiger waren, und wir also die Entdeckung, daß dieser Trieb unwirksam geblieben, häufiger dabei wiederholen.«

›Klar und einleuchtend.‹

»Auf unsre Frage zurückzukommen. Sie geben mir also zu, daß es nicht die Tätigkeiten der Kräfte sind, die das Laster zum Laster machen, sondern ihre Untätigkeit.«

›Vollkommen.‹

»Die Motive sind aber solche Tätigkeiten; es ist also unrichtig geredet, eine Handlung ihrer Motive wegen lasterhaft zu nennen. Nichts weniger! Ihre Motive sind das einzige Gute, das sie hat, sie ist nur böse um derjenigen willen, die ihr mangeln.«

›Unwidersprechlich.‹

»Aber wir hätten diesen Beweis noch kürzer führen können.

Würde der Lasterhafte aus diesen Motiven handeln, wenn sie ihm nicht einen Genuß gewährten? *Genuß* allein ist es, was moralische Wesen in Bewegung setzt; und nur das Gute, wissen wir ja, kann Genuß gewähren.«

›Ich bin befriedigt. Aus dem Bisherigen folgt unwidersprechlich, daß z. B. ein Mensch von hellem Geist und wohlwollendem Herzen nur darum ein besserer Mensch ist als ein andrer von ebensoviel Geist und einem minder wohltätigen Herzen, weil er sich dem Maximum innrer Tätigkeit mehr nähert. Aber eine andre Bedenklichkeit steigt in mir auf. Geben Sie einem Menschen die Eigenschaften des Verstandes, des Muts, der Tapferkeit u.s.f. in einem vorzüglich hohen Grade, und lassen Sie ihm nur die einzige Eigenschaft, die wir gutes Herz nennen, mangeln – werden Sie ihn einem andern vorziehen, der jene Eigenschaften in einem niedrigern Grade, dies Letztere aber in seinem größten Umfang besitzet? Unstreitig ist jener ein weit tätigerer Mensch als dieser, und da nach Ihnen die Tätigkeit der Kräfte den moralischen Preis bestimmet, so würde also Ihr Urteil für ihn ausfallen, und mit dem gewöhnlichen Urteil der Menschen in einem Widerspruche sich befinden.‹

»Es würde ohnfehlbar sehr übereinstimmend damit sein. Ein Mensch, dessen Verstandeskräfte in einem hohen Grade tätig sind, wir ebenso gewiß auch ein vortreffliches Herz besitzen, als er das, was er an sich selbst liebet, an einem andern nicht hassen kann. Wenn die Erfahrung dagegen zu streiten scheint, so hat man entweder zu freigebig von seinem Verstande, oder von moralischer Güte zu eingeschränkt geurteilt. Ein großer Geist mit einem empfindenden Herzen steht in der Ordnung der Wesen ebenso hoch über dem geistreichen Bösewicht, als der Dummkopf mit einem weichen, man sagt besser *weichlichen* Herzen unter diesem stehet.«

›Aber ein Schwärmer und einer von der heftigen Art ist doch offenbar ein tätigeres Wesen als ein Alltagsmensch mit phlegmatischem Blut und beschränkten Sinnen?‹

»Bei einem noch so phlegmatischen, beschränkten, Alltagsmenschen kommt doch jede Kraft zum Wirken, weil keine von der andern verdrängt wird. Er ist ein Mensch in gesundem Schlafe; der Schwärmer ist einem Phrenetischrasenden gleich, der sich in wütenden Konvulsionen wirft, wenn die Lebenskraft bereits in den äußersten Arterien aufhört. – Haben Sie noch eine Einwendung?«

›Ich bin *mit* Ihnen überzeugt, daß die Moralität des Menschen in dem Mehr oder Weniger seiner innern Tätigkeit enthalten ist.‹

»Erinnern Sie sich nun«, fuhr der Prinz fort, »daß wir diese ganze Untersuchung im geschlossenen Bezirk der menschlichen Seele angestellt haben, daß wir sie von der äußern Reihe der Dinge durch eine Scheidewand getrennt, und innerhalb dieses nie überschrittenen Kreises den ganzen Bau der Moralität aufgeführt haben. Wir haben zugleich gefunden, daß seine Glückseligkeit vollkommen mit seiner moralischen Vortrefflichkeit aufgehe, daß ihm also für die letztere ebensowenig etwas zu fordern bleibe, daß ihm auf eine erst zu erreichende Vollkommenheit ebensowenig ein Genuß voraus zugeteilt werden könne, als daß eine Rose, die heute blühet, erst im folgenden Jahre dadurch schön sei, als daß ein Mißgriff auf dem Klavier erst in das nächstkommende Spiel seinen Mißlaut einmischen kann. Es wäre ebenso denkbar, daß der Glanz der Sonne in den heutigen Mittag und ihre Wärme in den folgenden fiele, als daß die Vortrefflichkeit des Menschen in diese Welt und seine Glückseligkeit in die andre fallen könnte. – Ist Ihnen dieses erwiesen?«

›Ich weiß nichts dagegen zu antworten.‹

»Das moralische Wesen ist also in sich selbst vollendet und beschlossen, wie das, welches wir zum Unterschied davon das organische nennen, beschlossen durch seine Moralität, wie dieses durch seinen Bau, und diese Moralität ist eine Beziehung, die von dem, was außer ihm vorgeht, durchaus unabhängig ist.«

›Dies ist erwiesen.‹

»Es umgebe mich also, was da wolle, der moralische Unterschied bleibt.«

›Ich ahnde, wo Sie hinauswollen, aber –‹

»Es sei also ein vernünftig geordnetes Ganze, eine unendliche Gerechtigkeit und Güte, eine Fortdauer der Persönlichkeit, ein ewiger Fortschritt – aus der moralischen Welt läßt sich dieses wenigstens nicht mit größerer Bündigkeit erweisen, als aus der physischen. Um vollkommen zu sein, um glücklich zu sein, bedarf das moralische Wesen keiner neuen Instanz mehr – und wenn es eine erwartet, so kann sich diese Erwartung wenigstens nicht mehr auf eine *Forderung* gründen. Was mit ihm werde, muß ihm für seine Vollkommenheit gleichviel sein, so wie es der Rose – um schön zu sein – gleichviel sein muß, ob sie in einer Wüste oder in fürstlichen Gärten, ob dem Busen eines lieblichen Mädchens oder dem verzehrenden Wurm entgegen blühet.«

›Paßt diese Vergleichung?‹

»Vollkommen; denn ich sage *hier* ausdrücklich, um *schön* zu sein, *dort* um *glücklich* zu sein – nicht, um *vorhanden* zu sein! Dies letzte gehört für eine neue Untersuchung, und ich will das Gespräch nicht verlängern.«

›Ich kann Sie noch nicht ganz losgeben, gnädigster Prinz. Sie haben – und mir däucht, unumstößlich – bewiesen, daß der Mensch nur moralisch sei, insofern er in sich selbst tätig sei – aber Sie behaupteten vorhin, daß er nur Moralität habe, um außer sich zu wirken.‹

»Sagen Sie, nur außer sich wirksam sei, weil er Moralität hat. Ihre *Damit* verwirren uns. Ich kann Ihre Zwecke nicht leiden.«

›Hier kommt es auf eins. Es hieße also, daß er nur insofern den Grund der meisten Wirkungen außer sich enthalte, insofern er den höchsten Grad seiner Moralität erreiche. Und diesen Beweis sind Sie mir noch schuldig.‹

»Können Sie ihn aus dem Bisherigen nicht selbst führen? Der

Zustand der höchsten innern Wirksamkeit seiner Kräfte, ist es nicht derselbe, in welchem er auch die Ursache der meisten Wirkungen außer sich sein kann?«

›Sein *kann*, aber nicht sein *muß* – denn haben Sie nicht selbst zugestanden, daß eine unwirksam gebliebene gute Tat ihrem moralischen Wert nichts benehme?‹

»Nicht bloß zugestanden, sondern als höchst notwendig festgesetzt! – Wie schwer sind Sie doch von einer irrigen Vorstellung zurückzubringen, die sich einmal Ihrer bemächtigt hat. Dieser anscheinende Widerspruch, daß die äußern Folgen einer moralischen Tat für ihren Wert höchst gleichgültig seien, und daß der ganze Zweck seines Daseins dennoch nur in seinen Folgen nach außen liege, verwirrt Sie immer. Nehmen Sie an, ein großer Virtuose spiele vor einer zahlreichen aber rohen Gesellschaft, ein Stümper komme dazwischen und entführe ihm seinen ganzen Hörsaal – welchen werden Sie für den *Nützlicheren* erklären?«

›Den Virtuosen, versteht sich, denn derselbe Künstler wird ein andermal feinere Ohren ergötzen.‹

»Und würde er dieses wohl, wenn er die Kunst nicht besäße, die damals verloren ging, und die er damals übte?«

›Schwerlich.‹

»Und wird sein Nebenbuhler jemals diejenige Wirkung hervorbringen, die *er* hervorbrachte?«

›Diejenige nicht, aber –‹

»Aber vielleicht eine größre bei seinem größern Haufen, wollen Sie sagen? Können Sie im Ernste zweifelhaft sein, ob ein Künstler, der einen Kreis fühlender Menschen und geistreicher Kenner zu bezaubern gewußt hat, mehr getan habe, als jener Stümper in seinem ganzen Leben? Daß *eine* Empfindung vielleicht, die er erweckte, in einer feinen Seele sich zu Taten erhöhte, die nachher für eine Million nützlich wurden? Daß sie sich vielleicht als das einzige noch fehlende Glied an eine wichtige Kette anschloß und einem herrlichen Vorhaben die Krone aufsetzte? –

Auch jener Stümper, das räume ich ein, kann fröhliche Menschen machen – auch der Mensch, der seine moralische Krone verlor, wird noch wirken, ebenso wie eine Frucht, an welcher die Fäulnis nagt, noch ein Mahl für Vögel und Würmer sein kann, aber sie wird nie mehr gewürdigt, einen reizenden Mund zu berühren.«

›Lassen Sie aber jenen Künstler in einer Wüste spielen, dort leben und sterben. *Ich* darf sagen, seine Kunst belohnt ihn; auch wo kein Ohr seine Töne auffängt, ist er sein eigner Hörer und genießt in den Harmonien, die er hervorbringt, die noch herrlichere Harmonie seines Wesens. Dies dürfen *Sie* aber nicht sagen. *Ihr* Künstler muß Hörer haben, oder er ist umsonst dagewesen.‹

»Ich verstehe Sie – aber Ihr gegebener Fall kann nie stattfinden. Kein moralisches Wesen ist in einer Wüste; wo es lebet und webet, berührt es ein umgrenzendes All. Die Wirkung, die es leistet, wär es auch nur diese einzige, wissen wir, konnte nur *dieses* Wesen und kein anderes leisten, und es konnte diese Wirkung nur vermöge seiner ganzen Beschaffenheit leisten. Wenn unser Virtuose auch nur *einmal* zum Spielen gelangte, so gestehen Sie mir doch ein, daß er gerade *dieser* Künstler sein mußte, der er war, daß er, um dieses zu sein, gerade durch so viele Grade der Übung und Kunstfertigkeit gegangen sein mußte, als er wirklich durchwandert hatte, und daß also sein ganzes vorhergegangenes Künstlerleben an diesem Augenblick des Triumphes teilnimmt. War jener erste Brutus zwanzig Jahre unnützlich, weil er zwanzig Jahre den Blödsinnigen spielte? Seine *erste* Tat war die Gründung einer Republik, die noch jetzt als die größte Erscheinung in der Weltgeschichte dasteht. Und so wäre es denkbar, daß meine *Notwendigkeit* oder Ihre Vorsehung einen Menschen ein ganzes Menschenalter lang schweigend einer Tat zubereitet hätte, die sie ihm erst in seiner letzten Stunde abfordert.«

›So scheinbar dieses klingt – mein Herz kann sich nicht an die

Idee gewöhnen, daß alle Kräfte, alle Bestrebungen des Menschen nur für seinen Einfluß in dieser Zeitlichkeit arbeiten sollen. Der große patriotische erfahrene Staatsmann, der heute vom Ruder gestürzt wird, trägt alle seine erworbenen Kenntnisse, seine geübten Kräfte, seine zeitigen Plane in sein vergeßnes Privatleben hinein, worin er stirbt. Vielleicht hatte er nur noch den *letzten* Stein an die Pyramide zu setzen, die hinter ihm zusammenstürzt, die seine Nachfolger ganz von dem untersten Steine wieder anfangen müssen. Mußte er in funfzig Lebensjahren, mußte er während seiner anstrengenden Reichsverwaltung nur für die untätige Stille seines Privatlebens sammeln? Daß er durch diese Verwaltung seine Wirkung erfüllt habe, dürfen *Sie* mir nicht antworten. Wenn der Einfluß in diese Welt die ganze Bestimmung des Menschen erschöpft, so muß sein Dasein zugleich mit seiner Wirkung aufhören.‹

»Ich verweise Sie an das sprechende Beispiel der physischen Natur, von der Sie mir doch einräumen müssen, daß *sie* nur für die Zeitlichkeit arbeite. Wie viele Keime und Embryonen, die sie mit soviel Kunst und Sorgfalt zum künftigen Leben zusammensetzte, werden wieder in das Elementenreich aufgelöst, ohne je zur Entwicklung zu gedeihen. – Warum setzte sie sie zusammen? In jedem Menschenpaare schläft, wie in dem ersten, ein ganzes Menschengeschlecht, warum ließ sie aus soviel Millionen nur ein einziges *werden*? So gewiß sie auch diese verderbenden Keime verarbeitet, so gewiß werden auch moralische Wesen, bei denen sie einen höhern Zweck zu verlassen schien, früher oder später in denselbigen eintreten. Ergründen zu wollen, wie sie eine einzelne Wirkung durch die ganze Kette fortpflanzt, würde eine kindische Anmaßung verraten. Oft, sehen wir, läßt sie den Faden einer Tat, einer Begebenheit plötzlich fallen, den sie drei Jahrtausende nachher ebenso plötzlich wieder aufnimmt, versenkt in Kalabrien die Künste und Sitten des *achtzehnten* Jahrhunderts, um sie vielleicht im *dreißigsten* dem verwandelten Europa wieder zu zeigen, ernährt viele

Menschenalter lang gesunde Nomadenhorden auf den tartarischen Steppen, um sie einst dem ermattenden Süden als frisches Blut zuzusenden, wie sie auf ihrem physischen Gange das Meer über Hollands und Seelands Küsten wirft, um vielleicht eine Insel im fernen Amerika zu entblößen! Aber auch im Einzelnen und im Kleinen fehlt es an solchen Winken nicht ganz. Wie oft tut die *Mäßigkeit* eines Vaters, der längst nicht mehr ist, an einem genievollen Sohne Wunder, wie oft ward ein ganzes Leben vielleicht nur gelebt, um eine Grabschrift zu verdienen, die in die Seele eines späten Nachkömmlings einen Feuerstrahl werfen soll! – Weil vor Jahrhunderten ein verscheuchter Vogel auf seinem Fluge einige Samenkörner da niederfallen ließ, blüht für ein landendes Volk auf einem wüsten Eiland eine Ernte – und ein moralischer Keim ging in einem so fruchtbaren Erdreich verloren!«

›O bester Prinz! Ihre Beredsamkeit begeistert mich zum Kampfe gegen Sie selber. Soviel Vortrefflichkeit können Sie Ihrer fühllosen Notwendigkeit gönnen, und wollen nicht lieber einen Gott damit glücklich machen! Sehen Sie in der ganzen Schöpfung umher. Wo irgend nur ein Genuß bereitet liegt, finden Sie ein genießendes Wesen – und dieser unendliche Genuß, dieses Mahl von Vollkommenheit, sollte durch die ganze Ewigkeit leer stehen!‹

»Sonderbar!« sagte der Prinz nach einer tiefen Stille. »Worauf *Sie* und *andere* ihre Hoffnungen gründen, eben das hat die meinigen umgestürzt – eben diese geahndete Vollkommenheit der Dinge. Wäre nicht alles so in sich beschlossen, säh ich auch nur einen einzigen verunstaltenden Splitter aus diesem schönen Kreise herausragen, so würde mir das die Unsterblichkeit beweisen. Aber alles, alles, was ich sehe und bemerke, fällt zu diesem *sichtbaren* Mittelpunkt zurück, und unsre edelste Geistigkeit ist eine so ganz unentbehrliche Maschine, dieses Rad der Vergänglichkeit zu treiben.«

›Ich begreife Sie nicht, gnädigster Prinz. Ihre eigne Philosophie spricht Ihnen das Urteil, wahrlich, Sie sind dem reichen Manne gleich, der bei allen seinen Schätzen darbet. Sie gestehen, daß der Mensch alles in sich schließe, um glücklich zu sein, daß er seine Glückseligkeit nur allein durch das erhalten könne, was er besitzet, und Sie selbst wollen die Quelle Ihres Unglücks außer sich suchen. Sind Ihre Schlüsse wahr, so ist es ja nicht möglich, daß Sie auch nur mit einem Wunsche über diesen Ring hinausstreben, in welchem Sie den Menschen gefangen halten.‹

»Das eben ist das Schlimme, daß wir nur moralisch vollkommen, nur glückselig sind, um brauchbar zu sein, daß wir unsern *Fleiß*, aber nicht unsre *Werke* genießen. Hunderttausend arbeitsame Hände trugen die Steine zu den Pyramiden zusammen – aber nicht die Pyramide war ihr Lohn. Die Pyramide ergötzte das Auge der Könige, und die fleißigen Sklaven fand man mit dem Lebensunterhalt ab. Was ist man dem Arbeiter schuldig, wenn er nicht mehr arbeiten kann, oder nichts mehr für ihn zu arbeiten sein wird? Was dem Menschen, wenn er nicht mehr zu brauchen ist?«

›Man wird ihn immer brauchen.‹

»Auch immer als ein denkendes Wesen?«

Hier unterbrach uns ein Besuch – und spät genug, werden Sie denken. Verzeihung, liebster O***, für diesen ewig langen Brief. Sie wollten alle Kleinigkeiten des Prinzen erfahren, und darunter kann ich doch wohl auch seine Moralphilosophie rechnen. Ich weiß, der Zustand seines Geistes ist Ihnen wichtig,

* Und auch ich bitte meine Leser um Verzeihung, daß ich dem guten Baron F*** so getreulich nachgeschrieben habe. Wenn *mir* schon die Entschuldigung, die Letzterer bei seinem Freund hatte, bei dem Leser nicht zu Gute kommt, so hab ich dafür eine andre, die der Baron F*** nicht hatte, und die mir bei dem Leser alles gelten muß. Der Baron F*** konnte nämlich nicht vorhersehen, was für Einfluß die Philosophie des Prinzen einmal auf sein künftiges Schicksal haben könnte, das weiß *ich* aber; und darum ließ ich auch alles weislich so stehen, wie ich's fand. Dem Leser, der Geister hier zu sehen gehofft hat, versichre ich, daß noch welche kommen; aber er sieht selbst, daß sie bei einem so ungläubigen Menschen, als der Prinz von *** dermalen noch ist, gar nicht angewandt sein würden.

und seine Handlungen, weiß ich, sind Ihnen nur wegen jenes wichtig. Darum schrieb ich alles auch getreulich nieder, was mir aus dieser Unterredung im Gedächtnis geblieben ist.* Künftig werde ich Sie von einer Neuigkeit unterhalten, die Sie wohl schwerlich auf ein Gespräch wie das heutige führen dürfte. Leben sie wohl.

Anmerkung zur Textgestalt

Die in diesem Band enthaltenen Erzählungen wurden gesetzt nach der Großherzog-Wilhelm-Ernst-Ausgabe (2. neubearbeitete Ausgabe, Insel Verlag 1924), jedoch im Hinblick auf den vollen Wortlaut und den Lautstand revidiert nach ›Schillers Werke‹. Nationalausgabe. Weimar, Böhlau 1943 ff., Bd. 16.

EINE GROSSMÜTIGE HANDLUNG, AUS DER NEUSTEN GESCHICHTE

Entstehung

Die kleine Novelle stammt aus Schillers Stuttgarter Zeit. Der Handlung liegt ein wahres Geschehnis zugrunde, das Schiller wahrscheinlich aus einer mündlichen Erzählung von Henriette v. Wolzogen kannte, mit deren Sohn Wilhelm v. Wolzogen, seinem späteren Schwager, er auf der Karlsschule befreundet war. Bei den beiden Brüdern der Erzählung handelt es sich, ein seltsamer Zufall, um Friedrich und Ludwig v. Wurmb, die Geschwister seiner späteren Schwiegermutter Juliane v. Lengefeld. Das von beiden geliebte Mädchen war Christiane v. Werthern, die später den jüngeren (bei Schiller den älteren) der beiden Brüder heiratete.

Überlieferung

Die Erzählung erschien zuerst im ›Wirtembergischen Repertorium‹ (Zweites Stück. 1782.), unterzeichnet ›Z.Z.‹. Schiller hat sie später nicht in seine ›Kleineren prosaischen Schriften‹ aufgenommen.

Erläuterungen

25 *Puffs:* eine mit vorbildlicher Entsagungskraft begabte Gestalt aus dem Roman ›Sophiens Reise von Memel nach Sachsen‹ von Johann Timotheus Hermes. Leipzig 1770–1772. – *des ›Grandison‹ und der ›Pamela‹:* Titel zweier vielgelesener empfindsamer Romane von Samuel Richardson, erschienen 1753 und 1740.

26 *so geh auch du hin – und tu ein gleiches:* Ev. Lucae 10, 37.

28 *ihrer Vertrautesten:* wahrscheinlich Frau Henriette v. Wolzogen. – *wirklich:* schwäbisch = jetzt.

DER VERBRECHER AUS VERLORENER EHRE
Eine wahre Geschichte

Entstehung

Über die Umstände der Entstehung der Erzählung sind wir nicht genauer unterrichtet. Aus dem Brief Schillers vom 29. Nov. 1785 an seinen Verleger Göschen geht hervor, daß er ihm an diesem Tage das fertige Manuskript zum Abdruck in der ›Thalia‹ sandte.

Quelle

Es ist anzunehmen, daß Schiller den Stoff der Erzählung aus mündlichen Berichten seines Lehrers Prof. Abel von der Militärakademie her kannte. Abels Vater, Amtmann in Vaihingen an der Enz, hatte einst den Sonnenwirt festgenommen. – Abel hat 1787, zwei Jahre nach Erscheinen von Schillers Erzählung, die Geschichte des Räubers Friedrich Schwan (1729–1760) ausführlich im 2. Band seiner ›Sammlung und Erklärung merkwürdiger Erscheinungen aus dem menschlichen Leben‹ geschildert.

Überlieferung

1. Thalia, 1. Band, 2. Heft, 1786. – Die Erzählung trägt hier den Titel ›Verbrecher aus Infamie, eine wahre Geschichte‹, unterzeichnet mit ›+‹. 2. Unter geändertem Titel in den ›Kleineren prosaischen Schriften‹, 1. Teil, Leipzig 1792. – Schiller hat für diesen Druck an vier Stellen größere Textkürzungen vorgenommen, die in den Erläuterungen mitgeteilt werden.

Erläuterungen

29 *In der ganzen Geschichte . . .:* die erste Fassung in der ›Thalia‹ begann: »Die Heilkunst und Diätetik, wenn die Ärzte aufrichtig sein wollen, haben ihre besten Entdeckungen und heilsamsten Vorschriften vor Kranken- und Sterbebetten gesammelt. Leichenöffnungen, Hospitäler und Narrenhäuser haben das hellste Licht in der Phisiologie angezündet. Die Seelenlehre, die Moral, die gesetzgebende Gewalt sollten billig diesem Beispiel folgen, und ähnlicherweise aus Gefängnissen, Gerichtshöfen und Kriminalakten – den Sektionsberichten des Lasters – sich Belehrungen holen.« – *Linnäus:* Carl von Linné (1701–1778), schwedischer Naturforscher, begründete die systematische Zoologie und Botanik.

30 *Borgia:* Cesare Borgia, Sohn Papst Alexanders VI., 1474–1507.

31 … *zu finden:* hier folgte in der Thalia-Fassung: »Wie manches Mädchen von feiner Erziehung würde seine Unschuld gerettet haben, wenn es früher gelernt hätte, seine gefallene Schwestern in den Häusern der Freude minder lieblos zu richten! Wie manche Familie, von einem elenden Hirngespinst politischer Ehre zu Grund gerichtet, würde noch blühen, wenn sie den Baugefangenen, der seine Verschwendung zu büßen die Gassen säubert, um seine Lebensgeschichte hätte befragen wollen!«

32 *Christian Wolf:* Die Änderung des richtigen Namens Friedrich Schwan kann aus Rücksicht auf den mit Schiller befreundeten Buchhändler Schwan erfolgt sein. Möglicherweise wollte Schiller aber auch vermeiden, daß man Württemberg als Schauplatz der Handlung und ihn als Verfasser der Erzählung erriet, um politischen Unannehmlichkeiten aus dem Wege zu gehen. – *eine plattgedrückte Nase:* vgl. ›Die Räuber‹, I, 1: »Warum gerade mir die Lappländernase? gerade mir dies Mohrenmaul? diese Hottentottenaugen?« – … *Nahrung darbot.:* hier folgte in der Thalia-Fassung: »Die Verachtung seiner Person hatte früh seinen Stolz verwundet, und zündete endlich einen schleichenden Unmut in seinem Herzen an, welcher nie mehr erloschen ist.« – *Er wollte ertrotzen:* vgl. ›Die Räuber‹ I, 1: »Herr muß ich sein, daß ich das mit Gewalt ertrotze, wozu mir die Liebenswürdigkeit gebricht.«

33 *Hannchens:* auch hier hat Schiller den Namen geändert; Schwans Geliebte hieß Christine Müller.

37 *Galliotendienst:* Galiote = kleine Galeere. – … *bei mir vermutete.:* hier folgte in der Thalia-Fassung: »Man ließ mich Schandtaten büßen, die ich noch nicht begangen hatte; ich hatte noch schlechte Streiche bei dem Menschengeschlechte gut, weil ich im voraus dafür gelitten hatte. Meine Infamie war das niedergelegte Kapital, von dessen Zinsen ich noch lange Zeit schwelgen konnte.«

42 *bis zum Grassen:* = bis zum Gräßlichen. Die einfache Form (frühnhd. grass) war zu Schillers Zeit noch lebendig.

HERZOG VON ALBA BEI EINEM FRÜHSTÜCK AUF DEM SCHLOSSE ZU RUDOLSTADT IM JAHRE 1547

Entstehung

Die von Schiller nur leicht veränderte Anekdote stammt aus der Chronik des Rudolstädter Theologen Söffing aus dem Jahre 1670. Schiller fand sie während seines Aufenthaltes in Rudolstadt 1788 in der Bibliothek des mit der Familie Lengefeld befreundeten Herrn v. Kettelhodt.

Quelle

Der von Schiller bearbeitete Text findet sich in der Chronik von Söffing S. 199ff. –
Söffing zitiert aus dem ›Adelspiegel‹ von Cyriakus Spangenberg (Bd. 1, S. 455; Schmalkalden 1591). –
Die von Schiller in der Erzählung erwähnten ›Mausolea manibus Metzelii posita‹ sind nicht von Dedekind (Dedekind ist einer der Verstorbenen, denen die Mausolea gewidmet sind!), sondern sind identisch mit einer von Söffing zitierten Schrift ›Epicedium B. Soceri sui‹ des Waltherus. Aus Schillers Verwechslung geht aber deutlich hervor, daß er sich nicht nur auf Söffing verlassen hat, sondern die genannte Schrift selbst in der Hand gehabt hat.

Überlieferung

Erstdruck: Der Teutsche Merkur. October 1788.
Unterzeichnet: ›S‹.
Schiller hat die Erzählung nicht in die ›Kleineren prosaischen Schriften‹ aufgenommen.

Erläuterungen

57 *Spangenbergs:* Cyriakus Spangenberg (1528–1604), Theologe und Geschichtsschreiber. – *einen Kaiser:* Günther von Schwarzburg (1304 bis 1349), Gegenkönig Karls IV., wurde aber nie zum Kaiser gekrönt. – *bei Mühlberg:* in dieser Schlacht siegte Karl V. über Johann Friedrich den Großmütigen von Sachsen, der dabei in Gefangenschaft geriet. – *Catharina von Schwarzburg:* die Witwe des Grafen Heinrich XXXII. besaß nach dem Tode ihres Gatten Blankenburg und Rudolstadt als Leibgedinge. – *Sauve-Garde-Brief:* Schutzbrief.
58 *Herzog Heinrich von Braunschweig:* 1489–1568. Gegner der Reformationsbewegung; ließ nach der Schlacht bei Frankenhausen 1525 Thomas Münzer in Wolfenbüttel hinrichten. – *gute Küche:* ein verstecktes Kompliment Schillers für seine Gastgeberinnen.
59 *Fürstenblut für Ochsenblut:* von Schiller zugespitzte Pointe der Erzählung; bei Spangenberg heißt es lediglich: »oder es müßte Fürstenblut gelten.«
60 *dessen Interim:* Augsburger Interim; die einstweilige Regelung der religiösen Verhältnisse des Reiches durch Karl V. auf dem Augsburger Reichstag (1548), gegen die sich besonders die norddeutschen Reichsstände wehrten. – *Sie starb:* im Jahre 1576.

SPIEL DES SCHICKSALS
EIN BRUCHSTÜCK AUS EINER WAHREN GESCHICHTE

Entstehung

Die Erzählung entstand 1788. Den Stoff aber kannte Schiller schon aus seiner Kinderzeit, denn hinter dem Helden der Geschichte steht sein Pate General Philipp Friedrich Rieger (später *von* Rieger), der ein ähnliches Schicksal wie Aloysius von G*** erlitt. Rieger, ein begabter und skrupelloser Emporkömmling, verlor durch eine Intrige des vom Wiener Hof unterstützten Grafen Montmartin seinen Einfluß auf den Herzog Karl Eugen von Württemberg, wurde nach seinem Sturz 1762 vier Jahre auf dem Hohentwiel eingekerkert, dann freigelassen und des Landes verwiesen. Nach seiner Begnadigung wurde er Kommandant der Festung Hohenasperg, wo Schiller ihn persönlich kennenlernte, als er den dort inhaftierten Dichter Christian Schubart besuchte. (Schubart gibt eine Schilderung Riegers in ›Leben und Gesinnungen‹, 1791–93). Anläßlich seines Todes 1782 dichtete Schiller im Auftrage der Herzoglich-Wirtembergischen Generalität die ›Totenfeier am Grabe Ph. Fr. v. Riegers‹. – Ludwig Schubart, der Sohn des von Schiller verehrten Dichters, besuchte Ende 1788 Weimar. Möglicherweise wurde Schiller dadurch an diese Geschehnisse erinnert und zu einer Darstellung dieses problematischen Menschen angeregt.

Überlieferung

Erstdruck: Der Teutsche Merkur. Januar 1789. – Unterzeichnet: **/**. Aufgenommen in die ›Kleineren prosaischen Schriften‹, 1. Teil, 1792.

Erläuterungen

61 *Landesherrn:* hinter dem Fürsten der Erzählung steht die Gestalt des Herzogs Karl Eugen von Württemberg (1728–1793).
62 *Ringe des Vergnügens:* ein bei Sterne häufiges, sich auf das Turnierspiel beziehendes Bild, das Schiller aus seiner Lektüre geläufig war.
63 *Martinengo:* oberitalienisches Grafengeschlecht. – Der hinter Martinengo stehende historische Graf Samuel Friedrich von Montmartin, aus einer französischen Emigrantenfamilie stammend, scheint hingegen keineswegs ein Geschöpf Riegers gewesen zu sein. Wie G. J. Gegel in seinem Werk ›Beleuchtung einer Regierungsperiode des gegenwärtigen Regenten Württembergs‹, 1789, schildert, bemühte er sich mit der gleichen Skrupellosigkeit um die alleinige Gunst des Herzogs wie Rieger. – *le Grand:* Marquis de Cinq Mars (1620–42), ein Günstling Ri-

chelieus, wurde Großstallmeister, verwickelte sich in eine Intrige gegen Richelieu und fand den Tod durch Enthaupten.

65 *Aufkömmling:* für parvenu, was aber eher auf Rieger als auf den Grafen passen will. – *Leiter:* Anspielung auf Shakespeares ›Julius Caesar‹, II, 1: »Doch oft bestätigt sich's / Die Demut ist der jungen Ehrsucht Leiter; / Wer sie heranklimmt, kehrt den Blick ihr zu, / Doch hat er erst die höchste Sproß' erreicht / Dann kehret er der Leiter seinen Rükken, / Schaut himmelan, verschmäht die niedern Tritte, / Die ihn hinaufgebracht.«

66 *auf Unkosten des Landes:* Rieger leitete die Aushebungen der Hilfstruppen für Frankreich. – *verdächtigen Korrespondenz:* mit den Brüdern des Herzogs und besonders mit dessen Oheim, dem Prinzen Friedrich. Es ist ungeklärt, ob diese Korrespondenz tatsächlich geführt wurde oder dem Herzog gefälschte Briefschaften vorgelegt wurden.

69 *scheußlichen Grube:* die Schilderungen des Kerkers decken sich mit denen, die Rieger Schubart gab.

72 *zehnjährigen:* in Wirklichkeit vierjährigen.

74 *der Festung***:* Hohenasperg – *achtzigsten:* in Wirklichkeit sechzigsten.

DER GEISTERSEHER
AUS DEN MEMOIRES DES GRAFEN VON O**

Entstehung

Der Fragment gebliebene Roman verdankt seine Entstehung neben der Faszination, die zeitlebens von den Gestalten großer Betrüger auf Schiller ausging (vgl. Einleitung), zeitgenössischen Anregungen: den Machenschaften des Betrügers Cagliostro, den politischen Zuständen in Schillers Heimat Württemberg, dem allgemeinen Interesse an Geheimbünden und der vor allem in protestantischen Ländern verbreiteten Furcht vor dem Wirken des Jesuitenordens. Schiller begann seine Arbeit am ›Geisterseher‹ im Herbst 1786. Der Roman war in Fortsetzungen für die ›Thalia‹ geplant und erregte von Anfang an Aufsehen in der Öffentlichkeit. Schiller hingegen verlor, wie sich aus seinen Briefen ablesen läßt, bald die Freude an der Arbeit, die er schließlich lediglich aus finanziellen Gründen fortführte. Sie zog sich, einschließlich der Redaktion der schnell aufeinanderfolgenden drei Buchausgaben, bis 1798 hin.

Quellen

1. Hinter den politischen Verwicklungen des Romangeschehens stehen Ereignisse im Herzogtum Württemberg, die Schillers Aufmerksamkeit erregten. Der das überwiegend protestantische Land regierende katholische Herzog Karl Eugen besaß wie sein zweiter Bruder Ludwig Eugen keine erbfolgeberechtigten Kinder. So lag die Erbfolge bei seinem jüngsten Bruder Friedrich Eugen und dessen Nachkommen, die sich zum protestantischen Glauben bekannten und Aussicht auf eine protestantische Regierung des Landes eröffneten. Daher erregte es allgemeines Aufsehen, als der dritte Sohn Friedrich Eugens, Prinz Friedrich Heinrich Eugen, 1786 in der ›Berlinischen Monatsschrift‹ einen Aufsatz veröffentlichte, in dem er die Möglichkeit der Kommunikation mit Geistern aus religiösen Gründen verteidigte. Da zwei seiner Schwestern bereits zum katholischen Glauben übergetreten waren, vermutete man auch bei ihm die Absicht zu konvertieren und sah darin eine Veranstaltung der Jesuiten, die protestantische Thronfolge zu verhindern.

2. Das Interesse an Geheimbünden, zu denen man auch den Orden der Freimaurer zählte, an alchimistischen Experimenten, Magie und Spiritismus war gegen Ende des 18. Jahrhunderts, als man der Aufklärung müde geworden war, allgemein. Schiller kannte, wie aus Anklängen und Übernahmen deutlich wird, einen beträchtlichen Teil der umfangreichen zeitgenössischen Literatur, die sich mit diesen Themen beschäftigte, so u. a.: Semler ›Sammlungen von Briefen und Aufsätzen über die Gaßnerischen und Schröpferischen Geisterbeschwörungen‹ (1775), Balthasar Bekker ›Crusius' Bedenken über die Schröpferischen Geisterbeschwörungen mit antiapokalyptischen Augen betrachtet‹ (1775), Funk ›Natürliche Magie‹ (1783), Gotthard Hafner ›Onomatologia curiosa, artificiosa et magica oder Gantz natürliches Zauberlexikon‹, 3. Aufl. 1784, hsg. von J. Ch. Wiegleb.

3. Europäische Berühmtheit genoß der ehemalige Apothekergehilfe Giuseppe Balsamo (geb. 1743 in Palermo), eine der glänzendsten Abenteurergestalten des 18. Jahrhunderts und mit einzelnen Zügen Vorbild für die Figur des Armeniers im ›Geisterseher‹. Als Alexander Graf von Cagliostro bereiste er die europäischen Staaten und erlangte durch seine Charlatanerien Zutritt zu den höchsten höfischen Kreisen. Durch die Halsbandaffaire schwer kompromittiert, entging er nur knapp der Verurteilung zum Tode. Er verlor alles Ansehen und starb schließlich 1795 in päpstlicher Gefangenschaft. –

Größtes Aufsehen erregten in Deutschland die Mitteilungen der Schriftstellerin Elise von der Recke, die im Mai 1786 in der ›Berlinischen Monatsschrift‹ und 1787 in ihrem Buch ›Nachricht von des berühmten Cagliostro Aufenthalt in Mitau‹ von der Aufdeckung der Schwindeleien des Hochstaplers während seines Aufenthaltes in Kurland im Jahre 1779 berichtete. Elise von der Recke stand dem Freundeskreis Körners in Dresden nahe. So ist es anzunehmen, daß ihre Ausführungen Schillers besondere Aufmerksamkeit fanden. Auch sie wies nachdrücklich auf die »geheime Verbindung von Jesuiten und Magiern« hin.

4. Als Hintergrund der intrigenreichen Romanhandlung wählte Schiller Venedig. Er war mit der Stadt, ihrer Topographie, Geschichte und Verfassung durch Lektüre und Studien vertraut. So hatte ihm Körners Freund Huber, der für Schillers ›Geschichte der merkwürdigsten Rebellionen‹ über ›Die Verschwörung des Marquis von Bedemar gegen die Republik Venedig im Jahre 1618‹ geschrieben hatte, die politischen und gesellschaftlichen Verhältnisse der Stadt vergegenwärtigt. Weiter dienten ihm die Werke des Kanzlers der Stuttgarter Karlsschule Le Bret, ›Staatsgeschichte der Republik Venedig‹ (1769) und ›Vorlesungen über die Statistik‹ (Stuttgart 1783–1785). ›Auszüge aus einer neuen, noch ungedruckten Beschreibung von Venedig‹ fand Schiller schließlich im gleichen Heft der ›Berlinischen Monatsschrift‹, in dem Elise von der Recke ihren Bericht veröffentlicht hatte.

Überlieferung

1. ›Thalia‹
Viertes Heft. 1787. S. 68–94
Fünftes Heft. 1788. S. 67–132
Sechstes Heft. 1789. S. 84–164
Siebentes Heft. 1789. S. 70–109
Achtes Heft. 1789. Der Abschied. Ein Fragment aus dem zweiten Bande des Geistersehers. S. 84–96

2. Buchausgaben
Der Geisterseher. Eine Geschichte aus den Memoires des Grafen von O** von Friedrich Schiller. Leipzig, Göschen, 1789. (Darin das ganze ›Philosophische Gespräch‹, aber nicht das Fragment ›Der Abschied‹).
Der Geisterseher. Aus den Memoires des Grafen von O**. Erster Theil. Von Friedrich Schiller. Neue vom Verfasser aufs neue durchgesehene und vermehrte Auflage. Leipzig, Göschen, 1792.
(Enthält Neueinfügungen, kürzt aber das ›Philosophische Gespräch‹ um mehr als die Hälfte. ›Der Abschied‹ fehlt auch in dieser Ausgabe.)
Der Geisterseher. Aus den Memoires des Grafen von O**. Herausge-

geben von Schiller. Erster Theil. Dritte verbesserte Ausgabe. Leipzig, Göschen, 1798.
(Diese Ausgabe bringt das ›Philosophische Gespräch‹ nochmals verkürzt, fügt aber den ›Abschied‹ ein.)
Unser Text folgt der Ausgabe von 1798.

Erläuterungen

78 *der dritte Prinz:* wie der in der Vorbemerkung erwähnte Prinz Friedrich Heinrich Eugen.
79 *Armenier:* Schiller denkt wahrscheinlich an die schwarze Kleidung der Mechitaristen, einer armenischen Sekte, die auf San Lazzaro in Venedig ein Kloster hatten. Da sie die Oberherrschaft des Papstes anerkennen, ist eine Verbindung des Armeniers mit der katholischen Kirche angedeutet.
81 *es gibt mehr Dinge:* das Zitat aus ›Hamlet‹ nach der Übersetzung Eschenburgs.
82 *Mönchskutte abtreten:* Hier folgte in der Thalia-Fassung der Satz: »Ich führe dieses mit Fleiß hier an, weil ich glaube, daß es zu einem Beweise dienen kann, wie entfernt er noch damals von jeder herrschsüchtigen Absicht gewesen ist.« – *Balordo:* = Tölpel; Figur aus der commedia dell' arte.
87 *Avantürier aus Palermo:* wie Cagliostro, der sich auch wechselweise als preußischer oder spanischer Offizier ausgab.
92 *Papst Ganganelli:* Clemens XIV. (1769–1774). Er hob 1772 den Jesuitenorden auf und wurde angeblich von den Jesuiten vergiftet. Der Engländer der Erzählung glaubt daran wie offenbar auch Schiller. – *Marquis von Lanoy:* flandrisches Adelsgeschlecht. Schiller kannte es aus seinen Studien zum Abfall der Niederlande. Der Lanoy des Romans kämpft zusammen mit dem Prinzen im Siebenjährigen Krieg auf der Seite der Franzosen und fällt in der Schlacht bei Hastenbeck im Hannoverschen im Jahre 1757.
94 *chaldäische Bibel:* wohl eine nekromantische Schrift. – *Olibanum:* Weihrauch. – *weiße Schürze:* aus dem Ritual der Freimaurer. Auch Cagliostro trug während seiner Veranstaltungen eine solche Schürze.
96 *in Rom:* Hinweis auf die geplante Fortführung des Romans. Offenbar sollte der Prinz nach Rom gebracht und dort zum katholischen Glauben bekehrt werden.
99 *lebendigen Merkur:* alchimistische Bezeichnung des Quecksilbers.
102 *Lord Seymour:* eines der ältesten englischen Adelsgeschlechter. Durch die Wahl des Namens deutet Schiller auf die Zuverlässigkeit des Engländers hin. – *Giudecca:* Südinsel von Venedig.

103 *Prokurators:* die Prokuratoren waren die höchsten venezianischen Verwaltungsbeamten. Sie wohnten in den Prokuratien am Markusplatz.
110 *Famagusta:* Stadt auf Cypern.
112 *Apollonius von Tyana:* Neupythagoräer, lebte zur Zeit Neros. Er galt der Nachwelt als Prophet und Magier. – *Jünger Johannes:* der Glaube an sein Fortleben stützte sich auf Matth. 16, 28; Luk. 9, 27; Joh. 21, 20.
113 *St. Stephan:* ein florentinischer Orden.
118 *Graf von Gabalis:* seine Lehre findet sich dargestellt bei Abbé de Villars, ›Le comte de Gabalis ou Entretiens sur les sciences sécrètes‹, Amsterdam 1715.
121 *unbekannten musikalischen Instrument:* Glasharmonika, 1763 von Franklin erfunden. Schiller hatte Körner darauf spielen hören und war sehr davon beeindruckt.
137 *Garrick:* 1716–79. Englischer Schauspieler, dessen Spiel Schiller in den Schriften Lichtenbergs beschrieben fand. Auch Lessing rühmte ihn in der ›Hamburgischen Dramaturgie‹.
145 *das Jahrfünftel:* Schiller ironisiert hier wohl das Zeitalter der Aufklärung. – *die schlimme Hand:* nach zeitgenössischen Anschauungen trieben die Jesuiten die Schwankenden zuerst zur Freigeisterei, um sie dann zur Kirche zurückzuführen.
146 *Bucentauro:* die Gesellschaft nennt sich nach dem Prunkschiff des Dogen, der »Goldenen Barke«.
147 *Korrosiv:* Ätzmittel
155 *Sestiere von Castello:* verrufener Stadtteil im Osten Venedigs.
166 *quid sit ...:* Zitat aus der ›Germania‹ des Tacitus. (Was das sei, was nur die sehen, die im Begriff sind unterzugehen.)
168 *Boskage:* Mischung aus franz. bosquet = Anpflanzung von Sträuchern und ital. boscata = waldiger Ort.
170 *die anstoßende Kirche:* Il Redentore von Palladio.
173 *im Cornarischen Palaste:* Palazzo Cornaro am Canale Grande. – *Heloise:* Geliebte des franz. Philosophen Abälard (1079–1142).
181 *Murano:* Insel nördlich von Venedig. Heute Industrieort, damals bevorzugter Sommersitz der venezianischen Adligen.
183 *Pharotisch:* Pharo oder Pharao, beliebtes Kartenglücksspiel im 18. Jahrhundert, benannt nach den Bildern der Pharaonen auf den Karten.
191 *Houri:* mohammedanische Paradiesesjungfrau.
196 *Chiozza:* Fischerstadt am Südende der Lagune.
200 *Apostasie:* Abfall von Glauben.

DAS PHILOSOPHISCHE GESPRÄCH AUS DEM GEISTERSEHER

Entstehung

Das Gespräch entstand im Januar 1789 und erschien unmittelbar darauf in der ›Thalia‹. Vgl. auch die Erläuterungen zum ›Geisterseher‹.

Erläuterungen

218 *Aurangzeb:* tyrannischer Großmogul von Indien (1618–1707), der sich gewaltsam des Thrones bemächtigte. – *Hildebrand:* der spätere Papst Gregor VII. (1073–1085).

221 *Heinrichs IV.:* König von Frankreich, wurde 1610 von Ravaillac erdolcht. – *Domitians:* römischer Kaiser (81–96 n. Chr.), wurde wegen seiner Grausamkeit ermordet.

224 *Bartholomäusnacht:* 24. August 1572, Ermordung der Hugenotten in Paris. Die Tat war von der Königinmutter Katharina von Medici und dem König Karl IX. sorgfältig vorbereitet. – *Cueva:* Alfonso de la Cueva, Marquis von Bedemar, unternahm 1618 eine Verschwörung gegen die Republik Venedig zugunsten Spaniens. Schiller hatte diese Verschwörung für seine ›Geschichte der merkwürdigsten Rebellionen‹ bearbeiten lassen.

231 *Brutus:* Lucius Junius Brutus, der sich angeblich blödsinnig stellte, um den Verfolgungen seiner Verwandten, der Tarquinier, zu entgehen. Nach dem Tode der Lucretia führte er den Sturz der Tarquinier herbei.

232 *Kalabrien:* galt im 18. Jahrhundert als ein besonders rückständiges Land. – *Seelands:* gemeint ist das holländische Zeeland.

Klassische deutsche Literatur im insel taschenbuch

Johann Friedrich Abegg: Reisetagebuch von 1798. it 1013
Achim von Arnim: Erzählungen. it 1018
Achim und Bettina in ihren Briefen. 2 Bde. in Kassette. it 1095
Bettina von Arnim: Aus meinem Leben. it 642
– Bettina von Arnims Armenbuch. it 541
– Goethes Briefwechsel mit einem Kinde. it 767
– Die Günderode. Mit einem Essay von Christa Wolf. it 702
Bettina von Arnim / Clemens Brentano: Clemens Brentanos Frühlingskranz aus Jugendbriefen ihm geflochten, wie er selbst schriftlich verlangte. it 812
Friedmund von Arnim: Märchen. Hundert neue Märchen, im Gebirge gesammelt. it 1309
Johann Beer: Die teutschen Winter-Nächte & Die kurzweiligen Sommer-Täge. Zwei Romane. it 872
Ludwig Börne: Briefe aus Paris. it 924
Hermann Bote: Till Eulenspiegel. Ein kurzweiliges Buch aus dem Lande Braunschweig. Wie er sein Leben vollbracht hat. Sechsundneunzig seiner Geschichten. it 336
Clemens Brentano: Gedichte. Erzählungen. Briefe. it 557
– Gockel Hinkel Gackeleia. Märchen. it 47
– Italienische Märchen. it 695
– Rheinmärchen. In der von Guido Görres herausgegebenen Ausgabe von 1846. it 804
Briefe von Dunkelmännern. Epistolae obscurorum virorum an Magister Ortuin Gratius aus Deventer, Professor der schönen Wissenschaften zu Köln. it 1297
Georg Büchner: Lenz. Erzählung. it 429
– Leonce und Lena. Ein Lustspiel. it 594
– Woyzeck. it 846
Gottfried August Bürger: Wunderbare Reisen zu Wasser und zu Lande. it 207
Bürgers Liebe. Die Ehestandsgeschichte von Elise Hahn und Gottfried August Bürger. it 564
Wilhelm Busch: Kritisch- Allzukritisches. Gedichte. it 52
– Sämtliche Bilderbogen. it 620
Adelbert von Chamisso: Peter Schlemihls wundersame Geschichte. it 27
Matthias Claudius: Der Wandsbecker Bote. it 130
Annette von Droste-Hülshoff: Bei uns zulande auf dem Lande. Prosaskizzen. it 697

161/1/8.91

Klassische deutsche Literatur
im insel taschenbuch

Annette von Droste-Hülshoff: Die Judenbuche. Ein Sittengemälde aus dem gebirgichten Westfalen. it 399
– Sämtliche Gedichte. it 1092
Marie von Ebner- Eschenbach: Dorf- und Schloßgeschichten. it 1272
Johann Peter Eckermann: Gespräche mit Goethe in den letzten Jahren seines Lebens. 2 Bde. it 500
Joseph von Eichendorff: Aus dem Leben eines Taugenichts. it 202
– Gedichte. it 255
– Gedichte. it 1060
– Novellen und Gedichte. it 360
Theodor Fontane: Allerlei Glück. Plaudereien, Skizzen und Unvollendetes. it 641
– Cécile. it 689
– Effi Briest. it 138
– Frau Jenny Treibel oder ›Wo sich Herz zum Herzen findt‹. Roman. it 746
– Grete Minde. it 1157
– Irrungen, Wirrungen. it 771
– Jenseit des Tweed. Bilder und Briefe aus Schottland. it 1066
– Mathilde Möhring. it 1107
– Meine Kinderjahre. Autobiographischer Roman. it 705
– Die Poggenpuhls. Roman. it 1271
– Schach von Wuthenow. Erzählung aus der Zeit des Regiments Gendarmes. it 816
– Der Stechlin. it 152
– Stine. Roman. it 899
– Unwiederbringlich. Roman. it 286
– Von Zwanzig bis Dreißig. it 985
– Vor dem Sturm. Roman, aus dem Winter 1812 auf 13. it 583
– Wanderungen durch die Mark Brandenburg. 5 Bde. in Kassette. it 1181-1185
Theodor Fontane. Ein Leben in Briefen. it 540
Georg Forster: Ansichten vom Niederrhein, von Brabant, Flandern, Holland, England und Frankreich im April, Mai und Junius 1790. it 1136
– Reise um die Welt. it 757
Johann Conrad Friederich: Vierzig Jahre aus dem Leben eines Toten. it 1292
Christian Fürchtegott Gellert: Fabeln und Lieder. it 895

161/2/8.91

Klassische deutsche Literatur im insel taschenbuch

Friedrich Gerstäcker: Die Flußpiraten des Mississippi. Roman. it 435
Das Gespensterbuch. it 1388
Johann Wolfgang Goethe: Dichtung und Wahrheit. 3 Bde. in Kassette. it 149-151
– Elegie von Marienbad. September 1823. Faksimile einer Urhandschrift. it 1250
– Erotische Gedichte. Gedichte, Skizzen und Fragmente. it 1225
– Faust. Erster Teil. it 50
– Faust. Zweiter Teil. it 100
– Urfaust. Faust. Ein Fragment. Faust. Eine Tragödie. Paralleldruck der drei Fassungen. 2 Bde. it 625
– Frühes Theater. Mit einer Auswahl aus den dramaturgischen Schriften 1771-1828. it 675
– Goethe – warum? Eine repräsentative Auslese aus Werken, Briefen und Dokumenten. it 759
– Goethe über das Mittelalter. it 1200
– Goethe über die Deutschen. it 325
– Goethes Feste. Festliche Texte. it 1325
– Goethes Gedanken über Musik. Eine Sammlung aus seinen Werken, Briefen, Gesprächen und Tagebüchern. it 800
– Goethes Liebesgedichte. it 275
– Die guten Frauen als Gegenbild der bösen Weiber. it 925
– Hermann und Dorothea. it 225
– Historische Schriften. Eine Auswahl in biographischer Folge. it 650
– Italienische Reise. it 175
– Tagebuch der Italienischen Reise 1786. Notizen und Briefe aus Italien. it 176
– Klassisches Theater. it 700
– Die Leiden des jungen Werther. it 25
– Märchen. Der neue Paris. Die neue Melusine. Das Märchen. it 825
– Der Mann von funfzig Jahren. it 850
– Maximen und Reflexionen. it 200
– Die natürliche Tochter. it 1175
– Novelle. it 2301
– Novellen. it 425
– Pandora. it 1075
– Reineke Fuchs. it 125
– Das Römische Carneval. Mit den farbigen Figurinen von 1789 und den Fragmenten »Über Italien«. it 750

161/3/8.91

Klassische deutsche Literatur im insel taschenbuch

Johann Wolfgang Goethe: Römische Elegien und Venezianische Epigramme. it 1150
– Schriften zur Naturwissenschaft. it 550
– Schriften zur Weltliteratur. Mit Buchillustrationen aus der Goethezeit. it 1025
– Tagebuch der ersten Schweizer Reise 1775. it 300
– Unterhaltungen deutscher Ausgewanderten. it 1050
– Die Wahlverwandtschaften. Ein Roman. it 1
– West- östlicher Divan. it 75
– Wilhelm Meisters Lehrjahre. it 475
– Wilhelm Meisters theatralische Sendung. it 725
– Wilhelm Meisters Wanderjahre oder die Entsagenden. it 575
– Xenien. it 875
Briefe an Charlotte von Stein. 3 Bde. in Kassette. it 1125
Briefwechsel zwischen Goethe und Zelter 1796-1832. 3 Bde. it 950
Der Briefwechsel zwischen Schiller und Goethe. 2 Bde. it 250
Goethes Briefwechsel mit Marianne und Jakob Willemer. it 900
Goethes Briefwechsel mit seiner Frau. 2 Bde. in Kassette. it 1100
Johann Wolfgang Goethe / Friedrich von Schiller: Sämtliche Balladen und Romanzen. it 1275
Manfred Wenzel: Goethe und die Medizin. it 1350
Jeremias Gotthelf: Die schwarze Spinne. it 991
Christian Dietrich Grabbe: Scherz, Satire, Ironie und tiefere Bedeutung. Ein Lustspiel in drei Aufzügen. it 534
Franz Grillparzer: Der arme Spielmann. it 690
Jacob Grimm: Über den Ursprung der Sprache. Gelesen in der Preußischen Akademie der Wissenschaften am 9. Januar 1851. it 877
Hans Jakob Christoffel von Grimmelshausen: Der abenteuerliche Simplicissimus. it 739
– Trutz-Simplex oder Ausführliche und wunderseltzame Lebensbeschreibung der Ertzbetrügerin und Landstörtzerin Courasche. it 211
Karoline von Günderode: Gedichte. it 809
Johann Christian Günther: Gedichte. it 1028
Wilhelm Hauff: Märchen. Erster Band. it 216
– Mitteilungen aus den Memoiren des Satan. it 782
– Zwerg Nase. it 1191
Friedrich Hebbel: Erzählungen und Tagebuchblätter. it 1029
Johann Peter Hebel: Kalendergeschichten. it 17
– Schatzkästlein des rheinischen Hausfreundes. it 719
Heinrich Heine: Atta Troll. Ein Sommernachtstraum. it 748

161/4/8.91

Klassische deutsche Literatur im insel taschenbuch

Heinrich Heine: Briefe aus Berlin. it 1322
– Buch der Lieder. it 33
– Deutschland. Ein Wintermärchen. it 723
– Florentinische Nächte. it 923
– Italien. it 1072
– Neue Gedichte. it 1055
– Der Rabbi von Bacherach. Ein Fragment. it 811
– Reisebilder. it 444
– Die romantische Schule. it 910
– Romanzero. it 538
Julius Eduard Hitzig: E.T.A. Hoffmanns Leben und Nachlaß. it 755
Friedrich Hölderlin: Gedichte. it 781
– Hyperion oder Der Eremit in Griechenland. it 365
Hölderlins Diotima Susette Gontard. Gedichte–Briefe–Zeugnisse. it 447
Hölderlin. Chronik seines Lebens mit ausgewählten Bildnissen. it 83
E. T. A. Hoffmann: Die Abenteuer der Silvester- Nacht. it 798
– Die Brautwahl. it 1124
– Die Elixiere des Teufels. it 304
– Fantasiestücke in Callots Manier. it 1283
– Das Fräulein von Scuderi. Erzählung aus dem Zeitalter Ludwig des Vierzehnten. it 410
– Der goldne Topf. Ein Märchen aus der neuen Zeit. it 570
– Klein Zaches genannt Zinnober. Ein Märchen. it 777
– Lebensansichten des Katers Murr nebst fragmentarischer Biographie des Kapellmeisters Johannes Kreisler in zufälligen Makulaturblättern. it 168
– Das Majorat. it 1085
– Nachtstücke. it 589
– Nußknacker und Mausekönig. it 879
– Prinzessin Brambilla. Ein Capriccio. it 418
– Der Sandmann. it 934
– Die Serapions-Brüder. Gesammelte Erzählungen und Märchen in vier Bänden. it 631
– Spielerglück. it 1221
– Der unheimliche Gast. Und andere phantastische Erzählungen. it 245
– Der unheimliche Gast. Großdruck.it 2302
Karl Leberecht Immermann: Münchhausen. Eine Geschichte in Arabesken. it 747

161/5/8.91

Klassische deutsche Literatur im insel taschenbuch

Jean Paul: Dr. Katzenbergers Badereise. it 1261
– Flegeljahre. Eine Biographie. it 873
– Leben des vergnügten Schulmeisterlein Maria Wutz in Auenthal. Eine Art Idylle. it 778
– Leben Fibels des Verfassers der bienrodischen Fibel. it 1170
– Des Luftschiffers Giannozzo Seebuch und über die natürliche Magie der Einbildungskraft. it 144
– Siebenkäs. Blumen-, Frucht- und Dornenstücke oder Ehestand, Tod und Hochzeit des Armenadvokaten F. St. Siebenkäs im Reichsmarktflecken Kuhschnappel. it 980
– Titan. it 671
Johann Heinrich Jung-Stilling: Lebensgeschichte. it 709
Das Kalte Herz. Und andere Texte der Romantik. it 330
Gottfried Keller: Der grüne Heinrich. Erste Fassung. 2 Bde. it 335
– Der grüne Heinrich. Die Leute von Seldwyla. Züricher Novellen. Drei Bände in Kassette. it 1255
– Die Leute von Seldwyla. Vollständige Ausgabe der Novellensammlung. it 958
– Romeo und Julia auf dem Dorfe. it 756
– Züricher Novellen. it 201
Heinrich von Kleist: Werke in vier Bänden. 4 Bände in Kassette. it 981-984
– Die Marquise von O ... Mit Materialien und Bildern zu dem Film von Eric Rohmer und einem Aufsatz von Heinz Politzer. Herausgegeben von Werner Berthel. Übersetzungen aus dem Französischen von Werner Berthel. it 299
– Die Marquise von O ... Großdruck. it 2307
– Michael Kohlhaas. Aus einer alten Chronik. it 1352
– Der zerbrochne Krug. Ein Lustspiel. it 171
August Klingemann: Nachtwachen von Bonaventura. it 89
Friedrich Gottlieb Klopstock: Gedanken über die Natur der Poesie. it 1038
Johann C. Lavater: Physiognomische Fragmente. it 1366
Gotthold Ephraim Lessing: Dramen. it 714
– Hamburgische Dramaturgie. it 869
– Laokoon. it 1048
Georg Christoph Lichtenberg: Schriften und Briefe. 4 Bände in Kassette. it 1360
– Aphorismen. In einer Auswahl. it 165

161/6/8.91

Klassische deutsche Literatur im insel taschenbuch

Georg Christoph Lichtenberg: Erklärung der Hogarthschen Kupferstiche. it 1296
– Der Fortgang der Tugend und des Lasters. Erklärungen zu Daniel Chodowieckis Monatskupfer zum Göttinger Taschenkalender 1778. it 936
– Sudelbücher. it 792
– Über die Macht der Liebe und andere Schriften. it 1164
Liselotte von der Pfalz: Briefe. it 428
Martin Luther: Luthers Fabeln und Spruchweisheiten. it 1094
Märchen der Romantik. it 285
Meister Eckhart: Das Buch der göttlichen Tröstung. it 1005
Conrad Ferdinand Meyer: Jürg Jenatsch. Eine Bündnergeschichte. it 862
Eduard Mörike: Alte unnennbare Tage ... Ausgewählte Gedichte. it 246
– Die Historie von der schönen Lau. it 72
– Maler Nolten. Novelle in zwei Teilen. Erste Fassung. it 404
– Mozart auf der Reise nach Prag. Eine Novelle. it 376
– Mozart auf der Reise nach Prag. Novelle. Großdruck. it 2320
– Die schönsten Erzählungen. it 1290
Karl Philipp Moritz: Anton Reiser. Ein psychologischer Roman. it 433
Friedrich de la Motte-Fouqué: Undine. it 1353
Wilhelm Müller: Die Winterreise und andere Gedichte. it 901
Johann Karl August Musäus: Rübezahl. Für die Jugend von Christian Morgenstern. it 73
– Volksmärchen der Deutschen. it 1034
Johann Nestroy: Komödien. 3 Bde. it 526
– Nestroy für Minuten. »Das ist klassisch«. it 818
Novalis: Gedichte. Die Lehrlinge zu Sais – Dialogen und Monolog. it 1010
– Heinrich von Ofterdingen. it 596
Pückler-Muskau: Andeutungen über Landschaftsgärtnerei. it 1024
Hermann von Pückler-Muskau: Briefe eines Verstorbenen. Ein fragmentarisches Tagebuch. 2 Bände in Kassette. it 1219
Wilhelm Raabe: Werke in 10 Bänden. it 881-890
– Die Akten des Vogelsangs. it 888
– Altershausen. it 890
– Die Chronik der Sperlingsgasse. it 370
– Hastenbeck. it 889
– Horacker. it 883
– Im alten Eisen. it 885

161/7/8.91